KB046603

인더백

인더백

2019년 10월 28일 1판 1쇄 인쇄
2019년 11월 8일 1판 1쇄 발행

지은이 차무진
펴낸이 한기호
책임편집 도은숙
편집 정안나, 유태선, 김미향, 염경원, 박소진
디자인 스튜디오 프랙탈
경영지원 국순근

펴낸곳 요다
출판등록 2017년 9월 5일 제2017-000238호
주소 04029 서울시 마포구 동교로 12안길 14 삼성빌딩 A동 2층
전화 02-336-5675
팩스 02-337-5347
이메일 kpm@kpm21.co.kr

ISBN 979-11-89099-33-6 (04810)
979-11-89099-32-9 (세트)

· 요다는 한국출판마케팅연구소의 임프린트입니다.
· 잘못된 책은 구입처에서 교환해드립니다.
· 책값은 뒤표지에 있습니다.
· 이 도서의 국립중앙도서관 출판예정도서목록(CIP)은
서지정보유통지원시스템 홈페이지(http://seoji.nl.go.kr)와
국가자료공동목록시스템(http://www.nl.go.kr/kolisnet)에서
이용하실 수 있습니다. (CIP제어번호: CIP2019041077)

인 더 백

차무진 장편소설

YODA FICTION 01

IN THE BAG

요다

사랑하는 민주에게

프롤로그

동호대교

귀가 묵직했다.

동민은 손바닥으로 이마를 툭툭 쳐보았다. 관자놀이에서 맴도는 둔탁한 압력이 쉬 가시지 않았다.

얼굴에 피를 뒤집어쓴 모양이었다.

축축한 볼을 어깨로 닦았다. 입안 가득 고인 피를 뱉은 후 지연아, 라고 말해보니 소리가 가뭇없었다. 코안에 걸린 가래가 내려가지 않았다.

고개를 가로젓다가 중심을 잃었다. 물컹한 것을 밟는 바람에 들고 있던 아내 머리를 떨어뜨릴 뻔했다.

피가 흐르는 아내 머리를 겨드랑이에 꼈다.

동호대교는 아수라장이었다.

사람들은 어디로 가야 할지 모른 채 서로를 할퀴고 찼고 밀고 뜯어내고 짓이기고 있었다. 피가 줄줄 흐르는 정수리를 닦고 손바닥을 바라보는 남자, 가슴에 주먹만 한 구멍이 뚫린 할머니, 갓난쟁이를 거꾸로 잡아 들고 절름절름 걷는 여자, 두 팔을 벌리고 예수를 찾는 남자, 녹아내린 한쪽 다리를 절뚝거리며 걸어가는 학생. 저마다 포격의 공포를 삼키며 모질게 입을 움직였다. 비명과 이름과 한탄과 욕과 잃어버린 물건들에 대하여.

강 건너 아파트 단지에서 긴 연기가 피어오르고 있었다. 점점이 탄화목이 떠다니고 있었다. 낮임에도 불구하고 허공은 한없이 탁하고 어두웠다.

또 온다!

누군가가 소리쳤다.

동민은 엎드렸다.

연이은 폭발음. 어디론가 튕겨 나간 사람들.

열 폭풍이 몰려왔고 뒤이어 연기가 하늘을 그들먹하게 가렸다. 튕겨 올랐던 돌멩이, 신발, 가방 따위가 떨어졌다.

지동地動이 멈추자 주변은 잠잠해졌다. 고개를 들었다. 코앞에 누군가의 신발이 있고 그 안에는 피가 가득 고여 있었다. 안고 있던 아내 머리도 어디론가 사라졌다.

포격은 동호대교를 건너는 사람들을 노린 것 같았다.

대교 서축이 무너지자 포성이 그친 것만 봐도 그랬다.

일어났다.

"지연아. 지연아."

그는 신음처럼 아내를 부르며 허정허정 걸었다.

잃어버린 아내 머리를 찾기 위해 시체 사이를 뒤적거렸지만 어디에도 보이지 않았다.

원래 11시부터 있을 거라고 했다.

그러나 포격은 한 시간 빨리 시작되었다.

첫 미사일이 날아왔을 때 팔목에서 시계를 풀고 있었기에 그는 시각을 똑똑히 기억하고 있었다.

"여보."

10분 전 동호대교를 거의 다 건넜을 무렵, 인파 속에서 아내가 갑자기 몸을 돌렸다. 아내는 여섯 살짜리 아들 한결을 동민과 자신 사이에 끼우고 얼굴을 들이밀었다.

동민은 소형 카트리지 호흡기를 아내 입에 씌워주었다.

"아냐, 숨 쉬려는 게 아니야."

아내는 산소 호흡기를 뿌리쳤다.

"왜?"

아내는 무엇을 알고 있는 눈초리였다.

아니 막 깨우친 눈빛이랄까.

"당신 시계, 나 줘."

"걷다 말고 갑자기 시계는 왜?"

"바꿔, 내 목걸이랑 자기 시계랑."

"왜 그러냐고?"

"풀어요, 어서."

복잡한 피난길에서 멈춰서서는 다짜고짜 목걸이와 시계를 바꾸자니.

아내는 자신이 걸고 있는 목걸이를 풀기 위해 고개를 숙였다. 밀려드는 사람들이 툭, 툭 아내 등을 쳤다. 그는 아내를 더 끌어당겼다. 아내의 손은 다급했다. 출렁거리는 머리카락을 늘어뜨리고 양손으로 더듬더듬 목걸이 클립을 찾았다.

두 사람 사이에 낀 아들은 흰 몰티즈 강아지가 든 남색 트윈스 야구단 가방을 메고 있었다.

그녀가 풀고자 하는 가죽끈에는 향나무로 만든 물고기 펜던트가 달려 있었다. 물고기의 양쪽, 아가미뚜껑 상단에 좁쌀만 한 사파이어가 하나씩 박힌 꽤 정교한 펜던트였다.

"가만. 줄이 엉켰어. 내가 풀어줄게."

차고 있던 순토 아웃도어 시계를 풀던 동민은 아내가 좀처럼 클립을 벗겨내지 못하자 그쪽부터 도왔다.

동호대교에는 어느새 사람들로 가득 찼다.

그는 가운데 낀 아들이 두 사람 사이를 빠져나가지 않도록 배에 힘을 주며 목걸이를 잡았다. 아들 이마가 배에 닿았다. 아내 이마가 어깨에 닿았다. 그에게 전부인 그들의 이마가 그의 몸에 닿아 있었다.

지나가는 사람들이 자꾸 툭툭 쳐대는 바람에 좀처럼 클립을 풀지 못했다. 그는 한참을 씨름했다. 숱 많고 긴 아내의 머리카락도 방해가 되었다. 머리카락 몇 올이 자꾸 클립에 엉켰고 그것을 제거하면 이번에는 클립 아귀가 자꾸 엇갈렸다.

"안 풀려?"

고개 숙인 아내가 중얼거렸다.

"잘 안 벗겨지네. 가만, 움직이지 마."

"내가 할게."

아내가 자신의 목덜미를 더듬었다.

그가 아내 뒷머리 채를 올려주었다.

아내가 스스로 클립을 벗겨냈다.

그녀가 목걸이 잡은 손으로 자신의 목덜미를 한번 쓸었을 때 미사일이 떨어졌고 열 폭풍이 밀려왔으며 아내의 몸은 어디론가 사라졌다.

동민은 진공 속에 서 있었다.

아내 머리카락을 움켜잡은 채. 얼굴에 피를 뒤덮어 쓴 채.

묵직한 머리가 그의 가슴께에서 대롱거렸다.

순토 아웃도어 시계의 액정에 표기된 시각.

10시 5분.

라디오에서 발표한 포격 시간은 11시였는데 미사일 탄은 약 한 시간 빠른 10시 5분에 떨어졌다.

묘한 일이었다.

동호대교를 거의 다 건너왔는데.

아내는 왜 하필 그 순간 걸음을 멈추었던 것일까? 무슨 생각을 했기에 자신의 목걸이와 그의 시계를 바꾸자고 했을까?

도무지 알 수 없었다.

동민이 시체 더미를 뒤졌지만, 아내 몸은 찾을 수 없었다.

순간 그는 소스라쳤다.

한결?

한결아!

맙소사. 아들이 없었다.

그는 두리번거렸다.

아들 이름을 부르다 또 시체를 밟았고 또 몇 걸음 비척거렸다. 누군가가 바짓단을 잡았다. 숙이고 보니 머리를 빡빡 깎은 학생이 누운 채 쳐다보고 있었다. 밟지 마요. 그는 학생의 꾸불꾸불하고 누런 막이 낀 보랏빛 내장에서 발을 뗐다. 바짓단을 잡은 학생 손이 떨어졌다.

한결아! 김한결!

포격의 여파로 정신이 멍한 탓에, 시간의 오류를 찾아내려고 골몰한 탓에, 무엇보다 갑작스레 사라진 아내 몸통과 남아 있는 아내 머리를 꼭 쥐고 있어야 한다는 생각 탓에 그만 아들을 까맣게 잊고 있었다.

부부가 목걸이와 시계를 교환할 때 그들 사이에 끼어 있던 아들, 강아지 쭈쭈를 넣은 가방을 메고 엄마 아빠가 왜 갑자기 멈추었는지 모른 채 겁먹은 얼굴로 서 있던 여섯 살짜리 꼬맹이가 사라진 것이다.

주위를 돌아보았다.

철골들이 비죽배죽 아스팔트를 뚫고 솟아올랐다. 그는 빙산처럼 튀어나온 아스팔트 틈에 발이 끼지 않도록 조심하며 앞으로 나아갔다.

아들은 어디에도 보이지 않았다.

내리막으로 이어진 교각 마디를 살폈다.

맙소사.

다리 아래 소로의 화단.

검은 연기를 풀풀 내뿜는 녹색 택시의 터진 타이어 아래에서 익숙한 운동화가 보였다. 그는 헤엄치듯 시체들을 건너 아래로 내려갔다. 호흡기를 빨고 있는 내복 차림의 노파를 밀치고 피가 부글거리는 남자의 몸을 뒤집었다.

튕겨 간 아내 몸이 거기 있었다.

목과 왼쪽 어깨가 사라진 아내의 반신은 무심히 던져놓은 마네킹 같았다.

아내는 여전히 물고기 목걸이를 쥐고 있었다.

동민은 아내 주먹을 펴고 목걸이를 자기 팔목에 둘둘 감았다. 피를 머금은 끈이 차가웠다. 아내 몸이 걸고 있는 보라색 천 가방을 벗겨 둘러멘 다음 아내를 반듯하게 눕혔다.

운 좋게 아내의 시신은 찾았지만, 아들은 여전히 보이지 않았다.

푸른 옷을 찾아야 했다. 트윈스 가방을 멘 푸른 상의를 입은 꼬마.

작고 가벼운 몸이라 멀리 튕겨 나갔을 것이다.

가교 난간에 배를 걸치고 외곽 집산 도로로 접어드는 화단을 보았다. 콘크리트 파편과 널브러진 피난민들이 보였지만 다저스 티셔츠를 입은 아들은 보이지 않았다.

강 쪽을 보니 그쪽도 수백 명이 널브러져 있었다. 다리를 다 건너고 진입구로 내려가다 튕겨 나간 인파들이었다. 성한 사람들은 서로를 일으키고 있었고 부모 잃은 아이들은 시체를 부여잡고 울고 있었다.

바쁘게 훑었다.

불안한 눈동자를 두리번거렸다.

파란색 다저스 야구 티를 입은 꼬마. 흰 줄무늬 트윈스 가방을 멘 뒷모습. 작은 키에 바가지 머리를 한 사내아이.

그리고 보았다.

식림지 안, 불붙은 나무 아래 엎드려 있는 다저스 옷. 빨간 뉴발란스 운동화. 회색 스키 바지, 작고 좁은 어깨.

가방은 없었다.

"오, 맙소사."

아들은 열 폭풍에 튕겨 난간 너머 2미터 아래 수직으로 떨어진 모양이었다.

달려가서 아이를 안았다.

죽은 거위처럼 고개를 대롱거리는 아들의 턱을 잡았다.

한결아!

차고 있던 산소 호흡기를 아이 입에 댔다.

아이 등이 축축했다.

옷 안으로 손을 집어넣고 등을 쓸었다. 손을 빼니 피가 주르륵 쏟아졌다. 다시 손을 넣고 피를 긁어내며 아들 몸을 흔들었다.

"한결아!"

너절너절해진 아들은 그가 흔드는 대로 움직일 뿐이었다.

턱을 올리고 입에 숨을 불어 넣었다.

아들은 좀처럼 숨을 받아먹지 못했다. 도톰한 눈도 뜨지 않았다. 그는 아들의 멱을 잡고 명치를 눌러대며 고래고래 고함을 질렀다.

숨 쉬어! 아빠 말 들려?

떨어진 곳에 따지 않은 생수통이 눈에 들어왔다. 아들이 가지고 있던 탱탱볼도 보였다. 바쁘게 기어가 탱탱볼을 챙기고 생수통을 잡았다. 기어 와서 물을 아이 머리에 콸콸 부었다. 발을 주무르고 등을 쳐댔다. 그럴 때마다 아이 팔이 내용 없이 덜렁거렸다.

제발, 제발, 제발.

안아 올려 울대를 한번 누르고 떼면서 동시에 등을 쳤다.

제발!

그러자 막이 터진 듯 조그만 몸이 반응했다.

가슴이 가르랑거리기 시작했다.

쿨럭.

오, 하느님. 감사합니다.

산소 호흡기를 아들 입에 갖다 댔다.

아들이 콜록거렸다.

"기침해. 옳지, 옳지. 어서 기침해!"

그가 등을 쳤다.

아들은 팔꿈치를 사선으로 휘적거리며 아프다는 표정을 지었다. 그가 계속 등을 쳤고 아들은 몇 차례 더 쿨럭댔고 반동에 못 이겨 고개를 숙였다.

이윽고 그는 아들 등을 천천히 쓸며 정수리에 입을 맞추었다.

아들은 막 잠이 깬 듯, 그렁그렁한 눈으로 그가 팔목에 감고 있는 아내 목걸이를 멍하게 바라보고 있었다.

그는 피투성이 손으로 아이 양 볼을 부여잡았다.

"정신이 드니?"

아들이 고개를 끄덕였다.

아들은 몰티즈를 찾았다.

"쭈쭈는요?"

"다행이다. 정말 다행이야."

동민은 아들을 가슴에 꽉 품어 안았다.

1부

잠실

“모자, 언제 잃어버린 걸까?”

“홈플러스에서 산 라이온즈 모자요?”

“그래, 좋았는데. 그거.”

“그거, 작아요.”

“작긴, 뒤에 벨크로가 있었잖아.”

“작아요. 머리에 안 맞아요.”

“조절할 수 있었지. 벨크로로.”

“벨크로가 뭐예요?”

“찍찍이.”

아들은 더 말하지 않았다.

배낭 안에 들어가 있는 아이는 버스 손잡이처럼 대롱거리는 데이지 체인을 꼭 거머쥔 채 좁게 난 틈으로 두 눈을 빼곡히 드러내놓고 있었다.

"기억해봐. 어디서 잃어버렸는지."

걸을 때마다 배낭 고리에 걸린 스테인리스 컵이 쟁강댔다.

125리터 용량의 대형 캘티 배낭은 동민의 머리 위까지 높게 솟아 있었다. 잠실야구장에 들어서자 그는 어깨에 늘어진 양쪽 조임 끈을 단단히 비끄러맸다.

어깨가 조금 편안해졌다.

이 거대한 카키색 배낭은 신사동 네거리의 등산 용품점에서 찾아낸 것이었다. 어깨 옆으로 뚫린 틈과 연결된 레인 커버는 성인 두 명이 덮을 수 있을 만큼 넓었고, 분리하면 얇은 침낭으로도 사용할 수 있었다.

무겁긴 했다.

아들을 넣고 다니는 만큼 이 정도 무게는 감당해야 했다. 허리를 받치는 쿠션이 매우 불룩해서 걸을 때마다 등을 구부정하게 만들어야만 했다.

그는 허리를 펴고 서북쪽을 바라보았다.

하늘이 더러운 거울 같았다.

시커먼 재가 가라앉은 잠실야구장 필드는 공허했다.

마치 첫눈을 밟고 지나는 기분이 들었다. 온 세상이 재로 뒤덮여 광채를 뿌리는 것 같았다. 한때 사람들이 빼곡히 들어차 고함지르고 긴장하고 흥분과 낙담이 교차하던, 떠오르는 흰 야구공 너머로 주황빛 노을이 청명하게 비끼던 이 넓은 공간은 이제 좌석이고 운동장이고 벽이고 조명이고 할 것 없이 두툼한 화산재로 덮였다.

"아이파크로 이사 왔을 때부터 없었어요."

"아니야. 어린이집에 다닐 때도 쓰고 다녔어. 그렇다면 이사 왔을 때도 있었던 거다."

"모르겠어요."

"모르긴. 니 물건은 니가 잘 간수해야지. 좋은 모자였는데."

"홈플러스에 헬로베로봇이 아직 있을까요?"

"글쎄."

"황금기가봇이랑 드라큘봇은 아직 못 샀다요. 시대문구사에 가면 가짜도 파는데…… 엄마가 안 사줬어요."

"탱탱볼은 잘 가지고 있지?"

"네."

"쥐고 있니?"

"네."

"잊어버리지 마라."

그들이 2루 베이스에 왔을 때 돌풍이 불었다.

현수선의 반이 내려앉아 마치 뚝 끊긴 것처럼 보이는 야구장 3루 쪽 관중석에서부터 뿌연 먼지가 일고 있었다.

그는 바람이 오는 방향으로 몸을 돌리고 흙바람을 맞았다. 등에 있는 아들을 보호하기 위해서였다. 붕대 감은 손으로 입술에 달라붙는 찌꺼기를 뜯어내고 혀를 날름거렸다.

아들이 물었다.

"야구 하는 거, 실제로 본 적 있어요?"

"아빠 대학교 때 여기서 삼성이랑 엘지랑 한국시리즈를 했어. 삼성이 엘지한테 잽도 안 되게 깨졌었어."

"삼성, 지금은 얼마나 강한데요."

"맨날 지던 때가 있었어."

"저번에 봤을 때 2위 하고 있었다요."

"언제?"

"공습이 시작된다고 해서 아빠가 텔레비전을 벽에서 뗄 때요."

여섯 살짜리 아들은 아직 야구 룰을 몰랐다.

재앙이 있기 전, 동민과 한결이는 일요일마다 스펀지 공과 플라스틱 방망이를 들고 아파트 배드민턴장으로 나갔다.

한결이는 공을 꽤 받아쳤다. 동민이 늘 아침 9시면 메이저리그 중계를 틀어놓았기 때문에 아이는 야구가 치고 달리는 운동이라는 것쯤은 알고 있었다.

마트에서 플라스틱 야구방망이를 사주고 2주쯤 흘렀을 때 한결이는 포물선으로 던져주는 것을 싫어할 만큼 방망이질이 능숙해졌다. 요리조리 높은 공 낮은 공 가릴 것 없이 잘도 쳐댔다. 하나 공을 쳐놓고 왜 달려야 하는지는 이해하지 못했다. 그저 배드민턴장을 제 맘대로 빙빙 돌아 뛰다 방망이가 있는 자리로 돌아오면 1점이 되었다. 20점만 내면 그만하자고 약속하고 시작해도 걸리는 시간은 채 10분이 넘지 않았다. 그는 20점이 난 후에도 공 다섯 개를 더 던져주고 아들의 머리를 돌려 집으로 오곤 했다.

그는 안테나가 잡히는지 확인하며 구름이 흘러가는 방향을 보고 있었다. 역시 휴대전화는 작동되지 않았다.

"아빠, LA는?"

"다저스."

"텍사스는요?"

"레인저스."

"레인저스가 뭐예요?"

"보안관들이란 뜻이지."

"뉴욕은 몇 등이에요?"

"글쎄, 3윈가? 그런데 뉴욕도 두 개가 있어."

"뭐, 뭐요?"

"양키즈와 메츠."

"양키즈는?"

"미국 사람들이란 뜻."

"미국 사람들은 아직도 야구 시합 하고 있을까요?"

"그럴 게다. 그쪽은 화산이 터지지 않았으니까."

"다저스는 무슨 뜻이에요?"

"짭실한 놈들이란 뜻이야."

"짭실?"

"약아빠졌다는 뜻이야."

"연기 나요."

"뭐?"

"아빠, 저기 연기요."

순간 불처럼 뜨거운 것이 목에 탁 걸렸다.

보니 1루 더그아웃에서 희멀건 연기가 피어오르고 있었다.

맙소사.

돌풍에 휘말리는 먼지인 줄만 알았는데 누군가가 불을 피우는 연기였다. 회백색 하늘 때문에 그만 흰 연기를 느끼지 못했다.

동민은 천천히 배낭을 내려놓고 납작 엎드렸다. 입술을 잘근잘근 씹으며 파카 안주머니에서 망원경을 꺼냈다. 콘크리트 지붕이 튀어나온 1루 더그아웃 벤치.

거기에 두 사람이 있었다.

저들은 일찌감치 이쪽을 바라보고 있었다.

철제 의자에 앉은 빡빡머리 사내와 장총을 들고 서 있는 빵모자 사내. 빡빡머리는 주황색 조끼형 파카를 입었고 가슴 앞에 여권 주머니 같은 것을 걸고 있다. 그자 옆에 장총을 들고 서 있는 빵모자는 수산 시장에서나 보던 일자형 가슴 장화를 착용했다.

젠장맞을.

저들이 줄곧 보고 있다는 것도 모른 채 운동장 한가운데를 저벅저벅 걸어와버렸다.

멀리서 빡빡머리가 오라는 손짓을 했다.

동민은 망원경을 품에 넣고 배낭 헤드에서 M9을 끄집어냈다. 권총은 묵직했다. 이 시커먼 쇳덩이는 강남역 지하도 소방함 옆에 죽어 있던 미군 일병의 가방에서 발견한 것이었다.

저쪽에서 빡빡머리가 다시 손을 까딱까딱 움직였다.

휘젓는 움직임이 처음보다 컸다.

동민이 망설이자, 빡빡머리 옆에 있던 빵모자가 총개머리를 어깨에 받치고 이쪽을 노리기 시작했다.

동민은 두 팔을 높이 세우고 상체를 일으켰다.

검지로 자신의 가슴을 갖다 댄 다음 앞으로 뻗어 그쪽으로 가겠다고 손짓했다.

배낭을 둘러메기 전, 조임 끈을 조금 열고 아이를 바라보았다.

"한결아."

"네?"

"무슨 일이 있어도 가방에서 나오면 안 된다. 알겠지?"

"누가 왔어요? 우릴 잡아먹으려고?"

"아니야. 아니야. 넌 그대로 있으면 돼. 절대로 움직이면 안 된다. 아빠가 알아서 하마."

"아빠, 이길 수 있어요?"

"그럼."

눈을 동그랗게 뜨고 쳐다보는 아이 미간이 푸르스름했다. 집을 나설 때보다 더 작아진 얼굴, 그 안에 옴폭 파인 동그란 눈, 깨끗한 코, 꼭 다문 입술. 주름조차 없는 보조개가 선명하다. 그는 무슨 일이 있어도 이 아이를 지켜야 한다고 생각했다.

"근데 오줌 마려워요."

아이가 쌔근거리며 말했다.

"지금 뭐. 찍찍이 열고."

작은 찍찍이가 열리고 물줄기가 새 나왔다. 물줄기는 작고 맑았다.

"다 눴으면 앉아. 자, 닫는다."

동민은 배낭을 메고 천천히 마운드를 넘었다.

홈 베이스에 이르자 그는 곧장 더그아웃으로 가지 않고 희미하게 자국이 남아 있는 타자 대기석 원형 앞에서 멈춰 섰다.

10미터쯤 떨어진 더그아웃 계단 아래에서 두 사람이 동민을 훑었다.

빡빡머리는 앉아 있었고 빵모자는 여전히 총을 겨누고 있었다. 둘 다 30대 초반으로 보였다. 그들은 반으로 자른 드럼통을 조각배처럼 눕혀놓고 타이어를 태우고 있었다. 그 옆으로 부식성 소다와 테레빈유, 부동액을 담은 통이 보였다.

"오라는데 왜 뭉그적거리나?"

빡빡머리가 말했다.

"그래서 왔잖습니까?"

빡빡머리가 동민이 신고 있는 베이츠제 군화를 쳐다보며 물었다.

"군인?"

"군인 아닙니다."

"근처에 일행이 있나?"

"혼잡니다."

앉은 채 한쪽 다리를 부단히 떨고 있는 빡빡머리는 장갑을 벗고 머리를 한번 쓸었다.

그는 큰 얼룩무늬가 새겨진 구형 전투복 바지에 후드를 입고 있었다. 주황색 파카라고 생각한 외투는 케블라 재질의 방탄조끼였다. 조끼 아래로 허리춤에 탄소 재질의 7인치 군용 대검이 반쯤 보였다.

탈영한 군인은 아닌 듯했다.

저런 군복은 동묘시장에서 쉽게 살 수 있었다. 재향 군인이거나 전역자일까? 그렇지 않다면 사냥꾼이거나 민간 잠수부일 수도 있다.

분명한 것은 정부군은 아니라는 것.

정부군은 절대로 방독면을 벗지 않는다.

빡빡머리가 들고 있는 쇠꼬챙이로 동민의 권총을 가리켰다.

"M9 같은데? 맞소?"

그때 동민은 기억해냈다.

빡빡머리는 텔레비전 프로에 출연했던 코미디언이라는 것을. 이름은 기억나지 않지만, 얼굴을 보면 아는 그런 연예인이었다. 동민은 예전 대학로에서 연극 전단을 돌리는 그를 본 적이 있었다. 그때 이자와 함께 전단을 돌리던 다른 사람 중 몇몇은 톱 연예인이 되었다.

"당신, 내가 누군지 알지?"

"네. TV에서 본 적이 있습니다."

빡빡머리가 씩 하고 웃었다. 동민은 연예인이 경어를 쓰지 않는 모습이 새삼 낯설었다. 이제 질서가 사라졌으니 당연했다. 웃겨야 사는 자도 웃기려 들지 않고 웃던 자도 웃지 않는 세상이 되었다.

"그리고 이 총, M9 맞습니다."

빡빡머리는 권총을 알아본 자신이 대견스러운지 혼자 히죽 웃었다. 그리고 옆에 있던 빵모자 사내에게 핀잔을 준다.

"아직 들고 있냐? 그만 내려라. 쫄겠다."

빵모자 사내가 장총을 거뒀다.

빡빡머리가 테레빈유를 드럼통에 부었다. 불길이 살아 올랐다. 드럼통 밖으로 검은 물질이 툭툭 튀어나왔다. 타이어 녹는 냄새를 맡지 않으려 동민은 훅 숨을 들이마셨다.

빡빡머리가 드럼통을 뒤적거리며 물었다.

"그 총, 왜 꺼낸 거요?"

"……."

빡빡머리는 녹은 타이어에서 튄 더껑이가 자신의 워커에 묻자 그 부분을 콘크리트에 비벼대며 삐딱한 눈으로 동민을 쳐다보았다.

"그걸로 우릴 쏘려고?"

"……아니오."

동민은 권총을 허리춤에 감추듯 끼워 넣었다.

그들은 호탕하게 웃었다.

거북했지만, 적의는 없어 보였다.

무기를 빼앗으려 하지도 않았다. 이들은 그를 경계하지 않았다.

원래 긴장 없이 살았을 수도 있고 동민을 우습게 보았을 수도 있었다.

빡빡머리가 침을 뱉으며 동민이 운동장 저쪽에 세워둔 배낭으로 시선을 돌렸다.

“배낭이 몹시 크군. 용량이 80리터?”

“125리터.”

“오, 그렇게 큰 것도 있구만.”

배낭은 그저 옮겨놓은 물체처럼 아무런 움직임이 없었다.

늘 그랬듯 속에 들어앉은 한결이는 잘해주고 있었다. 수없이 가르쳐온 것이었다. 아빠가 누구랑 말할 때는 죽은 듯 있으라고. 지금 한결이는 훈련받은 보이 스카우트 단원처럼 지침을 잘 따르고 있었다.

“가방, 좋아 보이는데.”

서 있던 빵모자가 테이블을 넘어 배낭 쪽으로 가려 하자, 동민이 두 손을 허리춤으로 가져갔다.

“다가오지 마.”

빵모자가 웃음을 거두고 동료를 보았다. 둘은 어떤 의미인지 모를 눈빛을 주고받았다. 빡빡머리가 빵모자에게 내가 맡을게, 라고 말했고 빵모자는 장총을 어깨에 인 채 구석에 뚫린 복도 안으로 들어가버렸다.

빡빡머리가 쇠꼬챙이로 고무 타이어를 쑤셔댔다.

“이리 와요, 거기 의자에 앉으시오.”

망설이고 서 있자 빡빡머리가 앉으라니까, 라며 드럼통 옆 철제 의자를 팡팡 쳤다.

동민은 천천히 더그아웃 안으로 들어갔다.

빡빡머리는 허리춤에 찬 벨트를 풀고 칼집을 꺼냈다. 하드 폴리머 재질의 칼집 표면 위로 시침질한 붉은 실이 단단해 보였다. 빡빡머리는 아교처럼 늘어진 녹은 타이어를 나무젓가락으로 찍더니 칼집 표면에 세심하게 바르기 시작했다.

"혼자 뭐 하고 있소? 모두 남쪽으로 내려가기 바쁜데."

"……내려가는 중입니다."

빡빡머리는 칼집 표면을 후후 불며 동민을 쳐다보았다.

"포격이 좀 줄어든 것 같지 않소?"

"……이틀째 잠잠하군요."

"미사일 탄두에 바이러스가 실렸다메?"

"그렇게들 말합디다."

"침팬지 혈청을 분해한 것이라더군. 알고 있었소?"

"그것까진……."

"동족 포식이 강한 동물이 침팬지라더군. 그것들, 바나나 껍질만 처먹는 줄 알았는데 지들끼리도 엄청나게 잡아먹는대. 지랄맞은 놈들이더라구. 지금 떠도는 바이러스는 그놈들에게서 추출한 거야."

빡빡머리는 그렇게 말하면서도 연신 타석 근처에 놓인 커다란 배낭에 눈을 꽂고 있었다. 그는 칼 잡은 손목을 배낭 쪽으로 휘휘 돌려댔다.

"그런데 저거, 다시 봐도 좋은 배낭이군."

동민은 한 번만 더 배낭을 언급하면 일어설 작정이었다.

"먹을 건 있소?"

빡빡머리가 물었다.

대답하지 않았다.

"그럼 먹고 가시오. 우리 걸 좀 나눠 줄 테니까."

그때 안쪽에서 사라졌던 빵모자의 목소리가 들렸다.

"어이, 좀 도와줘."

빡빡머리가 동민에게 묘한 미소를 짓더니 일어나서 복도 안으로 사라졌다.

한참 만에 두 사람은 방수포를 맞들고 주춤주춤 나왔다. 방수포 위에는 어떤 무거운 물체를 올려놓은 모양인지 가운데가 축 늘어졌다.

이어차.

두 사람은 방수포를 바닥에 내려놓았다.

방수포 위에 50대 정도로 보이는 여자의 시신이 있었다. 상반신은 벗었고 바지만 입고 있었다. 뇌가 있어야 할 자리가 움푹 패었고, 귀밑은 피 젖은 머리카락과 지저분한 먼지가 덕지덕지 엉겨 붙었다. 커다란 젓꼭지가 시커멨다. 걸고 있는 진주 목걸이는 깨끗했다. 빡빡머리는 시신의 목걸이와 반지를 빼냈다.

빡빡머리가 반지를 깨물며 동민을 보았다.

"어때? 늙었지만 아주 신선한 거야. 막 죽었거든. 저쪽, 체조 경기장 앞에서 자살했지. 게다가 바이러스에 걸린 몸도 아니야. 당신 오늘 횡재한 줄 알라고."

쪼그리고 앉은 빵모자가 시신의 팔목을 잡고 동민에게 장난치듯 흔들었다. 안녕하세요. 아저씨.

동민은 멀리 세워놓은 배낭을 흘깃 쳐다보았다. 한결이는 꼼짝 않고 잘 버티고 있었다.

두 사람은 예상한 대로 식인자들이었다.

이들에게 한결이의 존재를 들키는 날에는. 그는 입술을 한번 핥았다.

빡빡머리는 황홀하게 시신을 바라보고 있었다.

"좋은 몸이지. 이걸로 몇 주는 버틸 거야. 시작해볼까."

빡빡머리가 7인치 군용 칼로 시신의 혁대를 끊고 가죽 벗기듯 바지를 당겨 내렸다. 누레진 분홍색 팬티 앞부분에 손톱만 한 꽃장식이 달려 있었다. 빵모자가 물통을 콸콸 쏟으며 시신의 얼굴을 씻겼다.

시신의 팬티를 끊으려던 빡빡머리가 동민을 보았다.

"여, 이다음은 보지 맙시다. 거, 그래도 여잔데."

동민은 고개를 돌렸다.

빡빡머리가 팬티를 끊었고 빵모자에게 칼을 건네고 일어섰다. 해체는 빵모자가 할 모양이었다.

빵모자는 여자를 뒤집었다. 등은 단단하게 굳어 있었다. 납작한

등과 허리는 굴곡 있는 앞모습과 달리 보랏빛 울혈이 가득했다.

빵모자가 칼끝으로 여자의 둔부 쪽을 가리켰다.

"이쪽, 갈빗대에서 허리까지가 제일 맛있는 부분인데, 피가 이런 식으로 몰려 있으면 별로요. 더 썩기 전에 이 부분을 제일 먼저 잘라내야 해."

칼이 여자의 허리에서 둔부로 이어지는 부분에 파고들었다. 날이 세로로 지나간 사이로 복막 층의 노란 지방질 덩어리들이 비어져 올랐다. 그 아래로 참치살 같은 선홍빛 육질이 모습을 드러냈다. 옴폭 들어간 허리에서 그렇게 크고 두툼한 살점이 나오는 것을 동민은 처음 알았다.

빵모자의 손놀림은 능숙했다.

얼마 안 가 여자는 여러 개의 덩어리로 해체되었다.

빵모자는 살덩어리들을 신문지 깐 바닥에 부위별로 나눠놓았다. 붉은 살과 지방질 덩어리들, 검고 작은 물질들, 꾸불꾸불한 내장들이 바닥에 차곡차곡 분류되었다.

빵모자는 칼을 뼈만 앙상한 가슴에 꾹 찔러 박은 다음, 살덩이 중 하나를 집어 들고 일어섰다.

그는 그것을 동민에게 건넸다.

"이건 싸가지고 가슈, 여기서 먹을 만큼 먹고."

동민은 피가 뚝뚝 떨어지는 허벅지 살을 멍하게 바라보았다.

"보자, 비닐봉지가……."

빵모자는 주위를 둘러보더니 구석에서 더러운 비닐봉지를 주워

왔다.

순간 동민이 허리를 숙이고 토악질을 해댔다.

빵모자는 피가 뚝뚝 떨어지는 고기를 들고 동민을 바라보았다. 동민은 마지막 침을 뱉고 별거 아니라는 듯 손을 휘저으며 입을 닦았다.

하나 빵모자의 눈빛은 달라져 있었다.

동공이 조여지면서 흰자에서 보랏빛 물이 퍼지기 시작했다.

"어이, 나를 봐."

"네?"

"날 보라구."

빵모자는 사라진 동전을 찾는 것처럼 동민을 집요하게 쳐다보았다. 동민이 시선을 피하며 쭈뼛거리자, 빵모자가 눈을 가늘게 조이며 묻는다.

"당신, 감염자 맞아?"

"감염자라니, 그, 그게 무슨."

빵모자는 눈을 찌푸리며 동민이 자신과 같은 식인자인지를 가늠했다.

결국, 빵모자는 다른 쪽을 쳐다보며 혀를 찼다.

"허, 시팔. 존나 황당하네. 허허허허."

"주세요. 잘 먹겠습니다."

동민이 그에게서 비닐봉지를 낚아챘다.

"지금 먹어봐."

“……구, 구워서. 구워서 먹겠소. 나도 배가 고팠던 참입니다.”

“아니, 여기서. 이건 싱싱한 거야. 바로 먹어도 돼.”

빵모자가 살덩이를 한입 뜯어 씹고는 내밀었다.

피가 뚝뚝 떨어지는 고무장갑 손에 올려진 검붉은 인육. 달큼하고 비릿한 냄새가 동민에게까지 전해졌다.

“……나, 나는.”

그때 저쪽에서 고함이 들렸다.

“야!”

빵모자와 동민이 그쪽을 쳐다보았다.

타자 대기석.

빡빡머리가 동민의 배낭 안을 들여다보고 있었다.

“저 새끼 가방에 아이가 있어.”

“아이?”

“아이라고. 시팔, 존나.”

빵모자와 동민의 눈이 마주치는 순간,

동민이 시체에 박아놓은 칼을 뽑아 빵모자의 옆구리를 찔렀다. 빵모자가 동민의 목덜미를 잡으려다 그를 덮으며 기울어졌다. 깔린 동민은 빵모자의 턱을 들어 올리고 연거푸 칼을 쑤셔 넣었다.

뜨뜻한 피가 콸콸 얼굴을 덮었다.

빡빡머리가 달렸다.

더그아웃 벽에 세워둔 장총을 잡으려던 빡빡머리는 내리막 계단에서 발을 헛디디었고 철 지지대에 걸었던 드럼통을 쏟으며 쓰러졌다.

재가 피어올랐고 드럼통의 불이 더그아웃에 쏟아졌다.

동민은 계단을 넘어 운동장으로 달려갔다.

한결이가 배낭 밖으로 고개를 빼꼼히 들고 있었다. 동민은 아들의 머리를 밀어 넣고 배낭을 반대쪽으로 질질 끌고 갔다.

빡빡머리가 장총을 들고 더그아웃에서 튀어 올라왔다.

동민이 M9 방아쇠를 당겼다.

총알 세례에 빡빡머리가 다시 더그아웃 쪽으로 들어가버렸다. 동민은 불이 이글거리는 드럼통을 향해 몇 발을 더 쐈다.

펑 하는 소리와 함께 불길이 살아 올랐다.

더그아웃 천장이 무너지고 나무 의자가 튀었다. 동민은 배낭을 안고 몸을 숙였다. 불은 합판과 잡동사니가 가득한 더그아웃 안 벽을 마구 핥아댔다.

불깁 사이로 벽에 기대 늘어진 빡빡머리의 검은 형체가 보였다.

탁탁거리는 소리가 멎자 동민은 가방을 열고 아들의 얼굴을 만졌다. 한결은 부어오른 코를 벌름거리며 공기를 마시고 있었다.

"이제 괜찮아."

동민은 아들의 얼굴을 품에 넣고 이마에 입을 맞추었다.

구리

녹색 철제 펜스에 기대앉은 동민은 제약 공장을 바라보고 있었다.

화산재로 그을린 건물 상단에는 상호 몇 글자가 떨어져 나가 있었다. 그 아래는 포격을 맞아 내력벽이 훤히 들여다보였다. 그래도 서울의 건물들과 비교하면 온전한 편이었다.

이러고 있은 지 벌써 두 시간이 흘렀다.

빽빽한 구름이 살굿빛으로 변하고 있었다. 해가 아직 지지 않은 것이 분명했다. 주변은 달걀노른자 냄새가 진동했다.

"언제까지 기다려야 해요?"

배낭 속에서 아이가 징징거렸다.

"아직 모른다. 텅텅거리는 기계 소리가 들리잖니."

"추운데."

"어두워졌으니 불 켜질 때가 되었다. 사람이 있다면 말이다."

넝마가 날리는 쪽을 바라보자 바람이 울퉁불퉁하게 깨진 벽돌 벽을 쓸고 있었다.

공장 건물 앞 축구장은 암설류가 진득진득하게 달라붙은 콘크리트 잔해 천지였다. 마치 가라앉은 해저 왕국 같았다.

그는 가뭇한 구름이 뭉클거리며 커지는 것을 바라보았다. 어둠이 몰려오고 있었다. 이 시간까지 기척이 없다면 저 건물은 비어 있는 게 분명했다. 저곳 외에는 들어갈 만한 데가 주변에 없었다.

"아빠, 어깨에서 자꾸 물이 흘러요."

"어디 보자."

조임 끈을 풀자 배낭 속 아이가 머리를 들었다. 동민은 뒷눈질로 주변을 경계하면서 아이의 상처를 살폈다. 포탄에 맞았던 자리에서 고름이 괴어올랐다.

"저쪽으로 가자."

동민은 배낭을 지고 건물 앞 주차 선에 삐딱하게 세워진 1톤 포터 트럭 아래로 이동했다.

고양이 한 마리가 철제 셔터 옆을 지나더니 가압 펌프장 벽을 뛰어올랐다. 녀석은 불구덩이에서 살아남은 용감한 놈이었다. 앞발의 털이 모조리 사라졌고 채 아물지 않은 견골이 고스란히 드러나 있었다. 불에 타 감긴 오른쪽 눈과 코에서 누르스름한 진물이 반짝였다.

고양이는 그들을 한참 바라보다 너머로 사라졌다.

그는 거기서도 한참을 기다렸고 아이는 그의 가슴에 기댄 채 눈을 감고 있었다. 잿빛 공기가 남빛으로 물들고 마침내 완전히 탁하게 변했을 때 그가 비로소 배낭을 짊어지고 일어섰다.

"지금이다. 들어가자."

그들은 제품을 트럭에 실어내던 열린 공간으로 들어갔다.

에폭시 도막방수제가 발린 1층 바닥은 기계 대여섯 대가 폐품처럼 쌓여 있었다. 기계실이라고 적힌 유리 벽으로 만든 간이 사무실에는 화이트보드가 삐딱하게 걸려 있었고 전화기와 세계전도, 깨진 액자가 나뒹굴었다.

그는 철제 캐비닛에서 붉은 황산 유리병 세 개와 먼지가 수북한 20리터짜리 플라스틱 포름알데히드 한 통을 찾아냈다. 그것들을 모두 배낭에 챙겨 넣었다.

2층으로 올라갔다.

복도를 중심으로 양쪽으로 열린 문들이 보였다.

갈라진 격벽 아래로 시멘트 잔해들이 가득했다. 누군가 있을지도 모른다는 생각에 조심스레 M9 권총을 꺼냈다.

2층도 텅 비어 있었다.

동민은 2층 복도 끝 설비실 문을 열었다. 4평 남짓한 그곳에는 방수포에 덮인 비상용 자가 발전기가 있었다. 기름통 표막에 내려앉은 먼지가 부드러운 것을 보니 발전기는 한 번도 쓰지 않은 새것이었다.

둥근 측정기에 걸쭉하게 굳은 상록수색 기름을 손으로 훑어내고 기름의 양을 확인했다. 충분했다. 그는 방수포를 완전히 걷어냈다.

팬벨트를 돌려보았다. 발전기는 덜커덩덜커덩 시동이 걸리다 멈추었다. 그는 헝겊으로 기어 펌프 구멍을 막다가 열기를 반복했다. 공실 압력이 팽팽하지 못해 시동이 자꾸 죽는 것이었다. 그가 움직일 때마다 가슴에 걸어놓은 손전등 빛이 좌우로 흔들렸다. 쇠 비린내가 진동할 때까지 막고 열기를 반복하자 드디어 시동이 고르게 떨리기 시작했다.

됐다.

이것은 해병대 시절, 서치라이트가 비치된 전방 초소의 예비 발전기를 켤 때 배운 방법이었다.

윙윙거리던 건물 벽에서 뚝뚝 끊어지는 예열음이 들려왔다. 벽에 붙은 스위치를 올려다보았다. 2층에는 불이 들어오지 않았지만 3층인지 4층인지 모를 위층에서는 전열선 돌아가는 소리가 들렸다. 탕, 탕. 배관에서 열이 오르는 소리도 들렸다.

"잠시 있거라."

그는 설비실에 아이가 든 배낭을 내려놓고 문을 닫았다.

복도를 걸어 3층으로 올라갔다.

층계참의 죽은 고무나무 화분 뒤에서 두꺼비집을 찾아냈다. 배전반 차단기를 올리자 3층 전체에 불이 들어왔다. 이제 이 폐건물은 불이 들어오는 건물이 되었다.

동민은 서둘러 아들이 있는 설비실로 갔다.

배낭에 폭 쌓인 아이는 입을 벌린 채 어두운 천장을 멍하게 바라보고 있었다.

"올라가자. 불이 들어온다."

"우리, 씻을 수 있어요?"

"모르겠다. 더운물이 나올지는."

"그럼 뭐 하다 온 거예요?"

"전기를 돌렸지. 배관이 돌아가고 있으니 오늘 밤은 따뜻하게 잘 수 있을 거야."

"전화도 걸 수 있어요?"

"스마트폰은 메기탕집에서 잃어버렸잖아."

"게임하고 싶은데."

"노트북을 찾아볼게. 왜 자꾸 긁니?"

"가려워서요."

아이 옷을 젖히고 목을 살폈다.

검붉은 발진이 가득 피었다.

시간이 흐를수록 아이 피부는 본래의 색을 찾기 어려울 만큼 변해가고 있었다.

"많이 짓물러 있구나. 아, 해라."

그는 아이 입에 알갱이들을 넣어주었다.

3층은 약품 제조실이었다.

방마다 바닥에는 엄청난 양의 캡슐들이 흩어져 있었다. 상자를 툴툴 털어내 바닥에 쏟아낸 것 같았다. 캡슐에 든 알약들은 저마다 크기가 달랐고 색깔도 달랐다.

그는 바르비투르와 디엠티, 클로르프로마진이라고 인쇄된 약을 챙겼다. 바르비투르는 수면 작용제였고 디엠티와 클로르프로마진은 항불안제였다. 디엠티는 모르는 약이었지만 갑에 든 설명서에는 각성 효과가 있다고 해서 챙겼다. 그것들을 전부 아내의 가죽 장지갑에 넣었다. 소화제와 제사제, 지혈제는 따로 비닐봉지에 담아 배낭에 넣었다.

그들은 3층의 가장 넓은 방으로 들어갔다.

제조실이라는 팻말이 붙은 그 방에는 마치 고등학교 과학실에서 보던 싱크대를 겸한 시약대가 줄줄이 늘어서 있었다. 동민은 요리 학원 교실 같다고 생각했다.

먼저 그가 살핀 것은 커다란 오일 히터였다. 에어컨과 히터를 겸한 사무용이었다. 전열선을 꽂자 예열이 시작되었다. 리모컨으로 온도를 맞춘 다음, 배낭을 그 앞에 세웠다.

그는 제조실 창 블라인드를 모조리 친 다음 천장을 살폈다. 형광등 수십 개가 달려 있었다. 형광등 스위치는 입구 쪽 벽, 사물함 뒤에 숨어 있었다. 다섯 개의 스위치 중 하나만 올렸다. 천장 형광등 중 가장 왼쪽 라인 여섯 개에 불이 들어왔다.

그는 늘어선 캐비닛들을 모조리 열었다. 안에는 직사각형 종이 상자들이 가득 쌓여 있었다. 상자 속에는 갈색 메디아 병이 열두 개씩 들어 있었다.

영어로 인쇄된 전단 뭉치도 나왔다. A4지 규격의 복사 용지였다. 측면이 깨끗하게 재단되었고, 견고하게 묶음 처리 되어 있었다.

전단에는 다음과 같은 내용이 인쇄되어 있었다.

———— The Government has Antidote!

정부가 해독제를 가지고 있다! 당신의 선은 누구인가?

끈을 끊고 잡히는 만큼 종이를 품에 넣었다.

동민은 전단 뭉치와 메디아 병 대여섯 개를 안고 배낭으로 돌아왔다. 그것들을 책상에 올려놓고 메디아 병 하나를 움켜잡았다. 동민은 병을 던져 불이 들어오는 형광등을 하나하나 깨기 시작했다.

퍽. 퍽.

유리 조각이 눈처럼 떨어졌다. 형광등이 하나씩 꺼질 때마다 선반들이 어둑발 속으로 몸을 숨겼다.

그렇게 그는 형광등 하나만 남기고 모조리 깼다.

하나의 형광등에서 내리는 빛 가루가 그의 정수리를 때리고 다시 피어올랐다. 빛 가루는 주변 어둠에 몰려 더는 퍼지지 못한 채 그와 그의 아들이 들어앉은 배낭 주변을 뿌옇게 감싸 돌았다.

"아빠."

"잠깐만. 이것만 하고."

그는 배낭에서 노끈을 묶어놓은 나무 작대기를 챙기고 의자 하나를 돌돌돌, 끌고 제조실 입구로 갔다.

입구에 의자를 세우고 올라섰다.

문틀 상단 너비를 손으로 쟀다. 주머니에서 1층에서 챙겼던 황산 병들을 꺼냈다. 마개를 열고 병을 하나씩 문틀 위에 일렬로 늘어놓았다. 학창 시절 학생들이 칠판지우개를 올려놓곤 했던 것처럼.

노끈 묶인 나무작대기를 늘어선 황산 병들 뒤에 살포시 놓았다. 늘어진 끈을 문손잡이에 묶었다. 문을 조금 밀어보았다. 작대기가 끌리며 놓아둔 병들을 달가닥달가닥 쓸었다.

좋다.

누군가가 문을 연다면 노끈에 연결된 작대기가 저 황산을 쏟아낼 것이다. 그는 손잡이에 묶은 끈을 일단 풀어두었다. 잠들기 직전에 다시 묶을 참이었다.

히터 앞으로 돌아온 동민은 바닥에 떨어진 유리와 사금파리들을 말끔하게 치운 다음 캐비닛에서 가져온 전단을 겹겹이 깔았다.

배낭 속에 있던 아이가 고개를 내밀었다.

"이제 나가도 돼요?"

"아직이야."

"그럼 언제요?"

"참아."

그는 쪼그리고 앉았다.

무릎에 감아놓은 철사 줄을 풀고 감고 있던 비닐을 풀었다. 군화도 벗었다. 푸석거리는 비닐을 구석으로 밀어내고 양말 차림이 된 그는 본격적으로 근처 시약대 서랍을 하나하나 뒤지기 시작했다.

서랍에는 빈 화약 시료 통들만 가득했다.

그러다 마지막 책상 서랍에서 플라스틱 장난감을 찾아냈다. 그의 입이 환하게 벌어졌다. 이런 행운이.

뜯지 않는 새 제품이었다. 헬로베로봇이라고 쓰여 있었다. 이 회사에서 일하던 누군가가 자식에게 주려고 사놓았던 모양이다.

화산이 터지기 전, 이 장난감은 아주 인기가 많았다. 공급되는 물량이 모자라서 마트마다 이것을 사기 위해 엄마, 아빠, 할아버지, 할머니가 긴 줄을 섰다.

동민은 흘끔 배낭 쪽을 보았다.

배낭 위로 머리를 내밀고 있는 아들은 웅웅거리는 히터를 바라보고 있었다. 그는 포장을 뜯어내고 야전 상의 주머니에 장난감을 챙겨 넣었다. 다음 달 아이 생일이 오면 선물로 줄 요량이었다.

서랍에서 뜯지 않은 거즈 두 팩까지 챙긴 동민은 아들에게 돌아왔다.

“자, 이제 나오자.”

아이가 팔을 뻗었다.

아이를 안아 배낭에서 꺼냈다.

아이는 불상처럼 다리를 옹그리고 있었다. 어디서 생겼는지 초파리와 각다귀 들이 윙윙거렸다. 아이를 시약대에 앉혔다. 궁둥이가 닿자 아이가 경기를 일으켰다.

“추워, 추워요.”

“금방 따뜻해질 거야.”

"아빠, 차갑다구요."

"바닥은 안 돼. 히터에 너무 가까이 있으면 몸이 상해."

그는 굳은 다리를 천천히 펴주고 아이 신발과 바지를 벗겼다. 일자로 눕히려 했지만 아이는 등을 제대로 펴지 못했다. 그는 손바닥으로 등을 쓸어주며 아이가 몸을 펼 수 있게 도왔다. 아이는 천천히요, 천천히요, 라고 사정했다. 오그라진 발도 아직 펴지 못했다.

"잠깐요, 아빠."

동민이 손을 멈추자 아이는 굴비처럼 등을 구부린 채 한동안 모로 누워 있었다.

"괜찮아?"

"네."

아이는 그 자세로 더 있으려 했다.

그 상태로 아이 무릎과 발목, 무종아리를 한참 동안 주무른 그는 배낭에서 핀셋과 탈지면을 꺼내 선반에 올려놓았다.

아이를 앉혔다.

시작하겠다는 듯 아이 턱을 간질였다. 아이가 두려워하며 물었다.

"또 해요?"

"응, 또 해야 해."

아이는 어깨가 아프다고 했고 만져보니 꽛꽛했다. 천천히 팔을 구부리니 저항하는 힘이 역력했다. 척추에서도 측만증이 일어나고 있었다. 오랫동안 가방에 태우고 다닌 탓이었다. 그는 아이 팔이 부드러워질 때까지 올렸다 내리길 반복했다.

아이는 서울에서부터 일찌감치 상해가고 있었다.

크기가 맞지 않아 유모차에 태울 수도 없었다. 영화에서 부랑자들은 종종 카트를 끌고 다니지만 그건 영화일 뿐이다. 실제로 사용해보면 방향 잡기가 몹시 불편했고 속도도 더뎠다. 게다가 작은 바퀴가 거친 보도블록을 쉬 견뎌내지 못했다. 아이는 그나마 가방 안을 제일 편안해했다.

그는 붙여놓은 거즈를 조심스레 뜯어내고 상처를 살폈다. 맑은 진물이 번들거렸다. 아이 날갯죽지를 주먹으로 토닥이며 고름을 상처 구멍으로 모은 뒤 검지와 엄지로 살을 압박했다. 구멍에서 여러 개의 고름 덩어리가 솟았다. 마치 탁충濁蟲의 애벌레 같았다. 핀셋으로 하나하나 뽑아냈다.

아이는 아프다고 말하지 않았다.

"내일부터는 걸어 다닐래?"

우묵한 고름 구멍에 탈지면을 넣으며 동민이 물었다.

아이는 차가운 스테인리스 선반에 볼을 댄 채 눈을 깜빡거리기만 했다.

"걷지 않으면 몸이 굳어져."

"그냥…… 가방에 있을래요."

그가 고개를 끄덕이고 아이의 말간 콧물을 닦았다. 곧 뻥 뚫린 아이 어깨에서 고름과 피가 꾸둑꾸둑하게 마르기 시작했다.

"더 살펴보자꾸나. 자, 허리를 들어봐."

열 폭풍으로 데인 늑골 주변은 멍울이 져 온통 자색을 띠었고 배에는 좁쌀 같은 비립종이 오돌토돌하게 솟아 있었다.

씻겨야 했다.

아이가 앉은 시약대에는 물이 나오지 않았다.

"젠장맞을. 물이 나왔으면 딱인데."

"아빠. '젠장맞을'이 무슨 뜻이에요?"

"아니다. 아무 뜻도."

이 건물 어딘가에 고름을 씻어낼 만한 용액과 몸을 닦을 알코올이 있을 터였다. 그래서 길을 돌아 이 제약 공장까지 온 것이다. 걱정스러운 건 찾는 시간 동안 아이가 고통을 견뎌야 한다는 것뿐.

동민은 땀에 젖은 아이의 잔머리를 귀 뒤로 쓸며 말했다.

"잠시 있거라."

"또요? 어디 가게요?"

겁먹은 아이가 탁한 퉁방울눈을 조이며 고개를 쳐들었다.

"목욕해야지. 알코올을 찾아보마."

"싫어요."

아이는 몸에 약품 대는 것을 극도로 싫어했다.

"해야 해."

"싫어요."

"아니. 해야 해."

"싫어요."

"이놈의 새끼가!"

고집을 접은 아들은 선반 아래로 시선을 떨어뜨렸다.

나체로 누운 아들을 버려두고 창가로 갔다. 블라인드를 젖히고 부유스름한 창을 열었다. 차가운 공기가 밀려왔다. 창틀에 부착된 하강기를 움켜잡으며 잠시 숨을 머금었다.

한 번도 울지 않는 아들이 안쓰러워 차마 볼 수 없기에, 아이가 보는 앞에서 자신의 눈을 비빌 수도 없기에 그는 마른바람이 눈물을 말려주길 바랐다.

주변은 검고 아슴푸레했다. 낙진 덮인 축구장 너머, 지평선 끝에 솟아오른 검은 산들이 구름과 맞닿아 있었다. 짙은 어둠이 산과 경계를 이루는 삐쭉한 나무들 사이에 속속들이 숨어 있었다.

병풍 같은 저 나무들 너머, 그와 아들이 가야 할 땅은 어둑시니들의 공간이었다.

거기에는 흔적을 잃어버린 도로, 이념에 사로잡힌 채 균질화된 인간들, 본능을 되찾으려는 개들, 누구도 끄려 하지 않는 산불, 파괴력을 가진 지진 그리고 탁한 잿빛 공기가 있을 터였다.

날이 밝으면 아이를 데리고 다시 저 속으로 들어가야 했다.

동민은 주먹으로 눈을 닦고 아이 쪽을 돌아보았다.

아이는 차가운 선반에 얼굴을 붙인 채 그를 바라보고 있었다.

아들에게 갔다.

그는 죄책감 휩싸인 눈으로 파르스름해진 아이 미간을 노려보다가 아이 볼에 입을 맞추었다.

"선반이 높다. 떨어지면 다치니 얌전히 있어. 알았지?"

"네."

아이를 눕혔다.

"물이 나오는지 살펴보고 올게."

"무서우니까 빨리 와야 해요."

손가방을 들고 제조실을 나온 동민은 복도에서 자판기를 발견했다. 플라스틱 유리 안의 긴 선반에는 콜라, 사이다, 맥콜, 포도봉봉 캔이 진열되어 있었다.

자판기는 돈을 넣어도 작동되지 않았다. 동민은 자판기를 밀어내고 뒤쪽에 있을 전선을 찾았다. 전선은 바닥에 매립된 플러그 단자에 단단하게 고정되어 있었다.

'이상하다, 전기는 들어오는데.'

다시 동전을 넣었지만, 반응이 없었다.

버튼을 이리저리 누르다 급기야 어깨로 몸체를 텅텅 쳐댔다.

덜컹.

내용물이 떨어졌다.

혼자 피식, 하고 웃었다.

때리는 나나, 때린다고 나오는 너나.

동민은 오렌지 환타 캔을 끄집어냈다.

종말을 다룬 영화에서 공통으로 사용하는 클리셰가 바로 이것 아닌가. 자판기 콜라, 동물원에서 탈출한 사슴, 빌딩을 타고 오르는 이끼 숲, 사람들이 사라진 도로 가에 늘어선 자동차들.

동민은 환타를 남김없이 꿀꺽였다. 넘길 때마다 관자놀이 언저리에 피가 쏠리며 아련한 집중력이 발생했다. 골치 아픈 아들 생각 따윈 이 순간 어디에도 없었다.

캔을 던지고 복도 끝 샤워실 문을 뜯었다.

예상한 대로 물이 나왔다.

수압이 약했지만, 양은 충분했다.

아래 지방으로 내려오면서 좋은 것은 이것이었다. 아직 어느 건물이든 물이 나왔다. 하나 마실 수는 없었다. 화산 쇄설물류에 백열한 땅은 강한 염소와 황을 짜내고 있었다. 댐에서 수로관을 통해 도시로 이어지는 그 물을 마시다간 기관지가 금세 타버린다.

동민은 샤워기 헤드를 돌려 빼냈다. 물때를 찬찬히 살폈다. 역시 녹물이 꼈다. 황이다.

그는 손가방에서 정수에 필요한 장비를 꺼내 바닥에 가지런히 놓았다. 우선 스패너로 수전에 연결된 호스를 풀고 연결부 플로를 빼냈다. 그다음 워터 키퍼를 장착하고 샤워기 헤드를 돌려 끼웠다. 수전을 올리자 정수된 물이 나왔다.

차가웠다.

그 물을 마음껏 마신 동민은 텀블러에 물을 받았다.

아이가 기다리고 있는 제조실로 갔다.

아들은 여전히 차가운 선반에 웅크리고 있었다. 아이에게 물을 먹이며 주변을 살폈다. 다행히 약을 개발하는 제조실이어서 그런지 수조가 있었다. 직사각형 모양의 펌프 순환식 수조였다. 그는 네 손으로 먹어, 라며 텀블러를 아이에게 쥐여주고 수조 쪽으로 갔다.

수조는 치킨집에서 닭을 튀기는 기구 같았다. 충분히 아들이 웅크릴 만했다. 전원이 들어오지 않는 것이 아쉬웠지만 크게 문제될 건 없었다. 선반 아래 공간에서 무균 비닐과 과산화수소가 든 통까지 발견하자 그는 만면에 화색이 돌았다.

여긴 천국이군.

바퀴가 달린 운반대를 끌고 다시 샤워실로 갔다. 거기서 산업용 비닐에 물을 가득 받아 입구를 끈으로 칭칭 감고 운반대에 싣고 제조실로 돌아왔다. 물이 담긴 비닐에서 풍풍하는 소리가 났다. 전단을 공처럼 구겨 말아 수조 내부를 깨끗하게 닦아내고 비닐 속 물을 수조에 콸콸 쏟아부었다.

그렇게 만든 욕조를 보며 아들이 물었다.

"거기에 들어가는 거예요?"

"아직은 아니야. 잠시만 기다려라."

그는 운반대를 끌고 1층과 3층을 여러 번 오르락내리락한 끝에 포름알데히드가 든 플라스틱 통 다섯 개를 옮겨 올 수 있었다. 수조에 포름알데히드를 붓고 과산화수소를 부었다. 측정기를 대자 0.20피피엠이 나왔다.

아이는 물을 물끄러미 바라보고 있었다.

동민은 아이 상처에서 부형제와 거즈를 뽑아냈다.

"눈이 따가울 수 있어. 참을 수 있지?"

으여차, 동민은 아이 몸을 들었다. 아이는 고개를 절레절레 흔들며 수조 안으로 들어가려 하지 않았다.

"들어가야 해."

"아빠."

"왜."

"엄마 목걸이 주세요."

동민은 아이 목에 아내 목걸이를 걸어주었다. 향나무 물고기에 박힌 동그란 보석이 빛을 받고 반짝였다. 물고기자리는 아내의 별자리였다. 목걸이를 받은 아이는 그제야 이마를 편안하게 펴더니, 쥐고 있던 탱탱볼을 동민에게 건넸다.

동민은 아이 입을 벌렸다.

알갱이 몇 개를 더 물게 했다.

그가 아들에게 수시로 먹이는 알갱이는 박테리아의 성장을 억제하고 종기를 없앤다는 유향나무 원액 결정이었다. 유향은 강력한 방부 작용을 해 피부 염증과 피부 궤양에 특효가 있었다. 양평을 지날 때 무너진 한약방에서 찾아낸 것으로 질이 가장 좋다는 인도네시아산이었다. 아이는 사탕 빨듯 유향을 오물거렸다.

수조에 아이를 담갔다.

아이 엉덩이가 미늘 걸린 스테인리스 철망에 닿았다.

어깨까지 잠기자 물과 과산화수소로 희석된 정제 염수 수면에 물고기 펜던트가 떠다녔다. 아이가 쪼글쪼글한 두 손에 물고기를 가두며 장난쳤다.

쪼륵.

쪼르륵.

아이 몸에서 나온 이물질과 실처럼 흔들거리는 피고름 사이로 물고기 펜던트가 동동 헤엄쳤다.

"한 시간 정도는 이렇게 있어야 해."

"왜 자꾸 씻어요?"

"이젠 익숙해질 때도 되었잖아."

"왜 자꾸 씻냐구요."

"한결이 피부가 약해서 그래."

아이가 물에 들어가 있는 동안 그는 실험대에서 찾아낸 주사기와 겸자를 소독했다.

마음이 좀 놓였다.

식수도 충분히 받아두었고 히터가 뿜어내는 공기는 적당히 따뜻했다. 아이만 씻기면 오늘도 무사히 잘 넘긴 것이었다.

철제 의자를 끌어와 아이 앞에 앉았다.

비커로 물을 떠서 아이 어깨에 부어주었다. 구석의 히터가 탕탕거리며 소리를 냈다.

아이 몸이 점점 살아나고 있었다.

"해준이랑 유건이는 잘 있을까요?"

아들이 물었다.

"잘 있겠지."

"해준이 태권도 초록 띠가 우리 집에 있는데."

"저번에 우리 집에 물 마시러 왔을 때 놓고 간 거?"

"네."

"엄마가 갖다 주라고 하지 않던?"

"했어요."

"자꾸 턱을 내리지 마라. 목에 힘을 줘. 그런데 왜 안 돌려줬어?"

"더러워서요."

"더럽다니."

"그거 해준이 침이 잔뜩 묻은 거다요. 해준이는 태권도 끝나면 맨날 띠를 빨아요."

"너도 빨던데 뭘."

그가 손으로 아이 이마에 흐르는 물을 훔쳤다.

"대구 할머니 집은 멀었어요?"

"응. 더 가야 해."

"대구는 신라 땅이에요?"

"응."

"여름에 엄마랑 갔던 곳은 백제 땅이죠?"

"그래. 부여."

"고구려는 누구 땅이죠?"

"고구려는 누구 땅이 아니라 나라 이름이야."

"어쩜 그리 잘 알아요?"

"아빠는 작가잖니."

"배관공 작가?"

"그래. 배관공도 하고 작가도 하고."

이틀 전 철길 아래에서 노숙하면서 동민은 아들에게 한강을 차지하기 위해 오래전 세 나라가 영토 전쟁을 벌였던 이야기를 해주었다.

여섯 살인 아들에게 삼국이 세력을 다투는 이유를 알아듣게 설명하긴 쉽지 않았다. 그래서 그저 이 땅에 존재했던 고대 왕국의 이름과 각 나라의 대표적인 문화재만 알려주고 말았다.

백제는 2년 전 부여로 떠난 가족 휴가 때 들른 박물관에서 본 금동향로를 만든 나라라고 말했다. 아들은 세 식구가 여행 갔던 부여를 용케 기억해냈다.

그로부터 1년 하고도 여러 개월이 흐른 지금, 아들은 미사일이 병을 옮기는 것과 정부군이 사람을 닥치는 대로 죽인다는 것까지 이해해버렸다.

"열 밤만 더 걸으면 된다. 그때까지만 참자."

물속에 웅크린 아이는 고개를 끄덕였다.

팔을 괸 채 제조실 바닥에 모로 누운 동민은 자신을 기대고 누운 아들의 뒷덜미 너머 반짝이는 노트북 화면을 바라보고 있었다. 아들은 집기실에서 찾아낸 낡은 업무용 노트북을 안고 지뢰 찾기 게임에 열중하고 있었다.

아이 머리카락에서 뚝뚝 떨어지는 물이 깔아놓은 전단을
하게 했다. 아들은 조그만 손으로 트랙패드를 이리저리 긁으
신 엔터 키를 두들겼다.

아들이 육포를 물고만 있자 그가 손을 뻗어 삐져나온 육포
잡았다. 아들이 이로 그것을 끊어냈고 그는 뜯기고 남은 육포
자신의 입에 가져갔다.

물기가 말라갈수록 아들 머리카락이 뻗치고 있었다. 동민은 아
들 머리를 연신 쓸어내렸다. 유향 가루와 듀플러스 연고로 번들거
리는 작은 몸에서는 어느새 놓이 피어올랐다.

아이가 노트북 화면을 동민에게 보여주었다.

그가 트랙패드로 손을 뻗어 커서를 이동해주다가 그만 지뢰를
터뜨리고 말았다. 아이가 부숭부숭한 얼굴로 그를 바라보았다. 그
는 씩 웃으며 아들 귀를 만졌다.

아이가 게임을 다시 시작했다.

그는 발로 멀티탭을 밀어 아이의 몸에서 최대한 멀리 떨어뜨렸
다. 노트북 선이 팽팽해지자 아이가 선을 잡아당겼고 밀어낸 멀
티탭이 다시 다가왔다.

"이 녀석이. 불나면 너 타버려."

손가락으로 아이 겨드랑이를 쿡, 쿡 찔러 간질였다. 아이가 움
츠리면서 앙글거렸다.

멀티탭은 멀리해야 한다.

아들 몸은 몹시 건조하기에 화상을 입으면 안 된다.

소리가 바닥을 타고 낮게 깔린다.

주시했다.

문틀 상단에 아슬아슬하게 놓여 있었다. 누구
대기가 황산 병을 우르르 쓸어 떨어뜨릴 것이다.

비닛 위에도 몇 개를 두었다.

다 병들이 몇 개씩 올려져 있었다. 그는 손만 뻗으면
는 거리에 늘어놓은 작은 병들을 바라보았다. 전부 황
을 반반 섞어 넣은 메디아 병이었다. 마개 조임이 있는
병은 비커처럼 얇았기에 좋은 액체 폭탄이 될 수 있었다.
상 대비는 많을수록 좋았다. 몇 개는 배낭에도 챙겨두었다.

불빛이 새어 나가면 안 될 텐데.

전열기를 끌까 생각했지만, 공기를 더 데우기로 했다.

건물 밖에서 고양이가 울었다.

"이제 잘까?"

아들은 대답이 없었다.

동민은 반쯤 남은 보드카 병을 밀어낸 다음, 천장을 보며 온전히 누웠다. 옆구리를 베고 있던 아들 머리가 자신의 배로 이동했다.

히터 열 덕분에 실내가 아늑했다.

동민은 이마에 손등을 올렸다.

자신을 괴고 누워 게임에 열중하는 아들은 꼭 자루 같아 보였다. 천장 석면 보드에 송송 뚫린 구멍들이 흐린 형광등 빛과 어우러져 별을 만들었다.

또각또각.

키패드 소리가 제조실을 더 공허하게 만들었다.

동민은 반측하다 스르륵 눈을 감았다.

꿈을 꾸었다.

다시는 돌아갈 수 없는 그리운 공간이 나타났다.

보일러가 들어오는 거실, 깨끗한 싱크대, 개켜놓은 면 수건들. 기저귀 가방, 깔아놓은 알록달록한 담요, 반듯하게 세워놓은 빨래 걸이, 책장, CD장, 노란 조명, 녹보수, 해피트리, 폴리셔스, 물 먹는 하마, 다우니 기름 향.

버트 잰시의 〈라 루나La Luna〉.

슈베르트의 〈겨울 나그네〉.

캭캭, 대는 갓난쟁이의 울음소리가 들리자 그는 노트북을 닫고 옆방으로 간다. 높은 침대가 있는 그 방은, 조도 낮은 스탠드 조명 때문에 온통 카나리아 색이다. 가습기 연기가 활석처럼 빛을 내며 쟁반 위 숯을 적신다.

침대 위에는 생후 4개월짜리 아기가 천에 꽁꽁 말린 채 몸을 뒤틀고 있다.

우리의 소중한 한결이.

끼양, 끼양 우는 소리가 꼭 고양이 소리 같다.

그는 말아놓은 보낭을 풀고 기저귀를 살핀다.

한결이를 팔에 올린다.

안고 조심스레 일어선다.

반동을 주며 아기 정수리를 자신의 턱으로 고정한다.

아기는 실눈을 뜨고 아빠의 어깨 너머 스탠드 불빛을 보고 있다. 밝음도 어둠도, 형태도 크기도 구분하지 못하는 갓 태어난 시선.

아기는 곧 이마를 구기며 눈을 감는다. 하품한다. 젖 냄새가 나는 축축한 입으로 아빠의 목을 빤다. 그는 손바닥보다 작은 그 동그란 뒤통수를 받치고 천천히 몸을 흔든다.

고요한 이 세상. 오직 둘만 있다.

솜같이 가벼운 아들을 안은 채 가만히 귀를 기울인다. 아파트 베란다 너머로 오토바이가 지나가는 엔진 음이 들린다. 그 소리 말고도 조용한 방에는 무수한 공기 소리가 숨어 있다.

생각한다.

이 아이를 안고 지금 당장 어두운 동굴을 걷는다면.

자신은 아이를 의지하고 이 핏덩이는 자신을 의지한 채 깊은 심연을 걷고 있다면. 막 태어난 아들과 깊은 어둠 속에 있는 그 상황에서 우린 교감이 가능할까?

우리는 어떤 대화를 나눌까?

아이는 온전히 어둠을 느낄 것이다.

아비는 아들의 두려움을 전부 흡수해야만 한다. 격정과 낙담과 불안함도 흡수해야 한다. 아비는 오직 아이의 안온만 챙길 뿐이다.

그는 눈을 감는다. 아기 뒤통수를 감싸 잡고 이마에 코를 대서 냄새 맡는다. 검은 동굴 속에서 서로를 느낄 수 있는 것은 내음뿐이다. 심장 박동은 오히려 거짓일 수 있다. 얼굴을 바라보는 것도 거짓일 수 있다. 오직 촉감과 후각만으로 가늠해야 한다. 그것으로 서로의 생명을, 서로의 존재를 가늠해야 한다. 깊은 동굴 속에서. 그 둘은.

눈을 떴다.

전열기가 웅웅거리고 있었다.

어느새 정해놓은 타이머가 꺼졌다. 전열기의 철망 안, 내장처럼 꼬인 메탈 튜브가 식어가고 있었다.

그는 고개를 들었다. 아들은 노트북을 안고 잠들어 있었다. 자신의 골반에 뺨을 댄 채 입을 벌리고 자는 모습에 그는 피식 웃음이 났다. 아들이 깨지 않도록 조심하며 품에서 노트북을 빼냈다. 담요를 깔고 아이 몸을 반듯하게 눕히고 파카를 덮어주었다.

챙겨 온 디엠티를 꺼냈다.

설명서에는 서인도 제도 원산지라고 적혀 있었다. 중추 신경 억제제 평온약이라. 수면 안정제라고 쓰여 있지만 아마도 환각제일 것이다. 그는 한 알을 입에 넣고 침으로 녹여 삼켰다. 생각보다 써서 텀블러의 물을 한 모금 마셨다.

몸이 무거웠고 몹시 피곤했다.

그는 씻기 위해 몸을 일으켰다.

좀 울어야 했다.

흙물이 타일 골로 줄줄 흘러내렸다.

3층 화장실에 나체로 쪼그리고 앉은 동민은 샤워기 헤드를 자신의 덥수룩한 꼭뒤에 댔다. 그는 머리로 물을 흘리면서 왼쪽 손목에 찬 시계를 물끄러미 보고 있었다.

눈썹을 타고 내린 물이 망울지며 눈을 덮었지만, 동민은 조금도 깜빡거리지 않았다.

그는 순토 아웃도어 시계를 부술 듯 노려보았다.

언제인가 들었던 택시 기사의 말이 떠올랐다.

흰 스포츠머리에 예순이 넘은 충청도 사람이었는데 그는 운전대를 잡으며 남자의 자질에 대해 언급했다. 남자는 모름지기 내비게이션과 마누라 말만 잘 들으면 사고 날 일이 없다고. 늙은 기사는 합정역에서 미아리 고개로 가는 동안 강설하듯 침을 튀겼다.

젠장맞을.

그 말이 맞았다. 새겨들어야 했다.

이 시계를 고쳤어야 했다. 그것 때문에 모든 게 이렇게 꼬여버렸다. 동민은 아내 말을 들어야 했다. 계속 회사에 다녔어야 했고 소설 따윈 쓰지 말아야 했다.

그리고 이 시계를 고쳤어야 했다.

코뼈를 타고 흐른 물이 콧방울에서 망울 짓고 시계 액정 위로 뚝뚝 떨어졌다.

흐린 녹갈색으로 변한 눈동자가 고통스러운 한을 되새기며 왼쪽 팔에 찬 순토 아웃도어 시계, 한 시간이나 늦게 가는 그 빌어먹을 시계를 노려보고 있었다.

그것을 하지 않았다면.

그쪽으로 가지 않았다면.

그 말을 하지 않았다면.

시간을 되돌릴 수만 있다면.

인간이 충격을 흡수하는 방법은 사건을 복기하면서 이루어진다. 충격 앞에 서서 충격에 익숙해지는 것이다. 그도 그랬다.

그는 지금 과거를 곱씹고 있었다. 죄책감과 자학은 이후에 진행될 터였다. 그 끝이 올 때까지 그는 그 사건을 복기하면서 자위해야만 했다. 허상으로라도 아내를 다시 살릴 방법을 구상하는 것. 그것만이 유일한 낙이었다.

양쪽 팔꿈치를 잘쏙하게 들어간 허구리에 끼고 뼈 마른 손으로 이마를 감싸고 하염없이 쏟아지는 물을 맞으며 동민은 과거를 복기하고 있었다.

다리를 건너던 날. 아침.

산소통이 연결된 방독면 흡입기의 측정기를 꼼꼼하게 살핀 동민은 순토 시계를 팔목에 찼다.

7시 30분.

"여보, 뭐 해? 준비 다 했어?"

물었지만 옷방에 있는 아내는 대답이 없었다.

그는 온통 회백색 발자국으로 지저분한 거실을 바라보았다. 창문을 닫고 있어도 늘 검은 먼지가 수북이 쌓였던, 과거 아내가 10분을 멀다 하고 닦아내던 거실 바닥에는 그들이 가지고 가야 할 배낭과 옷가지들, 식수를 넣은 아이스박스가 놓여 있었다.

작은 방에는 파란 다저스 상의에 스키 바지를 입은 아들이 강아지 쭈쭈를 안고 미로 찾기 책을 보며 출발을 기다리고 있었다.

그는 가방에 아스피린, 바늘, 라이터, 통장 따위를 쑤셔 넣은 다음 메모지에 적은 리스트를 다시 확인했다. 준비물은 모두 챙긴 것 같았다.

"여보, 뭐 해? 이제 가야 해."

옷방으로 들어갔다.

어둑한 방에 아내가 등을 보인 채 앉아 있었다.

아내는 회색 등산복 차림이었다.

"왜 그렇게 앉아 있어? 제일 두꺼운 코트를 챙겨. 한결이 겉옷도 한 벌 더 챙기고."

아내는 아무 말도 하지 않았다.

"옷 챙기라니까."

"오빠."

웨이브진 아내의 뒤통수가 말했다.

"왜."

"우리 참 가난하게 살았지?"

"무슨 소리야?"

"나, 처녀 땐 돈 참 많이 벌었는데."

"무슨 소릴 하는 거니?"

"저 옷들을 보니 그런 생각이 드네."

아내의 등은 픽 웃는 듯했다.

"젊었을 때 입던 좋은 옷들은 모두 안 맞고, 지금 옷은 전부 싸구려 보세야. 시작할 때보다 한참 가난해졌네. 우리, 참 아등바등하면서 살았어. 결국, 이렇게 될 것을. 이럴 줄 알았으면 은행에서 어떻게든 최대한 대출받아서 입고 싶은 거 다 사 입어볼 걸 그랬어."

"쓸데없는 소리 말고 어서 일어나."

아내가 반쯤 고개를 돌렸다.

"갈 시간이야?"

"서둘러야 해. 이미 전기가 끊겼어."

"……그래. 이제 가야겠네."

"두껍게 챙겨 입어. 처녀 때 뉴욕에서 샀던 파카, 그걸 입어. 그리고 한결이한테는 뭘 입히냐 하면……."

"오빠."

아내가 고개를 돌리고 바라보았다.

아내 눈은 그렁그렁했고 검었다.

"대구까지 가면 사는 거야?"

"무슨 말이 그래? 살기 위해 가는 건데. 대구 부근까지 방어선이 올라갔대."

"거기까지 내려가면 살 수 있는 거냐고."

"다들 그쪽으로 움직이고 있잖아. 그쪽은 여기와 달라. 공기도 깨끗하고 바이러스가 없어."

"만약…… 만약에 말이야. 둘 중 누가 죽는다면, 각자 지니고 있던 물건을 한결이한테 쥐여주기다."

그는 아내를 멀뚱히 바라보았다.

아내는 재 묻은 창틀 사이로 번지는 누르스름한 빛을 보고 있었다.

"이 사람이. 뭐라는 거야?"

"……둘 중 하나는 꼭 살아남아서, 남은 사람이 죽은 사람의 물건을 한결이에게 쥐여주자. 늘 셋이 함께 있다고 말해주자. 알겠지?"

"무슨 물건을?"

아내는 향나무 물고기를 걸고 있었고 자신은 아웃도어 손목시계와 가락지 하나를 꼈을 뿐이다.

"몰라. 아무거나. 서로의 몸에 지닌 것, 아무거나. 난 그 시계를 받을게."

"시끄러워. 어서 일어나."

"여보. 오빠!"

"왜?"

"한결이 꼭 살려."

"까분다."

"한결이 꼭 살려서 어머님께 데리고 가."

그는 목도리를 둘러주다가 아내를 껴안았다. 아내 목이 축축이 젖어 있었다. 둘 다 등산화를 신고 있었기에 천장이 아주 가깝게 느껴졌다. 아내는 콧물을 몇 번 삼켰다. 아내를 떼어냈다. 출발해야 했다.

성수 방향은 아직 여유롭다고 했다. 여기서 걸어간다면 한 시간 정도가 걸릴 것이다. 공습은 11시에 시작된다. 그 전에 한강을 건너 강남으로 가는 것이 동민의 목표였다.

시계 액정이 재촉하고 있었다.

"내가 다 계산해놨어. 지금 나가면 10시 전에는 한강을 건널 수 있어. 어서 한결이 옷 챙겨."

동민은 아들을 업고 걸었다. 인파가 밀렸지만 대부분 대로를 따라 걷고 있었다. 그는 동호대교를 벗어나 샛길로 접어들어 압구정동 신구중학교 담벼락 아래 노변 주차장까지 걸어왔다.

흙먼지를 뒤집어쓴 BMW가 눈에 들어왔다. 보닛에 이산화황에 오염된 불그죽죽한 담쟁이 넝쿨이 덮였다. 그는 앞 유리창을 쓸고 두 손을 그러모아 차 안을 들여다보았다.

뒷좌석에 한 남자가 죽어 있었다. 남자는 척추가 내려앉아 늑골이 골반에 걸려 있었다. 한 손에 스마트폰을 들었고 구두는 옆에 가지런히 모아두었다. 주차 브레이크 옆에는 번개탄과 풍로가 보였다.

문을 열자 해감내가 훅 쏘았다. 동민은 호흡기 마스크로 코를 막으며 자살한 남자의 양복 주머니를 뒤졌다. 차 열쇠는 찾을 수 없었다. 열쇠가 없으면 기름이 얼마나 남았는지 알 수가 없었다.

반대쪽 문을 열고 발로 시체를 차 밖으로 밀어냈다. 검게 변색한 자리에 진물과 구더기들이 꼬여 있었다.

그는 앞문을 열고 글로브박스를 열었다. 구형 아이팟이 이어폰선과 알 수 없는 전선들에 이리저리 엉켜 있었다. 그는 온전한 말보로 담배 한 갑을 주머니에 챙겨 넣고 글로브박스를 닫았다. 조수석에는 검은 비닐봉지가 있었다. 오래전 먹은 것으로 보이는 빵봉지와 음료수 쓰레기가 가득했다. 운전대 아래 수납 공간에서 액체 클리너와 바짝 마른 물티슈를 찾아냈다. 그것들로 뒷좌석에 묻은 시쳇물을 닦아냈다.

아들을 시체가 있던 자리에 앉혔다.

그도 들어와 문을 닫았다.

아들 입에 산소마스크를 대주었다. 움직일 때마다 등받이에서 답세기가 흩날렸다.

"흙먼지가 가라앉을 때까지만 이 안에서 있자."

아들은 고개를 끄덕였다.

대교에서 있었던 충격이 가시지 않은 모양인지 아이는 축 늘어져 있었다. 아이가 힘없이 고개를 내릴 때마다 그는 아들의 얼굴을 잡고 바라보았다.

"김한결. 정신 차려."

힘 빠진 아들 손에서 떨어지는 탱탱볼도 다시 쥐여주었다.

둘은 두 시간 정도 멍하게 앉아 있었다.

아내 몸을 그렇게 두고 온 건 어쩔 수 없었다. 문제는 잃어버린 가방이었다. 가야 할 동선을 메모해둔 수첩, 현금, 신용카드 모두 그 가방 속에 두었는데.

온갖 상념이 지나갔다.

머리 없는 아내의 몸.

높은 곳에서 떨어져 널브러져 있던 아들의 모습.

찾아낸 탱탱볼.

아들의 멱을 타고 전해지던 떨림이 떠올랐다.

놀랍고 참담한 일이 그 하루 만에 전부 일어났다.

무엇을 잊어야 하고, 무엇을 기억해야 할지 계산하고 정신을 차렸을 땐 깊은 어둠이 주변 건물 사이를 장악하고 있었다. 그는 김 서린 유리창을 닦고 밖을 살폈다. 건너편 6층 건물에 붙은 산부인과 간판이 눈에 들어왔다. 입구가 철책으로 막혀 있었다.

"가만히 있으니까 달콤한 냄새가 나요."

아이가 말했다.

"썩은 냄새일 거야."

"과자 냄샌데."

"저 비닐봉지에는 쓰레기밖에 없더구나."

아이가 아르르 몸을 떨었다.

두 시간을 앉아 있었지만 차 안 공기는 여전히 차가웠다.

그는 혼자 BMW에서 나왔다.

전봇대 아래 버려놓은 재활용 쓰레기를 살폈다. 그중 원통형 테이블을 끌고 왔다. 테이블을 발로 빠개 작은 조각을 만들어 그러모았다. 굴러다니는 종이도 모았다. 그것들을 자동차 뒷바퀴 아래에 차곡차곡 쌓았다.

맞은편 석조 건물 앞에 나뒹구는 세움 간판을 들고 와 BMW 뒤범퍼 옆에 끼우고 바람막이로 삼았다. 버려진 소파도 끌고 왔다. 주머니칼로 BMW의 앞바퀴를 잘라낼 수 있는 부분까지 잘라냈다. 파쇄된 탄화목 조각과 빠갠 테이블 조각에 불을 붙였다. 거기에 소파에서 떼어낸 천과 타이어 조각을 보탰다. 기름 냄새가 오르더니 불길이 살아 올랐고 나무가 자글자글 탔다.

자동차 문을 활짝 열었다.

소파를 끌고 와 차 안에 있는 아들과 마주 보고 앉았다. 세움 간판이 바람을 막아주는 덕에 불은 꺼지지 않았다. 깊숙하게 앉아 있던 아이가 기갈난 눈으로 피어오르는 불을 보고 있었다.

아이의 상처는 깊었다. 출발할 때만 해도 깨끗했던 옷이 온통 땀과 피딱지로 빳빳해져 있었다.

메고 있던 아내 가방을 뒤져 캡 달린 비닐, 솜, 거즈, 마데카솔, 지사제, 부르펜 시럽, 모트린 진통제 등을 꺼냈다. 그는 마데카솔을 아이 어깨 상처 구멍에 짜 넣고 반창고를 덧붙였다.

웅크린 아이가 안아달라고 했다.

아들을 차에서 온전히 빼냈다.

그는 소파에 앉은 채 아이를 무릎에 올렸다. 답답해하는 듯해서 아이 입에 붙어 있는 산소마스크를 떼주었다. 아이는 불꽃 한가운데 어두운 부분을 바라보고 있었다.

"엄마는 안 와. 알지?"

아들 눈에는 공허하고 멍한 막이 껴 있었다.

아이 정수리에 입을 맞추었다. 흙바람이 불었다. 다시 산소마스크를 씌워주었다. 아이는 다시 답답해했다. 산소마스크를 벗긴 그는 종이 마스크를 귀에 걸어주며 어딘가를 가리켰다.

"저기 건물 보이지?"

병원이었다.

"이따가 저곳에 들어가보자. 약이랑 먹을 것을 좀 찾고, 몸도 좀 씻자. 어쩌면 산소통도 충전할 수 있을지 몰라."

아이가 고개를 끄덕였다.

"어때, 불을 피우니까 좀 따뜻해졌지?"

"그런데 아빠."

"응."

"엄마가 말이에요."

"……응."

"엄마가 멈췄잖아요."

"다리에서 말이냐?"

"응. 걸음을 멈추고 엄마랑 뭐 했어요?"

"……엄마 목걸이를 벗겨주려 했지."

"왜요?"

대답 대신 아내 목걸이를 아이 목에 걸어주었다.

"엄마가 그랬어. 엄마가 죽으면 이 목걸이를 한결이한테 걸어주라고."

"언제요?"

"집에서 출발할 때."

"엄마는 엄마가 죽는다는 걸 어떻게 알았어요?"

"글쎄다."

"저도 죽어요?"

"무슨 소리니. 사람은 쉽게 죽지 않는단다. 특히 사랑하는 사람이 함께 있을 때는 더 그렇지."

"목걸이를 왜 나한테 주라고 했어요? 엄마는?"

"엄마랑 아빠가 약속했어. 엄마 물건, 아빠 물건 하나씩 한결이에게 건네주자고."

"왜요?"

"대구에 도착했을 때 다시 돌려받으려고 했지."

"나한테 맡기려고?"

"그래, 엄마가 목걸이를 너한테 맡기려고 그랬던 거야."

"아빠는 뭘 맡기려고 했는데요?"

"아빠는 시계."

"시계?"

"응. 이거."

그가 차고 있는 시계를 보여주었다.

"왜 안 맡겨요?"

"아빠는 나중에 맡길게. 한결이는 일단 엄마 목걸이만 가지고 있어."

그는 허연 골마지가 핀 아들의 자그마한 코를 닦으며 말했다.

"아빠는 말이야. 무슨 일이 있어도 한결이를 할머니한테 데려갈 거야. 엄마랑 한 약속을 반드시 지킬 거야."

"내 디즈니 시계는 집에 두고 왔다요."

"그래? 왜 안 챙겼니?"

"그 시계, 2분이 늦다요."

"뭐?"

"자꾸 늦어요. 시간이."

동민의 호흡이 가빠졌다.

"시팔."

아이가 놀라 올려다보았다.

"아니다."

그는 비로소 무엇이 잘못되었는지 깨달았다.

그는 왼쪽 손목에 감긴 순토 시계를 물끄러미 바라보았다.

큰 착각을 했다.

아니 기억하지 못한 게 잘못이었다.

아, 아.

"이런 시팔!"

그가 어금니를 고통스레 씹었다.

"아빠?"

아이가 눈동자를 불안하게 돌리고 있었다.

"아니다. 이리 와."

그는 아이 이마를 감싸고 입맞춤한 다음 종이 마스크를 떼고 산소 호흡기를 대주었다. 동민은 아이 정수리를 가슴에 감추며 고통스럽게 어금니를 꽉 깨물었다.

이런 일이. 이런 빌어먹을 일이.

그걸 이제야 알다니.

살릴 수 있었다. 아내를 살릴 수 있었다.

아내를 죽인 것은 바로 자신이었다.

맙소사.

모두 시계 때문이다.

순토 아웃도어 시계. 이 시계를 차는 게 아니었다.

"아……. 지연아, 미안해."

동민은 아이 정수리에 턱을 박고 흐느꼈다.

아들과 시계 이야기를 나누지 않았다면 그는 다리에서 아내가 왜 걸음을 멈추었는지 영영 알지 못했을 터였다.

공습이 있기 전, 화산재가 터지기 훨씬 전에 있었던 그 일을 아내는 떠올렸고 그래서 죽음을 감지한 것이다. 그가 하얗게 잊었던 그 일을 아내는 외롭게 기억해낸 것이다.

동민은 샤워기 헤드에서 뿜는 물을 온몸에 맞으며 이 모든 것이 2년 전 그 일 때문이란 것을 깨달았다.

유명한 IT 기업 이사 사모님에서 가난한 작가의 아내로, 다시 배관공의 아내로 처지가 변한 아내는 일찌감치 롤렉스 한 쌍을 팔았다. 돈이 될 만한 것은 모조리 팔아 생활한 지 6개월이 지났다. 어느 날 그의 스마트폰 액정이 고장 나자 그녀는 동민에게 화장대 서랍에 처박아둔 순토 아웃도어 시계를 건넸다.

"이걸 차라고? 이 시계, 한 시간 늦어."

"시간은 확인할 수 있잖아. 그리고 이젠 예전처럼 좋은 시계는 찰 수 없을 거야. 고쳐서 차고 다녀."

동민은 물끄러미 시계를 바라보았다.

그 시계는 그가 직업이 있었을 때, 넘치는 시간을 주체하지 못해 무언가를 갈망했고 마침 하나를 찾아낸 마라톤에 한참 빠져 있을 때, 산 것이었다.

"너무 커서 싫은데."

"비싸게 살 때는 언제고."

"마라톤 할 때는 필요했으니까. 이건 평소에 차기엔 너무 커."

"그러니까 애초에 작은 걸 사라고 했잖아."

아내가 평소 막 착용할 수 있는, 생채기가 나도 되고 잃어버려도 되는 생활 시계를 강요한 것은 두 사람이 사이판으로 놀러 갔다 온 이후였다.

사이판으로 출발하던 날 그는 예물로 받은 몽블랑 수제 시계를 차고 공항으로 향했다. 항공사 승무원 출신이었던 아내는 그가 몽블랑 시계를 차고 여행을 떠난다는 것을 마뜩찮아했다. 아내는 비싼 시계는 공항에서 소매치기당한다며 말렸지만, 그는 고집을 꺾지 않았다. 아내의 말은 틀리지 않았다. 이륙한 비행기에서 승무원에게 첫 음료수를 받았을 때, 그는 왼쪽 손목에 시계가 없다는 것을 알았다. 당황스러웠다기보다 놀라웠다. 몽블랑은 클립 체인이었다. 탑승 절차를 밟을 때까지도 시계는 온전했다. 손은 캐리어 손잡이를 한 번도 놓지 않았다. 그런데 탑승 후 감쪽같이 사라져버렸다. 그때 공항에는 소매치기가 아주 많다는 것을 그는 깨달았다.

이후 아내는 싸구려 나이키 시계를 그의 팔에 감겨주었다. 잃어버린 몽블랑 시계를 대신해서 장인이 사준 롤렉스는 기념일과 시상식 등 1년에 한두 번 있는 행사 외에는 구경시켜주지 않았다.

동민은 싸구려 나이키 시계가 영 마뜩찮았다. 간부 회의 탁자에서 팔뚝을 걷을 때마다 드러나는 가늘고 검은 전자시계가 수치스러웠다. 한참 잘 벌던 시절이었다. 여중생에게 치마 길이가 그렇듯, 휴가병이 등허리에 세운 다림질 줄이 그렇듯이, 30대 후반 대기업 남자에게 팔목의 시계는 그런 것이었다.

마침 마라톤용 시계가 있다는 동호회 사람의 말을 들었다. 방수 100미터에 편각 고정이 되고 경로 탐색은 물론, 고도계, 나침반, 심장 박동 체크, GPS 고도, 활동 기반 회복 시간 체크, 온라인 스포츠 다이어리까지 지원되는 비싼 놈이었다. 동호회 사람들이 단체로 구매한다고 했다. 순토는 그가 해병대에 복무하던 시절부터 흠모하던 메이커이기도 했다. 아내 몰래 구매했다.

그런데 순정이라던 그놈은 얼마 안 가 점점 느려졌다. 프로그램을 몇 번이나 다시 깔았지만 소용없었다. 마라톤 동호회 사람들이 착용하던 시계가 모두 그러했다.

"고쳐. 고쳐서 차고 다녀."

"고쳐도 안 돼."

"안 되는 게 어디 있어? 전자시곈데."

"됐어. 스마트폰 액정을 고칠게."

"그럼 이것도 팔아버린다?"

"놔둬. 그런데 이 사람, 집 안 세간을 다 팔려고 해?"

생활비를 마련하기 위해 온갖 것을 팔아대는 아내가 미워 그는 입아귀를 묘하게 올렸고 순토는 그렇게 몇 년 동안 아내의 화장대 속에 처박혀 있었다.

그리고 시간이 흘렀고 피난 떠나던 날, 그는 그 시계를 꺼내 착용했다.

한 시간 늦게 가는 그 고장 난 시계를.

액정에 뚝뚝 물이 떨어졌다.

그는 시계 액정을 쓸었다. 기름 섞인 물기가 닦이듯 사라졌다가 다시 자리에 머물렀고 그 위로 물이 떨어진다. 회색 LCD 폰트의 숫자가 볼록하게 보인다.

9시 45분.

그렇다면 지금은 10시 45분인 게다.

그 시절 동호회 사람들의 전자시계가 늦어지는 것도, 스마트폰이 자꾸 먹통 되는 것도, 내비게이션 GPS가 다른 길을 안내했던 것도, 백두산이 폭발한 것도, 도와다 칼데라가 폭발한 것도, 저기압이 사라지지 않고 한반도에 고여 있는 것도, 동해에 지각이 어긋난 것도 같은 이치리라. 전부 북극 자기장의 이상 현상 때문이었을 것이다.

아내는 그가 한 시간이나 느린 시계를 차고 있다는 것을 언제 알았던 것일까? 동민의 가족은 다리를 다 건너온 참이었다. 그 비슷한 시각에 여의도 쪽에서 내려온 수십 척의 배들이 동호대교 인근으로 정박하기 시작했다. 배에서 빠져나와 육지로 올라오는 인파 때문에 다리를 건너던 사람들은 몇십 분째 나아가지 못하고 있었다.

아마도 그때쯤이었으리라.

남편이 시계를 고치지 않았다는 걸 떠올린 시점은.

흐름이 정체되어 대교에서 꼼짝없이 머물러 있어야 했을 때 그녀는 공습 시간과 남편이 계산한 출발 시각이 같지 않다는 것을 깨달았을 테고, 서둘러 시계와 목걸이를 바꾸자고 한 것을 보면 이미 늦었다고 판단했음이 분명했다.

다리에서 아내가 걸음을 멈추었던 10시 5분은 공습이 시작된다던 11시에서 5분이 지난 때였다.

모두 그의 잘못이었다.

동민은 무릎을 안고 흐느꼈다.

엄지로 시계 액정을 수없이 비벼대며 엉엉 울었다.

—등 밀어줄까?

동민이 소스라치게 놀라며 고개를 들었다.

아내, 지연이 서 있었다.

회색 등산용 점퍼는 딸기 주스를 쏟은 듯 붉었다.

머리는 없었다. 탐스럽던 웨이브진 머리카락도 통통한 턱선도 없었다. 아내의 모습은 포격의 잔상 그대로였다. 잔인한 몸이었고 믿을 수 없는 모습이었다.

아내가 서 있다니. 목 없는 모습으로.

동민은 이것이 디엠티를 복용해서 일어난 환각임을 알았다.

아내가 말했다.

—아휴. 등은 하나도 안 씻었네. 때가 그대로야.

아내는 수건을 공처럼 말아 동민의 등을 밀었다.

동민은 복역자처럼 다리를 끌어안은 채 몸을 맡겼다. 아내의 팔에서 전해지는 빠릿빠릿하고 반복적인 힘이 등에 고스란히 전해졌다. 동민은 물을 뚝뚝 흘리며 바닥만 보고 있었다. 아내 숨소리 따라 찰랑거리는 물방울이 바닥에 튀었다.

그가 물었다.

"약 때문이야. 그치?"

—아니야. 난 늘 당신 옆에 있었어.

"죽은 당신이 보일 리 없잖아."

—볼 수도 있어.

"지연아, 미안해. 시계를 고쳐야 했는데."

—그러게 평소에 내 말 좀 잘 듣지 그랬니?

"정말 미안해."

—시계 일은 잊어버려. 그나저나 우리 한결이가 문제야.

"한결이?"

—내가 죽은 거 알더라.

"알아. 대견하지."

—원래 그런 아이였잖아. 생긴 건 조막만 해도 생각이 깊은 아이였어.

"그래."

아내는 동민의 겨드랑이와 엉덩이 골까지 구석구석 때를 밀어주었다.

동민은 나머지는 자신이 하겠다고 말했다. 아내는 손을 씻고

라디에이터에 걸터앉아 동민이 씻는 것을 바라보았다.

나체의 동민이 아내 앞에 우뚝 섰다.

아내는 팔짱을 낀 채 비스듬히 앉아 그를 보았다. 아니, 보는 것 같았다.

아내가 농담했다.

—울 신랑, 여전히 큰데.

그가 물이 뚝뚝 흐르는 팔을 뻗자 아내도 손을 내밀었다. 둘은 손을 꼭 잡았다. 환각이라 할지라도 감촉은 살아 있었다. 동민은 이렇게라도 만나니 좋다고 말했고 아내는 자신이 허상이 아니라 현실이라고 답했다. 동민은 아내 볼이 있던 자리, 그 언저리의 허공에 손을 대려 했고 아내는 물기 때문에 싫다며 어깨를 젖혔다.

동민은 히죽 웃었다.

두 사람은 재회의 기쁨보다 이런 허구적 현실이 일어나는 상황에 관해서 한동안 대화했다.

아내는 죽어서 그런지 많은 것을 알고 있었다. 동민이 제약 공장에서 집어 온 약의 효능과 부작용을 약사처럼 하나하나 설명해주었다. 동민이 어떻게 이런 대화를 나눌 수 있는지 물었고 아내는 알지만 복잡해서 설명하기가 귀찮다고 말했다. 아내는 그러면서 죽음이란 인간이 안고 있는 실존적 곤경의 상징이라고 말했다. 여기서 인간은 남편인 그를 지칭하는 말이었다. 그는 아내가 죽어서 똑똑해진 게 아니라 자신이 머릿속에 가진 정보를 아내가 말하고 있다고 생각했다.

아내는 그가 만든 환상일 테니.

—그리고 말이야, 죽음은 불균형한 세속적 가치에 경도되어 과잉된 욕망에 시달리다가 결국 과욕이 충돌해서 나타나는 결과물이야.

"야, 야. 무슨 말인지 하나도 모르겠다."

—난 오빠야. 오빠의 다른 모습이지. 오빠가 선善이고 싶을 때면 내가 나타나.

"말도 안 되는 소리! 넌 내 약 기운이 만든 환상이야."

—이런 이야기 그만하자, 오빠.

죽은 자를 만나는 것, 생각보다는 별거 없다는 생각이 들었다. 아내도 금방 시시해했다. 살았을 때처럼 담담하게, 핀잔주듯 말하고 행동했다. 동민은 어떻게 하면 아내를 구원할 수 있냐고 물었고 아내는 그저 웃기만 했다.

아내 몸이 점점 희미해져갔다.

"또 볼 수 있니?"

—풋, 무슨 말이 그래? 또 볼 수 있냐니?

"나를 보러 와줘서 고마워."

—오빠, 아직도 내 말을 이해하지 못하는구나?

"뭘?"

—난 항상 오빠와 함께야, 한결이 옆에 있다고.

"알아."

—그게 아니라…….

아내는 한숨을 쉬었다.

"알아. 아니까 지금처럼 늘 우리 옆에 있어줘."

—아니라니까. 난 정말 존재한다니까.

"그만, 그만. 그만해. 난 돌지 않았으니까. 세상이 아무리 맛이 갔어도 목 없는 마누라랑 대화할 순 없어. 나는 충분히 내 상황을 알아."

—좋아. 그러면 이렇게 하자. 정 오빠가 믿기 힘들다면 뇌를 속이자. 관념을 구체화하는 더미는 있어야 하니까. 그래. 그게 좋겠다. 그 약을 계속 먹어.

"디엠티?"

—그래. 그 약을 먹으면 내가 보일 거야. 무슨 일이 생기면 항상 나랑 상의해. 한결이를 무사히 데리고 갈 때까지. 알겠지? 난 죽은 게 맞지만 그렇다고 영화에 나오는 귀신이나 영혼은 아니야. 나는 오빠가 죽지 않은 한 없어지지 않아. 오빠가 한결이를 끝까지 지킨다면 나도 영원히 사라지지 않을 거야. 내가 옆에 있으면서 오빠와 한결이한테 생기는 불행에 대해 예측하고 피할 수 있게 도와줄게.

"좋아. 그렇게 해줘."

그는 아내 손등에 입을 맞추었다.

진흙 묻은 군화 밑창이 이마를 누르자 동민은 눈을 떴다.

네 명의 군인과 그레이하운드 한 마리가 내려다보고 있었다. 전동식 분진 마스크를 착용한 얼굴 하나가 가깝게 다가왔다. 케블라 덮개를 씌운 방탄 철모에는 대위 계급장이 붙어 있었다.

동민은 눈을 한번 깜빡였고 이윽고 상체를 벌떡 일으켰다. 대위가 동민을 따라 시선을 올렸다.

시계를 보았다.

5시 34분, 아니 6시 34분.

환했다. 날이 밝은 것이다.

동민이 격하게 숨을 몰아쉬었다.

대위는 한 손에 동민의 M9 권총을, 다른 손에는 동민이 깔고 자던 전단을 들고 있었다. 치지직, 대위 어깨에 걸린 무전기에서 잡음이 일었고 대위가 고개를 삐딱하게 기울여 무전기에 대고 말했다.

"여기 알파, 고투. 한 놈 발견."

대위 어깨에는 검은 재에 얼룩진 태극기가 박혀 있었다.

커튼 사이로 들어오는 빛이 어스레했다. 바닥은 차갑게 식었고 전열기도 꺼져 있었다. 제조실 문은 활짝 열려 있었다. 설치해둔 병들이 왜 떨어지지 않았는지 이해되지 않았다. 다시 대위 무전기에서 잡음 섞인 소리가 들렸다.

—감염 여부 확인하고 편람대로 처리하라. 이상.

대위는 동민을 빤히 쳐다보았다.

"들었지?"

인간미 없는 강압적인 느낌이 그대로 전해졌다.

분진 필터가 장착된 철제 마스크 너머로 보이는 그의 눈동자는 탁한 회색빛이었다. 뒤에 서 있는 군인들의 최신식 복장과 장비는 온통 먼지와 낙진에 절어 있었다. 그들은 마치 오래전부터 살았던 무사들 같았다.

동민은 아들을 배 아래로 감추었다. 타조처럼 엉덩이를 쳐든 채 바닥에 이마를 대고 그렇게만 하면 모든 게 안전하다고 느끼는 듯 공손하게 처분을 기다렸다.

"저 발전기, 당신이 돌렸나?"

"……잘못했습니다."

동민이 웅얼거렸다.

"발전기, 돌렸냐고."

대위가 말할 때마다 마스크 필터 구멍으로 먼지가 풀풀 날렸다.

동민은 고개를 끄덕였다.

쇠 부딪히는 소리가 나더니 제조실로 한 무리 군인들이 줄줄이 들어왔다. 여긴 됐고, 위층을 수색해. 대위가 그들을 내보냈다. 대위 주변에 부하 네 명이 남아 있었다.

"난민인가?"

"……대한민국 사람입니다."

"배낭에 황산이 있던데."

반듯하게 세워놓았던 캘티 배낭이 형편없이 뒤집혀 있었다. 후추 통, 주사기, 항생제, 라면 수프, 석고 붕대, 스타벅스 마크가 찍힌 사각 철통, 그 안에 넣어둔 바늘과 손톱깎이도 모조리 바닥에 흩어져 있었다.

대위는 M9의 탄창멈치를 눌러 탄창을 빼냈다. 그는 탄창을 이리저리 살폈다.

"이건 어디서 났어?"

"……잠실역 소화전에서 주웠습니다."

그 말에 대위는 턱을 올리고 부하들을 바라보았다. 부하들은 그저 으쓱, 어깨를 움직일 뿐이었다.

"주웠다고? 이건 미군들이 쓰는 건데?"

"……소화전 옆에 미군 병사 하나가 죽어 있었습니다."

"식인자들에게 당한 모양이군. 그래, 서울에서 여기까지 왔단 말이지?"

"그렇습니다."

"용케 내려왔군. 대부분 한강을 못 건너고 죽는데. 이 후추는 어디서 구했어?"

웅크린 동민은 대위의 군화 코만 바라보고 있었다. 대위가 후추통을 동민의 시선에 보이도록 바닥에 딸깍 세웠다.

"그건…… 남한강 어귀 메기탕집에서 찾은 것입니다."

"훗, 잡내 잡는 데는 후추가 제일이지. 사람고기도 그렇고. 이제 이건 귀해서 가지고 다니는 사람이 없어."

동민이 벌떡 고개를 들었다.

"아닙니다. 전 인육을 먹지 않습니다. 그, 그건…… 그냥 육포를 절일 때 쓰려고 챙겼던 것입니다."

"됐고, 여길 봐봐."

대위가 말하자 부하 한 명이 동민의 머리를 잡고 몸을 세웠다. 대위가 장갑 낀 검지를 동민 눈앞에 세웠다. 검지를 사이에 두고 마스크 너머 황탁한 대위 시선과 불안한 동민 시선이 교차했다.

동민의 눈이 점점 사시가 되었다.

똑바로 봐. 눈 흔들지 말고. 대위의 장갑에 장착된 센서가 동민의 두 망막을 스캔했다.

삐-.

장갑 센서가 오류 음을 냈다.

저 새끼, 눈깔이 좀 이상한데요, 뒤에서 누군가가 말했다.

"혀 내봐."

"……전 감염되지 않았습니다."

"혀 내보라고."

"여기, 질병관리국에서 발행한 증서도 있습니다."

대위는 동민이 다급하게 내미는 종이를 낚아채 어깨 뒤로 넘겼다. 건네받은 부하가 증서를 보지도 않고 반으로 찢었다.

"혀를 에, 해봐."

동민은 고개를 가로저었다.

겁먹은 아들을 숨기며 다시 고개를 푹 숙였다.

대위가 일어섰고 부하들에게 고갯짓했다. 부하들이 철커덕, 총 잡는 소리를 냈고 소위 계급장을 단 군인이 동민에게서 아이를 떼어냈다.

그들은 완력으로 동민을 눕혔다. 한 명이 어깨를 눌렀고 다른 한 명이 가슴께로 올라타 양 무릎으로 팔을 조였다. 버둥거리자 어깨를 누르던 군인이 보호대 찬 무릎으로 동민의 정수리를 가격했다.

"입 벌려, 새끼야!"

소위가 강제로 동민의 입을 벌리고 비경을 어금니에 걸었다. 입아귀가 둥글게 벌어졌고 동민의 혀가 겸자에 잡혀 쭉 뽑혀 나왔다.

소위는 키트 상자를 열었다.

요오드가 콸콸 입안에 들이부어졌다. 동민은 먹 같은 액체를 삼키며 입을 부글거렸다. 깔고 잔 전단 쪼가리들 위로 남빛 액체가 뚝뚝 떨어졌다. 머리를 마구 흔들어대자 소위는 귀찮은 눈으로 다른 부하에게 핀잔을 주었다.

"다 뱉어내잖아. 입 제대로 벌리게 해."

대위는 멀찍이 떨어져서 가만히 지켜보고만 있었다. 소위가 키트에서 플라스틱 체외시료흡수막대를 꺼냈다. 노란 캡슐을 꺾어 깨자 뾰족한 채혈침이 드러났다.

혀에 침이 박혔다.

비릿하고 신산한 맛이 났고 액체가 스며들며 혀가 마비되었다. 소위가 채혈침을 키트의 기판에 꽂았다.

그들은 진단기 검체선에 피가 빨려들 때까지 기다렸다.

대위가 말했다.

"됐다. 놔줘라."

우에엑. 캑, 캑.

동민이 구역질해댔다.

시약측정기 액정을 살피던 부하가 대위에게 2분쯤 걸립니다, 라고 말했다. 대위는 고개를 끄덕였다.

"담배 피울 사람은 피워."

부하들이 철모와 마스크를 벗고 담배를 입에 물었다. 부하들은 느긋해졌지만, 오직 대위만은 캑캑, 침을 뱉는 동민을 뚫어져라 보고 있었다. 대위는 담배를 피우지 않았다.

"어디로 가고 있었나?"

"……대구."

"집이 대구인가?"

동민이 걸쭉한 침을 끊으며 끄덕였다.

"'독립C지대'에 가입한 적 있나?"

"……없습니다."

"가입한 적 없다고?"

"없습니다. 저는 그냥 시민입니다."

"이 새끼가."

뒤에서 소위가 욕을 뱉었다.

"가입한 적 있는지만 말해. 그리고 이곳에……."

"저 같은 사람을 죽이면 대한민국 전부를 죽여야 할 겁니다."

"말 끊지 마라. 물을 때만 대답해. 독립C지대가 무엇인지는 알지?"

“……들어본 적은 있습니다.”

“만난 적은?”

“없습니다.”

“여기까지 내려오면서 반군을 한 번도 만난 적이 없다고?”

“그렇습니다.”

“서울에서 왔다메? 미군들이 보이는 족족 사살되고 식인자들이 무장하는 게, 다 그놈들 때문인데 만난 적이 없다고?”

“모릅니다.”

대위가 아이를 보며 물었다.

“저 목걸이, 네가 걸어놓은 거야?”

“이 아인…… 제 아들입니다.”

군인들은 눈으로 아이를 살폈다. 아이는 멀뚱히 바닥만 보고 있었다. 동민이 알려준 대로 하는 것이다.

절대로 눈을 바라보지 말아야 해.

군인들은 아이 어깨에 난 상처를 보며 역겹다는 듯 인상을 쓰며 담배 연기를 뿜어댔다.

“애 엄마는?”

“……”

“식인자에게 먹혔나? 아님, 네가 잡아먹었나?”

“아니요, 먹힌 게 아니오.”

“그럼 포격이겠군.”

“……부탁합니다. 그저 하룻밤 쉬고 있었습니다. 살려고 들어

왔을 뿐입니다."

"살려고?"

"아이를 고향에 데리고 가려고."

"네놈이 식량 대용으로 가지고 가는 게 아니고?"

"저는 감염되지 않았습니다. 자식을 먹는 부모가 어디 있습니까?"

대위는 아이를 쳐다보았다.

부하들도 기가 찬다는 듯 철기 소리를 내며 몸을 흔들었다.

"저 새끼, 정신이 돈 놈 같은데요."

소위가 말했다.

"서울에서 여기까지 왔다는데 돌지 않으면 그게 더 이상하지."

"……살려주십시오. 전 대한민국 국민입니다."

소위가 꽥 소리쳤다.

"닥쳐 새끼야. 국민이고 나발이고 우린 네가 감염자인지 아닌지만 중요해. 저 시약측정기가 다 돌아가면 답이 나와. 삐, 소리가 나면 넌 죽어. 감염된 거니까."

소위는 대위를 본다.

"굳이 측정까지 할 필요가 있을까요? 감염된 거지새낀데."

"규정이야."

대위는 그렇게 말하고 일어서서 창가로 갔다. 블라인드가 올려진 창문 너머로 흙바람이 싱싱 부는 밖을 한번 바라보았다. 둥둥, 어딘가에서 폭격이 터지며 땅이 흔들리는 소리가 들려왔다. 그는 시약측정기 결과를 기다리며 이니셜을 돋을새김한 개머리판을 장갑 낀 손가락으로 두들겼다.

"사람 미치게 만드는 흙바람이군. 위쪽에서 빨갱이 새끼들이 미사일을 쏘아대는 이유가 뭔지 알아?"

"……정치 같은 건 잘 모릅니다."

대위가 뒤돌며 쏘아보았다.

"묻는 말에만 대답하라고 했지?"

"……내려오는 북한인들 때문이라고 들었습니다."

대위는 시간을 보내려는 듯 계속 질문했다.

"북한인들이 왜 내려오는 건데?"

"백두산 폭발로 위쪽은 전부 사막이 되어버렸기 때문입니다."

"맞아. 너 같으면 거기서 살 수 있겠어?"

"……살 수 없습니다."

"빨갱이 놈들, 어떻게 생각해?"

"……."

"통일 과업의 위대한 주체라던 인민들이 맑은 공기를 찾아 남쪽으로 간다는데 군부는 미사일을 뿌려 모조리 죽여버리려 했어. 북한 난민들이 모여 있던 파주에서 50만인가가 죽었다더군. 땅이 폐허가 되어서 그저 살려고 내려가는 제 나라 국민을 개돼지처럼 죽여버렸다고. 게다가 겁도 없이 남쪽에 대고 미사일까지 쏘고 있어. 북이 망했으니 남쪽도 같이 망하자는 거 아냐? 진짜 나쁜 놈들이지? 안 그래?"

"그, 그렇습니다."

"차라리 김씨 혈족이 다스릴 때가 더 나았어. 그때는 균형이 뭔지 알았거든. 북쪽도 정권이 바뀌고부터 아주 형편없어졌어. 늙다리 군바리들은 땅속에 짱박혀서 미사일만 쏘아대고 있지. 그래도 꽤 영리해. 나중을 대비해서 뭔가 꿍꿍이는 세워놓은 거야. 그지? 원래 백성이란 그런 거 아닌가. 양이지, 양. 음메 하는 양. 안 그래?"

"그, 그렇습니다."

"몰면 몰리는 대로 살고 쏘면 쏘는 대로 뒈지는 거야. 이 땅은 이제 널찍해. 인간들이 하도 뒈져서 넓어터졌지. 지금도 미사일이 수시로 날아오고 있어. 처음에는 백두산 때문에 내려가려는 북한인들을 막으려고 쏘았다지만 지금은 아니지. 북한인들을 죽이려고 오는 게 아니야. 어느 순간부터 미사일에 바이러스가 탑재되었으니까."

"……."

"바이러스가 의미하는 게 뭔지 알아?"

"……."

"지금은 그 음메에 하는 양들이 중요하지 않지만 언젠가 상공에 고인 대류가 풀리고 공기가 맑아지면 문제는 그때부터 생기는 거야. 그때가 되면 빨갱이들에게는 인민이, 대한민국에는 국민이 필요하단 말이야. 이게 무슨 뜻인지 알아?"

소위가 발로 찼다.

"대답해 새끼야."

"……잘 모르겠습니다."

"백두산이 터진 이후 한반도에 사람이 얼마 정도가 남아 있는지 아나?"

"모릅니다."

"1,300만이 좀 못 돼. 화산 때문에 다 죽고 그 정도만 남아 있다고. 양쪽 정부는 지금 가축 싸움을 하는 중이야. 자신을 따르는 양을 얼마나 많이 확보하는가, 이제 그게 중요해진 거야. 뭔 말인지 알지?"

"압니다. 번영체 관리 프로그램."

"너 직업이 뭐야?"

"네?"

"폭격 전에 무슨 일을 했느냐고?"

그는 작가라고 말했다가 급히 배관공이라고 바꾸었다. 대위는 고개를 갸웃했다.

"……예전엔 작가였지만 지금은 배관공입니다."

동민은 대위가 믿지 않는 표정을 짓자 건물에 시멘트도 바르고 수로관도 심고 누수도 탐지합니다. 부식 처리도 하고, 라고 덧붙였다.

그러나 대위는 작가라는 말에 더 흥미를 느끼고 있었다.

"흥. 작가."

"……그전엔 작가였습니다. 소설 쓰는 작가."

"작가였다니 알아듣겠네. 중국이 해저로 터널을 파고 있다는 소문이 돌더군. 산둥반도에서 평양까지 연결하는 굴을 파고 있다는 거야. 하지만 어림없지. 해양판이 뒤틀려서 미국 놈이든 중국 놈이든 누구도 이 땅에 들어오지 못해. 하늘로든 바다로든 이 땅은 고립되었다고. 미국 놈들도 일찌감치 제 나라로 돌아가버렸지. 그래서 한반도에 남은 양쪽 정부는 피 터지게 양들을 확보하는 데 전력을 다하고 있는 거야. 음메에."

마스크 안으로 대위가 씩 하고 웃는 듯했다.

"대가리 쓰는 건 빨갱이 새끼들이 우리보다 나아. 그 새끼들은 식인 바이러스를 미사일에 탑재해서 뿌릴 생각이라도 했으니까 말이야. 우린 아무것도 못 하고 당하기만 하지. 그저 이렇게 좆뺑이치며 돌아다니며 너 같은 놈들을 청소하기나 바쁘고."

대위가 아이를 한번 바라보았다.

"식인자들은 아이를 보면 환장한다더군. 살이 야들야들하다고."

"전 감염되지 않았습니다."

떨어져서 홀로 웅크리고 있는 아이는 그저 동민만 바라보고 있었다.

대위 말은 계속되었다.

"해독제는 빨갱이들만 가지고 있어. 우리는 없지. 빨갱이 새끼들은 공기가 깨끗해지면 해독제를 풀려고 하는 거야. 그럼 어떻게 돼? 해독제를 받으려고 사람들이 북으로 몰려들겠지? 감염된 양을 저들 목장으로 모으려는 속셈인 거지. 미사일을 쏘는 진짜 이유는 그거라고. 남한으로 내려가는 북한 주민을 죽이려는 게 아니라 미래의 양들을 확보하기 위해서라고. 화산이 터지고 세상이 맛갔지만 언젠가는 다시 복구해야 할 거 아냐. 놈들이 벙커에 짱박혀서 펑펑 쏘아대는 미사일과 식인자가 늘어나는 것은 정치적으로 무관하지 않다, 이 말이야. 뭔 말인지 알겠지? 너, 나, 쟤, 쟤, 모두 걸리면 저쪽 양이 되는 거야."

"그, 그런 거군요."

동민은 역설하는 대위의 말을 공손히 수긍하면서도 저쪽에 떨어져 있는 아들을 연신 흘긋했다.

가만히 있어. 한결아.

절대로 말하거나 움직이지 말고. 그대로 있어.

아빠가 알아서 할게.

동민은 아들에게 간절한 눈빛을 보냈다.

"한강 다리들을 터뜨려서 150만 명의 사상자가 났다고 하더군."

"다리가 터졌을 때 그 자리에 있었습니다."

"다리를 폭파한 것도 그래. 분명히 하자고, 다리를 부순 게 우리야?"

"……."

"빨갱이 놈들 짓이라고. 북쪽 놈들이 해독제를 풀면 식인자들은 전부 빨갱이들에게 몰려가게 되어 있어. 식인자 대부분은 미래의 빨갱이가 될 거라고. 우리는 식인자가 아니라 예비 빨갱이를 소탕하고 있는 거야. 작가 선생, 어떻게 생각해? 말해봐."

"……."

"말하라고 새끼야."

옆에서 소위가 발을 들었다.

"……정부가 번영체 프로그램을 진행하니까 더 그런 겁니다. 감염되었다고 해서 모조리 죽임을 당하니 해독제가 있는 곳으로 가려 할 수밖에요. 학살을 중지하고 식인자들을 치료할 수 있도록 관리해야지요. 식인자들도 피해잡니다. 어엿한 대한민국 국민인데……."

대위가 말없이 노려보고 있었다. 부하들을 돌아보았다. 서 있던 군인들도 건들거림을 멈추었다. 소위가 나섰다.

"이 새끼, 말하는 것 봐라."

동민은 대답했던 행동을 후회했다.

"죄, 죄송합니다."

대위가 말했다.

"그게 바로 독립C지대 놈들이 주장하는 거야. 그게 북한 군부와 반군 놈들이 진짜로 원하는 거지. 너도 정부가 서울을 버렸다고 믿나? 정부가 국민을 버리고 떠났다고?"

"……그렇게 들었을 뿐입니다."

"당연하지. 정부가 서울에 있을 수 없잖아. 정부가 살아 있어야 나라가 있는 거야. 정부 위치가 중요한 게 아니라고. 이건 다른 얘기야. 논점을 흩뜨리지 마. 다시 다리 이야기를 하지. 한강 다리가 무너질 때 용산에 정부군 1만 명이 주둔하고 있었다는 것을 알고 있나?"

"모, 몰랐습니다."

"아냐. 넌 알고 있어."

"제가 그런 정보를 어떻게 압니까? 그냥 시민일 뿐입니다."

"그때 서울에 남아 있던 정부군 상당수도 감염되었어. 그들도 모두 살처분되었지. 어떤 나라도 피 같은 병력을 함부로 버리지 않아. 우리는 동료들도 죽였다고. 그러니까 감염된 자들을 죽이는 것도 당연한 거야. 마구잡이로 죽인다? 아니잖아. 이렇게 검사를 하잖아. 네가 비감염자로 판명되면 안전하게 보호받을 거야."

"감염되지 않은 사람들이 식인자들에게도 공격당하고 있어요. 정부군이라면 식인자들을 막아주셔야죠."

"어허, 그러니까 이러는 거 아닌가. 너 같은 식인자들을 막아야 감염되지 않은 자들이 산다니까."

그러자 동민이 어금니를 씹었다.

"미사일을 정부에서 쏘았다고 하는 사람도 있습니다."

"그게 독립C지대인가 하는 그 새끼들이 주장하는 말이지. 전부 헛소리라고. 놈들은 빨갱이 사주를 받고 움직이는 1중대들이니까. 빨치산일 뿐이지. 그리고 이게 어디서 눈을 부라리고."

"대체 제게 왜 그런 말씀을 하십니까? 저는 그저 하룻밤 있을 곳을 찾았을 뿐입니다. 저는 감염자도 아니고 빨갱이는 더더욱 아닙니다. 우리 아이는 아픕니다. 서울에서 피난 가려다 미사일을 맞았습니다. 아내도 죽었습니다. 저에게는 이 아이가 전부입니다. 살려주십시오. 저는 빨갱이를 싫어합니다. 그런 말씀을 저에게 하실 이유가 없습니다."

대위는 동민의 사정에 전혀 감명받지 못하는 듯 헛웃음을 지으며 소매를 툴툴 털었다. 그는 총을 자신의 팔꿈치에 끼우고 마스크를 벗었다. 인중이 묘하게 길고 뻐드렁니를 가진 얼굴이 드러났다.

그는 운명을 바라보는 사람처럼 무표정했다.

"왜 이런 말을 하느냐고?"

"……."

"길게, 장황하게, 졸라 입 아프게 너한테 왜 이렇게 설명하고 있냐고?"

대위는 동민이 깔고 잔, 영어가 빼곡히 적힌 전단을 그의 코앞으로 내밀었다.

"이거 독립C지대 놈들의 삐라야."

"모, 몰랐습니다."

"이 공장이 놈들의 아지트인 줄 몰랐다고?"

"……네. 몰랐습니다."

"그럼 배낭에 든 황산 병들은 다 뭐야?"

"……호신용으로 만들었습니다."

그때 시약측정기가 날카로운 소리를 냈다.

액정을 살피던 소위가 대위에게 검출 오류가 났다고 말했다. 대위가 일어섰다.

"차에 태워. 수용소로 보낸다."

"즉결 처분하시지요."

소위가 말했다.

"처분권 행사는 소령부터야."

"소령 진급이 한 달밖에 남지 않았잖습니까. 그냥 여기서 즉결 처분하시지 말입니다."

"한 달이나 남은 거지. 내 진급 따윈 신경 쓰지 말고 편람대로 재검사를 받게 해. 전단은 챙기고 저 아이는 돌려줘라."

대위는 무전기에 입을 대고 다른 층으로 올라간 부하들에게 반군들이 더 있는지 철저하게 수색하라고 명령한 다음 제조실 밖으로 나갔다. 디지털 시약측정기를 든 군인만 대위를 따라 나갔고 두 명이 소위와 남았다. 그들은 동민을 일으켰다.

소위가 동민 쪽으로 돌아섰다.

"죽여. 그리고 아이 몸에 생체인식 수신기를 삽입한다."

소위의 명령에 부하들이 멈칫했다.

"중대장님이 수용소로 보내라고……."

"내 말대로 해. 저분은 늘 그러시지. 아이만 챙겨 가자고. 이 아이는 식인자에게 좋은 미끼가 될 거야."

동민이 다급하게 입을 열었다.

"아, 아니. 검사 결과도 보지 않고요?"

소위가 그를 보았다.

"넌 감염되었고, 반군이야."

"확인해줘. 난 감염되지 않았어!"

"지금 반말했냐?"

그러자 동민이 무릎을 세우고 개개빌었다.

"소위님, 병장님, 상병님, 제발 우릴 놔주십시오."

동민이 다급하게 팔을 올렸다.

"대한민국 만세."

"대한민국 만세."

군인들이 웃기 시작했다.

동민은 문을 보았다. 복도로 사라진 대위는 영영 돌아오지 않을 것 같았다.

병장이 아이 목덜미를 잡아끌고 시약대 너머로 갔다. 아이는 양반다리를 한 채 덜컹덜컹 들려 이동하고 있었다. 아이 손목은 말린 문어 다리처럼 순식간에 굽어들었고 겁먹은 아이 입에서 줄줄 진물이 흘렀다.

"한결아!"

"아빠."

아이가 힘없는 소리로 동민을 불렀다.

동민이 엉덩이를 들썩했고 그들은 강제로 주저앉혔다.

시약대 끝에서 병장은 아이를 바닥에 놓았다. 그는 철모를 벗어 책상에 놓은 다음 키트 상자에서 일회용 비닐을 입으로 뜯어 새빨간 칩을 꺼내 소위에게 보였다.

소위가 고개를 끄덕였다.

칩은 고무로 둘러싸여 흡사 무선 이어폰 같은 모양이었다.

소위가 동민에게 이죽거렸다.

“저렇게 작은 폭탄 봤나? 저거, TRF라고 하는 거야. 발신 장치가 되어 있지. 빼내면 바로 터져버리는 고급 폭탄이야. 아주 비싸다고. 저 아이를 길바닥에 놓아두고 기다리면 식인자들이 몰려들겠지. 네 아들은 그렇게 쓰일 거야. 아주 좋은 미끼가 되는 거지.”

병장은 작은 키트 상자에서 기압 총을 꺼내 캡을 돌리고 액화탄산 실린더를 넣은 다음 TRF 칩을 총구에 삽입했다. 그런 다음 한 손으로 아이의 뒤통수를 단단히 잡고 아이의 코에 총을 쑤시듯 박았다. 펑 하고 탄산이 터지는 소리가 났고 아이에게 무언가가 깊숙이 박혔다. 병장은 손으로 아이의 입을 막으며 턱을 비틀었다.

아이는 용케 충격을 잘 참고 있었다.

잔물잔물한 아이 눈이 점점 투명해졌다.

“으아아. 한결아!”

시약대 건너에서 동민이 발악했다.

아이 어깨가 들썩들썩한 것을 보니 쇼크를 일으키는 것 같았다. 병장은 코에 박은 기압 총을 빼지 않고 코안에 가스를 한 번 더 쏘았다. 확인 사살하듯 칩을 더 안으로 넣으려는 행동이었다.

소위와 상병이 울부짖는 동민의 팔을 뒤로 꺾어 케이블 타이로 묶었다. 동민은 탈지면을 뱉고 물 젖은 퀭한 눈으로 이리저리 바라보며 사정했다.

“제발 검사 결과를 확인해주세요. 부탁합니다.”

“제발 검사 결과를 확인해주세요. 부탁합니다. 크크.”

소위가 비아냥거렸다.

그는 군홧발로 동민의 어깨를 밀었다.

동민은 책상을 치면서 밀려났다.

상병이 몇 걸음 뒤로 떨어지더니 철컥, 총을 장전했다. 총구가 동민에게 겨누어졌을 때 증거품인 전단을 그러모으던 소위가 갑자기 상병을 저지했다.

“잠깐 대기해.”

소위는 동민의 몸을 뒤졌다. 그의 지갑에서 얼마간의 돈을 챙긴 소위는 바닥에 흩어놓은 동민의 치약과 후추 통, 연고, 말아놓은 수건과 육포 등을 주섬주섬 챙기기 시작했다. 팔면 꽤 돈이 나갈 물건들이기 때문이었다.

두 손이 묶인 채 쓰러진 동민은 바닥에 뺨을 대고 시약대 다리 너머 웅크린 아이를 보았다. 소위는 아이 쪽으로 걸어갔다. 소위가 팔을 뻗어 아이가 걸고 있는 물고기를 벗기려 했다. 그것을 본 동민이 지렁이처럼 꿈틀거리며 그쪽으로 기어갔다. 상병이 K2C 방열 덮개로 그의 목덜미를 내리쳤다. 동민은 얻어맞으면서도 포기하지 않고 시약대 끝으로 움직였다. 상병이 구타하며 따라왔다. 가고자 하는 곳까지 기어간 동민은 캐비닛을 발꿈치로 찼다.

쟁글.

캐비닛이 흔들렸고 올려둔 황산 병이 상병의 목덜미로 떨어졌다.

치지직.

상병의 철모와 방탄조끼 사이로 쏟아 내린 황산은 그의 탄창

주머니로 흘러들었고 곧 몸 어딘가에서 퍽퍽 화약이 터졌다. 상병이 뒹굴었고 니스 칠한 선반을 따라 불길이 치솟았다.

소위와 그 옆에 있던 병장이 고개를 돌렸다.

동민은 내달려 10미터쯤 떨어진 시약대 아래로 몸을 숨겼다. 시약대 모서리의 녹슨 철대에 대고 케이블 타이를 비벼 끊었다.

소위의 지시로 병장이 K2C1을 겨누며 동민 쪽으로 걸어왔다. 두 팔이 자유로워진 동민은 황산 병 하나를 잡고 웅크렸다. 소위가 병장에게 '왼쪽'이라고 외치는 순간 동민은 병을 던졌다. 날아간 황산 병은 운 좋게도 병장의 오른쪽 광대에 박혔고 병장은 허공에 헛총질하더니 곧 조용해졌다.

타닥, 타닥.

스파크가 튀며 블라인드에 불이 붙고 있었다.

동민은 바닥에 고인 황산을 밟지 않도록 신경 쓰며 황산 병을 올려둔 다른 시약대로 엉금엉금 기어갔다.

연발의 총성이 들렸다.

떨어진 곳에서 소위가 총을 난사하고 있었다.

뒷벽에서 불 조각들이 튀었다. 동민이 고개를 들 때마다 총알이 모서리를 깼다. 반대편에서는 벽을 타고 오르는 불길이 천장을 핥아댔고 바닥에 퍼지는 불길도 무언가를 펑펑 터트렸다.

화염이 거세지자 소위가 총질을 멈추었다.

위층에서 개 짖는 소리가 들렸다.

동민이 시약대 위로 빠끔히 고개를 내밀었다. 소위가 무전을 치기 위해 조끼를 더듬거리고 있었다. 그 틈을 놓치지 않고 시약대에 둔 황산 병 여섯 개를 모조리 그쪽으로 던졌다.

소위를 맞추려고 한 게 아니었다. 동민이 마구 던진 병들은 소위 옆벽을 핥아대는 불길에 퍽퍽 터지며 큰 화염을 만들었고 화염은 태양의 흑점처럼 수직으로 뻗으며 너울댔다. 마치 화염 방사기가 쏘아지는 것 같았다. 불줄기 하나가 소위를 덮쳤고 소위는 철모를 감싸며 움푹 주저앉았다.

동민은 시약대를 넘고 넘었다.

달려가 코가 퉁퉁 부은 채 웅크리고 있는 아이를 안았다.

"나가자."

아이가 안아달라고 했다.

어서 들어가!

동민은 캘티 배낭을 세웠다.

아이가 배낭으로 숨었다. 배낭에 산소통을 넣어주고 대충 보이는 것들만 주워 담고 조임 끈을 묶었다. 그들이 찢어버린 질병관리국 증서도 잊지 않고 챙겼다. 후추도.

일어선 그는 중요한 것을 찾기 위해 한참 서성댔다. 아이 몸에 심은 칩을 빼내려면 기압 총이 들어 있던 그들의 군용 상자를 챙겨야 했다. 상자는 저쪽 시약대 아래에 있었다.

제조실 내부는 연기가 자욱했고 천장을 타고 번뜩이는 불길이 점점 넓어지고 있었다. 복도 저쪽에서 군인들 발소리가 들리기 시작했다.

하강기가 걸린 창문을 열었다.

꺼뭇한 구름 뒤로 동이 트고 있었다. 아래는 깊었다.

동민은 하강기 줄을 동여 잡고 창틀을 넘었다.

허공으로 몸을 띄웠다.

그때 검은 장갑이 불쑥 나타나 동민의 발목을 잡고 당겼다. 허공으로 나아간 동민의 몸이 다시 창틀로 끌려왔다. 동민 발아래로 풀풀 연기를 피우는 시커먼 소위 얼굴이 떠올랐다. 반쯤 녹은 마스크 사이로 미처 타지 않은 소위 눈알이 희번덕거렸다. 동민이 그를 차고 다시 몸을 띄웠지만, 소위는 악착같이 종아리를 붙잡았다. 소위는 너덜거리는 자신의 마스크를 잡아 뜯고는 본격적으로 동민의 다리를 잡아당기기 시작했다. 타잔처럼 줄을 잡은 동민이 다시 창으로 끌려왔다. 다시 벽을 차고 허공으로 몸을 띄웠다. 소위의 상체가 딸려 왔지만, 그는 동민의 발목을 놓지 않았다. 다시 돌아와 창틀에 발을 댔다.

"식인자 새끼!"

소위가 동민의 옆구리에 칼을 쑤셔 넣었다.

칼 잡은 소위의 팔목을 잡고 다른 손으로 소위 목 언저리를 다 잡았다. 소위의 방탄조끼 목 언저리에 붙은 전투용 파우치가 두두둑, 뜯어졌다. 순간 소위는 놀랐고 파우치를 빼앗기지 않으려 동민의 다리를 놓았다. 소위는 이번에 파우치를 잡고 당겼다. 안에는 중요한 물건이 있는 듯했다. 소위가 파우치에 집착할 때 동민은 소위 목에 줄을 감았다. 그리고 창틀을 차며 재차 허공으로 몸을 날렸다.

소위의 두 다리가 와락 들렸다. 동민은 소위로부터 파우치를 꺼들어 빼앗고는 줄을 끌며 쭉쭉 아래로 내려갔다.

2층 어귀쯤까지 내려온 그는 잠시 외벽에 발을 딛고 위를 보았다. 창틀에 가슴까지 상체를 내놓은 소위가 그를 내려다보고 있었다. 혀를 길게 늘어뜨린 채였다.

대위는 상반신이 밖으로 나간 채 창틀에 걸려 있는 소위의 시체를 물끄러미 바라보았다.

펑퍼짐한 녀석의 엉덩이는 싸질러놓은 오물로 축축하게 늘어졌다. 제조실 안은 황산 냄새와 함께 지린 잔열이 남아 있었다.

대위와 함께 들어온 부하들은 이 사태가 자신의 잘못인 양 서성댔다. 개가 바닥에 흥건히 고인 황산 용액에 코를 대보다 고개를 돌렸다. 대위는 부하들에게 현장을 찍으라고 지시했고 부하들은 카메라를 들고 움직였다.

대위는 군홧발로 하나하나 차며 동민의 배낭 속에 있던 물건들을 살폈다. 그는 사각형 작은 함에 들어 있는 유향 알갱이들을 보고 냄새를 맡았다. 감색 지갑을 주어 든 그는 동민과 동민의 아내와 동민의 아이가 찍은 사진을 한참 동안 바라보았다.

바닥에 소위의 전술 가방이 활짝 열려 있었다.

문득 무언가를 깨달은 대위는 창가로 갔다.

소위 시신은 바닥에 눕혀놓은 상태였다. 거무죽죽한 소위의 목언저리 아래. 접착식 벨크로에는 있어야 할 파우치가 보이지 않았다. 대위는 파우치에 든 아홉 개들이 실린더 키트 한 세트가 통째로 없어졌다는 것을 알았다. 대위는 흉터로 뒤집힌 입술을 오물거렸다.

결국, 사고 치고 말았군.

실린더는 외부 작전 시 내성이 약해질 때를 대비해 지급하는 감염체 항생제였고 군부가 북한만이 가지고 있다고 선전하던 그 물질이었다.

더 정확하게는 해독제가 아니라 식인억제제였다.

에피네프린 합성물.

약물은 감염자의 뇌에서 교감신경을 자극하고 도파를 일으킨다. 이때 약물이 가진 성질로 인해 탄산 반응이 증대되면 부신수질 호르몬이 비약적으로 방출된다. 이것으로 인해 감염자는 식인을 원하지 않게 되었다. 과도한 호르몬 방출로 인해 과민성 쇼크가 일어나게 하는 식인데 아이러니하게도 이때 측은지심, 즉 사람을 먹는 것에 대한 죄책감을 불러일으키는 것이다. 소위가 빼앗긴 파우치에는 그런 작용을 일으키는 액체가 들어 있었다.

뇌를 속이는 물질이지만 지금 상황에서는 그것을 '해독제'라고 부를 수밖에 없었다.

부대라고 감염자가 없을까. 아니었다. 정부도 부대 내에서도 너무 많은 병사가 감염된 것을 일찌감치 인지했다. 용산의 한 부대를 전멸시킨 후 정부는 깨달았다. 그렇게 부대를 줄이다간 결국 남아나지 않는다는 것을. 그들은 방식을 바꾸고 부대에 억제제를 나눠 주기 시작했다. 정부군 사병이 식인 반응을 보이지 않는 것은 그 때문이었다. 하나 이것은 마약일 뿐 바이러스 항체를 제거하는 해독제가 아니었다.

물질은 고유 시리얼이 매겨져 대위 이름으로 출고되었다. 이것이 유출되면 4만 정규군의 노력이 모두 허사가 될 수 있었다. 그 실린더 키트는 세상이 정비된 후에 적절한 시점에서 풀려야 했다. 그것은 정치인들의 철학이기 이전에 대위 개인의 믿음이기도 했다.

오늘 소위 놈이 잃어버린 것은 이틀 전 보건대로 납품된 시리얼 넘버가 매겨진 것으로 서류상 기재된 개수 외 남은 두 세트를 대위가 개인적으로 챙겨놓은 것이었다. 그것은 매우 농도가 높은 약물로 군 수뇌의 신상 아이디보다 더 특별하게 관리되어야 했고 지참하는 것도 최상위 간부의 허가가 있어야 하는 것이었다.

대위는 크게 위험해졌다는 것을 느꼈다.

이 소위 놈에게 뒤처리를 맡기지 말았어야 했다. 소위 놈은 거래는 능숙했지만 작전 수행 능력은 꽝이었다. 조심성이 없었고 입도 너무 싼 편이었다.

과거 황학동에서 큰 점포를 운영했던 아비를 둔 소위에게는 좋은 거래처가 있었다. 거래처는 H-3 지역 식인자 자치구에 있는 화교들이었고 믿을 만했다. 그들은 빼돌린 식인억제제를 다시 군에 파는 수법으로 수익을 올렸다.

그들도 이런 물질이 세상에 풀리면 유리할 게 없다는 걸 잘 알고 있었다. 하나 어떤 물건이라도 소수의 고객은 있는 법. 수량이 많지 않기 때문에 특권층에게만 돌아가는 그 약물 장사는 수익이 아주 높았다.

대위는 빼돌린 식인억제제를 소위를 통해 거래했다. 거래는 철저하게 지켜졌고 소위는 그것을 금으로 바꿔 대위에게 착실하게 상납했다.

다시 세상이 풍요로워지고 이 환란이 추억에 지나지 않을 때가 오면 괜찮은 일식집을 열기 위해 시작한 일이었다. 일에서 준비란 최악의 상황일 때가 가장 적절한 시점이라고 대위는 믿고 있었다. 지금이 바로 준비할 때였다.

죽은 소위 놈은 대위가 소령으로 승진하면 그 일이 자신에게 떨어질 것을 잘 알고 있었다. 그때가 되면 이 물질은 지금보다 서너 배 더 많이 유출될 것이었다. 소위 놈을 전근 보낼 때가 되었다고 생각하던 참이었는데 그만 이런 일이 벌어지고 말았다.

"준비할 때다."

대위는 중얼거렸다.

걱정했던 일이 조금 빨리 왔을 뿐이다.

대위는 철모를 벗고 담배를 입에 물었다.

그는 허벅지의 먼지를 툴툴 털었다. 그날 새벽부터 아침까지 8킬로미터를 걸었다.

'끝내고 싶다. 이 짓도.'

그의 부대는 개척 부대였다. 공식 명칭도 없었고 그저 연대에서는 '하이에나'라고만 불렀다. 그들이 하는 일은 국토를 돌아다니며 감염자를 찾아내고 감염자의 혈청 샘플을 모으는 것이었다. 그들은 식인 바이러스를 해독할 혈청을 찾고 있었다. 식인억제제에 첨가할 항성 물질을 찾아내야 진짜 해독제를 만들 수 있었다.

대위는 임무가 늘 지겹던 터였다. 이리저리 만난 부랑자에게서 혹 바이러스를 억제할 물질이 검출된다는 보장이 없었다. 게다가 대부분은 잠복기를 겨우 넘긴, 그래서 자신이 감염된 줄도 모르는 일반인들이었다. 그들에게 총질하는 것도 신물이 났다.

대위는 이 순간, 자신의 팀 임무를 '수색'에서 '색출'로 바꾸었다. 그는 아직 다이아몬드 세 개짜리 대위 계급이었고 작전 변경권이 없었다. 소령 직급 이상이 되어야 부대를 독자적으로 움직일 수 있는 작전권이 부여되었다. 다행히 그는 한 달 후에 소령으로 승진할 예정이었다.

부대는 이제 예정된 경로로 이동하지 않을 것이다. 자신과 자신의 부대는 순토 시계를 찬 그 부랑자를 찾아야만 했다. 식인억제제를 되찾아야만 했다. 다행인 것은 미라같이 삐쩍 마른 부랑자의 어린 아들 몸에 박아놓은 수신기가 잘 작동하고 있다는 점이었다.

동민은 맨발로 몸을 끌며 꺼끌꺼끌한 시멘트 구릉으로 내려갔다. 진흙 덮힌 돌너덜에서 줄떡 미끄러졌고 말라 죽은 소나무가 그득한 솔수평이에 떨어졌다.

멀리서 사이렌 소리가 들렸다.

군인들이 공장 건물 반대편, 큰 바위가 겹겹이 쌓인 등성이로 몰려가는 것 같았다.

동민은 동쪽을 바라보았다.

해는 중천인 것 같았지만 하늘은 희끄무레했다. 개 짖는 소리가 퍼지더니 흐릿한 공기 너머로 아물아물 흩어졌다.

배낭을 열었다.

고개를 내민 아이가 울며 안아달라고 했다.

동민은 안기려는 아이를 떼어내고 코를 먼저 살폈다.

부은 콧구멍을 조심스레 벌리자 아이가 아프다고 턱을 내렸다. 턱을 강제로 들어 안을 살폈다. 양쪽 구멍에서 작은 불빛이 간헐적으로 반짝이고 있었다. 초록빛과 주황빛은 점멸하는 간격이 달랐다. 하나는 수신기일 테고 하나는 폭탄일 테다.

이런 잔인한 놈들.

너무 깊숙하게 박혀 있었다. 함부로 건드리다간 뇌를 다치게 될 것이었다.

소위로부터 빼앗은 파우치 안에는 길쭉하고 가느다란 아홉 개의 작은 시약 캡슐이 들어 있었다. 무엇에 쓰는 물건인지 가늠되지 않았다. 파우치를 던져버리고 챙겨 온 군용 상자를 열었다. 손가락만 한 탄산 실린더 두어 개, 특수 조임 나사 한 봉지, 겸자형 가위가 비닐 안전봉투에 박혀 있었다.

오른쪽 콧구멍에 박힌 칩은 폭탄이었다. 칩의 초록색 점이 깊숙한 곳에 깜빡이고 있었다. 그는 겸자 가위로 폭탄 칩을 빼냈다. 왼쪽 콧구멍에 박힌 주황색 불은 수신기였다. 빼낸 폭탄 칩과 다른 형태였고 코안 깊숙이 박혀 있어 겸자로는 잡히지 않았다.

"나머진 다음에 빼내자."

그는 폭탄 칩의 콩알만 한 젖힘 핀을 반대로 움직여 깜빡이는 불을 껐다. 아이 코에서 흐르는 진물을 닦아내고 거즈를 잘게 말아 코에 박았다.

어쨌든 폭탄 칩은 제거했으니 다행이었다. 동민은 군용 상자를 배낭에 넣고 던져버린 소위의 파우치도 다시 가방에 챙겨 넣었다.

아이 팔과 다리를 작신작신 주무르던 동민은 팔을 뻗었다.

"안아줄게, 이리 와."

아이는 안기지 않고 동민의 손을 바라보고 있었다.

그제야 동민도 자신의 손을 보았다. 옷자락에 붉은 것이 넓게 퍼지고 있었다. 피가 번질거렸다. 사타구니도 젖었고 지푸라기가 듬성듬성한 양말도 축축했다.

옆구리에서 서늘한 한기가 올라왔다.

"한결아, 잠깐만."

그는 아이를 밀어내고 손에 묻은 피를 대충 닦아냈다. 피가 어디서 나는지 확인해야 했지만 아이 앞에서 상처를 내보이기 싫었다.

그는 아이를 안았다.

시큼한 냄새에 몸을 떼보니 아이가 멀건 죽을 토하고 있었다. 바로 앉히고 아이 등을 빠르게 쳤다.

콜록, 콜록.

아비가 등을 치고 있었고 아이는 앉은 채 아비 손을 맞으며 그렁그렁한 눈으로 하늘을 쳐다보았다.

멍하게 하늘을 바라보는 것.

그것이 놀란 아이가 감당해야 하는 방법이었다. 날파리 몇 마리가 둘 주변을 돌아다녔다. 아이가 진정했는데도 동민은 아이의 등을 계속 쳐댔다. 아이가 자꾸 안아달라고 했다.

“아빠랑 좀 누워 있자.”

둘은 껴안고 낙엽 더미에 누웠다.

아이가 잠이 들자 동민은 일어났다. 옷을 벗고 자신의 상처를 살폈다. 총알이 스친 것인지 오른쪽 어깨 아래 상완근 부근의 살이 벌어져 있었다. 누렇게 탄 자국에서 피가 배 나오고 있지만 통증은 없었다.

고통스러운 것은 더 아래쪽이었다.

소위에게 찔린 옆구리 상처는 깊었다. 숨을 내쉴 때마다 손가락 길이만 한 검퍼런 칼자국에서 물렁물렁한 피가 고여 나왔다. 남은 거즈로 옆구리를 막았다. 거즈에 번지는 피를 보자 눈이 가물거렸다.

칼이 밀고 들어올 때의 딱딱함과 거북함이 떠올랐다. 동민은 벌레처럼 떨리는 혀를 내밀고 숨을 몰아쉬었다.

젠장맞을.

코가 따끔 시큼했다. 입천장이 말라갔다. 침을 삼키기 힘들었다. 디엠티를 한 알 삼킨 다음 라이터로 바늘을 소독하고 상처를 꿰맸다. 양말로 덮고 끈으로 허리를 돌려 맸다.

언제 나타났는지 아내가 잠든 아이를 보고 있었다.

—다 꿰맸어?

아내가 아이의 머리를 쓸며 물었다.

"응. 그럭저럭."

—그 옷, 아직 입지 마. 몸이 흠뻑 젖었네.

"한결이가 깨면 널 볼 수 있는 거니?"

—아닐걸. 그건 불가능할 거야.

"그렇겠지."

—오빠, 여기서 한 시간쯤 더 내려가면 버려진 마을 회관이 있어. 거기 가서 쉬어.

"상처 때문에 걷기 힘들어. 그리고 그런 건물이라면 정부군 눈에 띌 거야."

—그래? 그럼 그러던가. 여기서 좀 쉬는 게 좋겠다. 햐, 한결이 자는 모습이 너무 예뻐.

"응. 세상에서 가장 예쁜 아이지."

—맞아.

"유향을 두고 왔어."

—한결이가 먹는 사탕?

"응, 좋아하는데. 못 챙겼어."

—구해야 하지 않아?

"그래야 할 것 같아. 주머니에 조금은 남아 있는데 이걸로 될지 모르겠다. 마을을 만나면 한약방을 뒤져봐야지."

—사람들을 만나지 않으면 좋겠는데.

"지연아."

—응?

"걱정하지 마."

—뭐가?

"무슨 수를 써서라도 약속을 지킬게."

—자신 있어?

"나 혼자 하는 게 아니잖아. 당신도 옆에 있을 거잖아."

—그렇지. 에휴, 걱정이다. 어머니께서 한결이 이런 모습을 보시면 얼마나 놀라실까.

"지연아."

—응?

"많이 미안해. 너를 너무 힘들게 했어. 너는 나와 결혼하면 안 되는 거였어. 넌 나 때문에 꽃이 되지 못하고 잡초가 되어버렸어."

—새삼스레 왜 그래?

아내는 피식거리더니 낙엽을 그러모아 아이 몸을 덮고 이마를 쓸어주었다.

—이 아이와 고작 6년을 살았네. 낳아서 이렇게 살게 했고 이

렇게 아프게 했어. 껴안고서 친밀하게 지냈던 6년이란 시간이 너무 안타까워. 이 아이의 영혼은 지금 뭐 하고 있을까?

"엄마 꿈을 꾸겠지."

―참 묘해. 인연이라는 게. 이렇게 흩어지면 아무것도 아닌 게 인연인데. 사랑도 집착일 뿐인 것 같아.

"그렇게 생각하냐?"

―오빠는 저들이 사상이나 이념에 집착하는 게 싫잖아. 사랑도 같아. 사랑은 집착이야. 집착이니 사랑할 수 있는 거야. 당신도 이 아이에게 집착하는 거고.

"너도?"

―나? 난 아니야. 나는 오빠 집착이 만든 거고.

"무슨 말인지 모르겠다."

―오빠. 이 아이에게 너무 집착하지 마.

그 말에 동민은 반항심이 북받쳤다.

"저 봐라, 또 쓸데없는 소리 한다."

―너무 예쁘다. 우리 아기.

고개를 드니 저쪽 배틀어진 넌출 쪽, 송진이 덕지덕지 묻은 관솔 뭉치 아래 낙엽 구덩이에서 무언가가 움직이고 있었다. 전날 본, 얼굴이 문드러진 고양이였다.

녀석은 낙엽 더미에 몸의 반을 묻고 웅크리고 있었다. 몸 전체가 낙엽색과 같아서 털 빠진 자리가 아니었다면 구분하지 못했을 테다. 어제는 혼자였는데 지금 보니 가슴에 새끼 두 마리를 품었다. 새끼들의 털은 온전했다. 새끼 한 마리가 화상 입은 어미의 목을 타고 올라가려 했다. 다른 한 마리는 죽은 듯 움직이지 않았다. 고양이는 동민을 한번 쳐다보더니 죽은 새끼를 혀로 핥았다. 동민이 돌을 던지자 고양이는 살아 있는 놈만 물고 자리를 떠났다.

아이와 종일 껴안고 있었다.

재를 남기지 않아야 했기에 불을 피우지 않았다. 바윗물에 라면 수프를 타서 마셨다. 냉기가 밀려들자 아이가 걱정되었다. 아내 말대로 마을 회관을 찾을까 생각했지만 아무래도 움직이지 않는 편이 좋을 것 같았다. 그는 자신의 몸 상태로 계속 걸을 수 있을지를 생각했다. 가다가 기름이 남아 있는 차라도 발견하면 좋을 텐데. 잠이 오지 않았다.

아마도 약 때문일 것이다.

새벽에 그는 죽은 새끼 고양이 가죽을 벗기고 항문에 붙은 향선을 칼로 끊어냈다. 고기를 비닐 팩에 넣고 소금을 반쯤 붓고 단단히 밀봉했다. 뼈는 국물을 내기 위해 따로 챙겨두었다. 가방을 여미다가 군용 파우치를 꺼냈다. 파우치에 든 아홉 개의 작고 가는 실린더를 살폈다. 안에는 맑은 액체가 들어 있었다. 입구의 봉인된 플라스틱 마개를 살펴보니 안에 작은 침이 도드라져 있었다. 이 작은 실린더가 마개를 뜯어내 침을 피부에 박는 물건임을 알았다.

파우치를 다시 넣었다.

아이를 껴안고 아침이 오길 기다렸다.

여주

그가 청미천을 지나는 84번 국도에서 4인승 포터를 만난 것은 정오쯤이었다.

트럭은 동민 앞에 천천히 멈춰 섰다. 동민은 어쩔 줄 몰라 우뚝 서 있었다. 길섶으로 달아나기는 무리였다. 국도에는 키 높은 가로대가 이어져 있었다. 상처 때문에 달릴 수도 없었다.

운전석에는 밀짚모자 쓴 남자가 이쪽을 보고 있었다. 차에서 내리지 않는다는 것은 저쪽도 두렵다는 것을 의미했다.

동민은 어떤 확신을 느끼고 절뚝절뚝 트럭으로 다가갔다.

운전자는 옆자리의 창문을 올려둔 채 동민을 보고 있었다. 얼굴에 주름이 많은 50대 중후반 남자였다. 동민은 주머니에서 질병관리국에서 발행한 증명서를 꺼내 유리창에 붙였다. 운전자는 증명서를 가만히 살펴보았다.

유리창이 손가락 한 마디 정도 내려왔다.

"날짜가 한 달 보름이 더 지났는데."

안에서 운전자가 그 틈으로 중얼거렸다.

"저는 감염자가 아닙니다."

"지금쯤 감염 반응이 나타났을지도 모르지. 잠복기가 있으니까."

"아직 인육을 먹은 적은 없습니다."

동민은 그에게 혀를 내보인 후, 가방에서 소금에 절인 고양이를 넣은 비닐 팩을 꺼내 보였다.

비닐 팩은 물컹물컹했고 처음과 달리 피 반, 사체 반이 되어 있었다. 동민은 비닐 팩을 다시 가방에 넣고 뒤적거리더니 말린 육포를 꺼냈다. 오래전 말려둔 것이었다. 그는 유리창 너머 운전자에게 육포에 붙은 비둘기 대가리를 내보인 후 그 육포를 씹어 삼켰다. 그런 다음 두 팔을 벌리고 자신은 그런 것을 먹어도 끄떡없음을 밝혔다. 증명은 그것으로 충분했다.

유리창이 반쯤 더 내려왔다.

"……서울에서 발급받은 거군."

"그렇습니다."

"태워달라고?"

"……부탁합니다."

"내가 감염자라면 어쩌려고?"

"그랬다면 저를 치고 가셨겠지요."

사내는 동민에게 타라고 말하며 유리창을 올렸다.

조수석에 오르자 트럭이 출발했다.

운전자 말고 세 명이 더 타고 있었다.

전부 뒷자리에 앉아 있었다. 40대 여자와 어린 여자아이, 20대 여자. 그들은 말이 없었다. 중간에 앉아 40대 여자의 손을 꼭 잡고 있는 소녀는 흰 종이 마스크를 쓰고 있었다. 열 살 남짓으로 보였다.

20대 여자가 허공에 미스트를 뿌렸다.

"죄송합니다."

동민이 말했다. 자신에게서 나는 냄새가 고약하다는 것을 그도 잘 알고 있었다.

"그 증명서, 성북구에서 발급받은 거던데."

운전석 사내가 어깨를 흔들며 말했다.

"그렇습니다."

"나도 성북구에서 잠시 일한 적 있었지. 성북구에 의료보험공단 있잖수. 고가 도로 지나가는 데."

"네. 월곡역 쪽에 있습니다. 거기서 일하셨습니까?"

"거긴 아니고 그 옆에 폐품 처리장이 있어. 거기서 몇 달 일했었지."

"어디서 오셨습니까?"

"평택."

"가족이군요?"

"어, 마누라와 딸들이지."

동민이 어깨를 젖히고 뒤를 보았다.

엄마 품에 비스듬히 안긴 소녀에게 눈인사하자 소녀는 창밖으로 고개를 돌렸다. 그는 시선을 되돌리기 전에 엄마와 언니에게도 짧게 고개를 숙였다.

"목적지가 어디오?"

"가는 데까지 태워주십시오. 어르신은 목적지가 어딥니까?"

그러자 운전석 사내는 거울로 뒤를 힐끔 보았다. 사람들은 아무 말이 없었다. 이들은 목적지를 말하지 않겠다는 의지가 분명해 보였다.

"아, 저는 약국 있는 곳을 찾아야 해서요."

"어디 다쳤소?"

동민은 손을 옆구리에 갖다 대며 고개를 끄덕였다. 운전석 사내는 더 묻지 않았다. 이들은 자신들 약을 나눠 주지 않을 것이다. 그들은 트럭 뒤 방수포로 덮어놓은 공간에 쌓아둔 무수한 집기들이 하나도 없어져서는 안 된다고 생각하고 있었다.

"맨발이군."

운전자가 천과 비닐로 동여맨 동민의 발을 힐끗 보았다.

"신발을 잃어버렸습니다."

"우리도 여벌 신발은 없는데."

"괜찮습니다. 냄새 때문에 죄송합니다."

"신경 쓰지 마시오. 요즘 세상에 씻을 수 있는 사람이 얼마나 있겠소."

"감염되지 않은 분들을 만난 건 오랜만입니다."

"이제 보기 힘들지. 우리도 간만이오. 내내 혼자 다닌 거요?"

"네."

"가족은 없고?"

대답하고 싶지 않았다.

동민은 화제를 바꾸었다.

"이제 정부군은 감염 여부를 따지지 않더군요."

"그들한테서 쫓겼소?"

"네. 한 번 그랬습니다."

"증명서를 보였는데도?"

"소용없었습니다."

"하긴 평택도 그랬소. 일주일 만에 거리에 시체들이 싹 사라졌지."

"감염자가 늘어났다는 뜻이군요."

"그렇지. 그러니 정부군도 이제 식별할 가치를 못 느끼는 거지."

"정부군은 무자비합니다."

"크게 당했나 보군. 어찌 보면 그럴 만하잖소."

"그럴 만하다니요?"

"미사일 터지고 겨우 열흘쯤 되었는데 감염자가 너무 늘었어. 순식간에 많아졌지. 잠복기가 생각보다 짧은 거지. 그 사람들이 전부 사람고기를 찾아 돌아다니니 군바리들도 대처하기 힘들지 않겠어."

"그것보다는 북한 쪽 때문에."

"에이, 그거는 위에서 하는 소리고. 실제는 귀찮아서 그래. 다 죽이면 쉬운 거니까. 사람고기 찾아다니는 놈들을 우째 살려두는가 말이오."

"……이해할 수 없어요. 감염자들, 일반식을 하면서 필요할 때만 그럴 수 있지 않습니까?"

"그것도 감염 초반에나 그렇지. 잠복기가 지나면 매일 먹어야 해. 예전에 먹던 음식들 요만큼도 못 먹어. 소 100마리보다 사람 허벅지 한 점이 더 낫다고들 하지 않소."

처음부터 그런 것은 아니었다. 동민이 출발할 때까지만 해도 감염자들은 인육을 얻기 위해 사람을 죽이지 않았다. 시체는 항상 거리에서 구할 수 있었고 그들은 약을 먹듯 버려진 인육을 조금씩 찾아 먹었다. 굶주려서 식인하는 것이 아니었다. 인육을 먹던 자가 인육을 먹지 않으면 평균 48시간 정도가 지나 발작이 일어났다.

초미세먼지보다 50배 작은 식육 바이러스는 감염되면 폐포에서 분열이 일어난다. 그것들은 신체를 방어하는 물질인 사이토카인을 공격적 수용체로 변형해 뇌를 공격했다. 바이러스에 감염되면 처음에는 식인 욕구를 느끼지 못한다. 평소 먹던 음식이 다소 역겨워지고 속이 불편해지는 것이 이상하게 느껴질 뿐이다.

짧게는 2주, 길게는 두 달 정도의 잠복기가 지나면 그때부터 인육을 먹어야만 했다. 오직 인육만 떠올린다. 본능이다. 감염되면 예수라도, 석가라도 시체를 보면 식욕이 돌게 된다.

하지만 감염자는 영화 속 좀비 같은 존재들이 아니었다. 당시만 해도 감염자와 비감염자는 충분히 대화했고 그들 상황을 존중했다. 사회 시스템이 잘 돌아갔다면 국가가 혹은 비감염자들이 감염자들을 위해 시체를 따로 모아 공급했을 터였다. 어쨌든, 그때까진 도덕률이 살아 있었고 사람을 죽여가면서까지 인육을 섭취하지 않았다. 이 바이러스는 그런 점에서 영화와 달랐다.

시스템은 일찌감치 무너졌다. 잠복기를 넘긴 감염자들이 폭발적으로 늘어났다. 시간이 흐를수록 그들은 인육을 구하기 힘들어졌다. 아닌 게 아니라 이제는 길에서 시체를 찾아보기 힘들었다.

세상이 진짜 지옥이 된 것은 그때부터였다. 그 짧고 분명한 시간 동안 도덕이 사라졌고 이성도 자취를 감추었다. 그들은 서로를 죽이기 시작했다. 사람이 사람을 공격했고 공격한 사람이나 공격당한 사람 모두 감염자들이었다.

"우리 같은 비감염자들이 제일 불안하지."

"차이가 있습니까?"

"감염자 고기보다 비감염자 고기가 더 인기가 좋다고 하니까. 어느 정육점에서는 감염자 시체 다섯 구와 비감염자 시체 한 구가 교환된다고 하더이다."

바이러스가 퍼졌지만, 엄연히 비감염자도 존재한다. 같은 공기를 마셔도 누구는 감염되고 누구는 감염되지 않는지 이유는 알 수 없었다. 중요한 사실은 비감염자는 더욱 귀한 음식이 되고 있다는 점이었다.

비감염자는 수마트라코뿔소만큼이나 희귀했다. 그들은 이 세상에서 가장 약한 초식 동물이었다.

"차로 움직이다가는 정부군을 만날 텐데요."

"그래도 우리는 정부를 믿소. 걱정하지 않습니다. 감염도 되지 않았는데 제 놈들이 어쩔 거요? 그놈들이 아무리 나쁜 놈들이라 해도 멀쩡한 사람한테 그런 짓, 못 하지."

그들은 한동안 말없이 달렸다.

트럭은 부서지고 끊긴 도로의 안전한 자리를 찾아 지그재그로 달리고 있었다. 운전자를 제외한 모두가 차 어딘가를 잡고 이리저리 흔들리는 몸을 가누고 있었다.

동민은 흔들거리며 생각했다.

아직 남아 있는 비감염자들은 어떻게 처신하고 있을까.

일부는 감염자인 척 그들 무리에 끼어들었다. 사회적 생존력이 강한 자들이었다. 그들은 감염자들이 만든 구역에 들어가 감염자인 척하며 살아갔다. 스스로 잠복기가 지나면 식인자가 될 처지라고 믿었다. 혹 항체가 있거나 잠복기가 늦어 계속 비감염자로 남더라도 끝까지 감염자 행세를 하며 무리에 숨는 법을 택했다.

나머지는 달아났다. 그들은 스스로 양이라고 인식하는 무리였다. 그들은 산으로 들로 숨어들었다. 양은 모여도 양이다. 그렇다고 양이 혼자일 수 없다. 양은 먹힌다는 것을 안다. 양의 노력은 먹히는 시간을 늦추는 데 있었다. 그들은 대안이 없었다. 있다면 그건 신이 구원해주기를 바랄 뿐이다. 목동을 기다리는 것.

동민은 후자에 속했다.

차체가 몹시 흔들거렸다.

동민은 유리창 위 손잡이를 꽉 잡았다. 만져보지 않았지만, 자신의 상처에서 피가 배어 나오고 있음을 느꼈다. 하나 상처보다 아들이 흔들리지 않는 것이 더 중요했다. 그는 허벅지로 가방을 조인 채 흐르는 땀을 닦으면서 고통을 내색하지 않으려고 노력했다.

그때, 문득 이상한 생각이 들었다.

앞자리를 왜 비워두었을까?

여자 세 명이 왜 비좁게 뒷자리에 앉아 있을까?

생각이 거기까지 이르자 동민은 슬쩍 아버지 얼굴을 보았다. 주름진 광대에 피곤함이 깃들어 있었다. 농부 같았고, 공장 노동자 같았고, 아파트 수위 같기도 했다. 여느 아버지의 얼굴이었다.

그는 백미러로 뒤에 앉은 사람들을 보았다.

힘없이 엄마의 어깨에 기댄 소녀는 수척했다. 이마에서 보랏빛 멍이 보였다. 동민은 엄마의 손을 잡은 막내의 손목이 붉게 쓸려 있는 것까지 보고 시선을 내렸다.

맙소사.

막내딸이 감염되었다!

아마도 피난 중에 제일 먼저 반응이 왔을 것이다. 가족들은 감염 증상이 나타난 막내딸의 상태를 걱정했을 터이고 함께할 수 있을지를 논의했을 것이다.

전부가 감염되지 않았을지라도 가족 중 한 명의 식인자가 있다면 그들은 인육을 준비해야 한다.

"어디로 갑니까? 이 차는?"

"H-3 지역으로 가는 중이오."

운전석 사내가 백미러를 조정하며 말했다.

"거긴 왜요?"

"거긴 주유소가 있다고 들었소. 그런데 정말 있는지는 모르겠군."

H-3 지역은 충주 쪽이었다. 정확히 충주시에서 떨어진 작은 읍이라고 했다. 그들은 자경단을 구축하고 있었다. 정부군이 관리하는 게토와는 달리 자치구 형식으로 운영되었고 정부군도 관여하지 않는다고 했다. 이유는 오래전 정부 고위 관료였던 그곳 유지가 자신의 지역을 장악했다고 한다. 그곳은 술집, 상점, 학교까지 존재했다. 인육도 거래되고 있었다.

아비가 차를 빠르게 몰았던 이유도, 목적지가 식인자 자치 구역인 것도 전부 이해되었다.

그리고 중간에 차를 세운 이유까지도.

동민은 후회했다.

이 트럭에 타지 말았어야 했다. 호랑이 굴에 스스로 들어가고 말았다.

그가 탄 이상 이들은 H-3까지 가지 않아도 되었다.

그는 안주머니에서 디엠티를 꺼내 마른침에 삼켰다. 혈관이 조여지면서 시선이 선명해졌다.

동민은 말했다.

"둘째 따님이 감염된 것 같은데요."

동민의 말에 운전자가 동민을 보았고 뒷자리에 앉은 두 여자가 몸을 움츠렸다.

"아이가 마스크 안에 붕대를 물고 있군요. 저렇게 하고 있으면 금방 들킵니다."

"……."

"붕대를 떼게 하십시오. 정부군을 만나면 바로 걸립니다……. 도움이 될는지는 모르겠습니다만, 제일 먼저 시약 반응에 걸리지 않도록 해야 합니다."

"당신은 뭘 좀 아는 모양이지?"

"비감염자가 감염자를 느끼는 건 당연하지요. 따님이 먹을 인육은 좀 구하셨습니까?"

"좋소. 솔직하게 말하리다. 그걸 구하러 가는 길이오."

운전자는 글로브박스를 열어 작은 스티커를 보여주었다. '문성정육점'이라고 쓰여 있었다. 전화번호와 약도도 있었다.

"거기에서는 인육을 살 수 있다고 하더이다. 전화가 끊겼으니 이거 하나 믿고 가는 길이오."

"잠복기가 지났나요?"

"아직이오."

"이 차는 얼마 안 가 바리케이드에 걸립니다. 정부군이 감염자를 분별하는 방식을 알려드릴까요?"

"계속하쇼. 들을 테니까."

"……저들 검식 방식은 요오드 반응체 분별입니다. 티록신 수치를 보는 거죠. 감염되었을 때 촉진되는 티록신을 측정하는 건 요오드 물질이거든요."

"어렵군."

"전문 용어는 아실 필요 없구요. 하여튼 식별당하지 않으려면 수시로 보드카를 먹는 게 좋습니다."

"보드카는 왜?"

뒤에서 나이 든 여자가 물었다.

"보드카에는 일정 부분 요오드가 들어 있는데 그게 먼저 갑상선에 자리를 채우면 더는 체내에 요오드가 흡수되지 않거든요. 저들 식별기에 오류를 낼 수가 있죠."

"아이에게 술을 먹이라고?"

아버지는 고개를 설레설레 저었다.

"지금은 그게 제일 좋습니다. 평소에는 줄 수 없겠지만, 검문 직전에는 도움 될 겁니다. 그리고 사탕을 주세요. 그것만으로도 욕구를 어느 정도 억제할 겁니다."

"사탕은 왜요?"

나이 든 여자가 물었다.

"침을 배출시키면 인육 욕구 대신 채소나 고기를 떠올립니다."

"먹지 못해도?"

"막상 그런 걸 먹으면 게워내죠. 결국엔 인육을 먹어야 하겠지만 평상시에 사람을 문다거나 피를 달라고 조르는 게 덜하다는 겁니다."

"붕대를 문다고 해서 침이 생기지 않는 건 아닐 텐데?"

"사탕에 어떤 효과가 있는지는 모르겠습니다. 아마도 혀를 속이는 게 아닐까 싶긴 한데. 제 말은 덜해진다는 것이지 막을 수 있다는 뜻은 아닙니다."

운전자는 입을 열지 않았다.

"게다가 정부군은 식인자에게서 나는 냄새도 확인합니다. 감염되면 분명 특유의 냄새가 나니까요."

동민은 주머니에서 유향 알갱이를 몇 알 꺼내 뒤를 돌았다. 세 여자가 그를 보고 있었다. 그는 상체를 비스듬히 해 엄마에게 기대고 있는 소녀에게 알갱이를 내밀었다.

"자, 받아."

"이게 뭔데요?"

아이 대신 언니가 물었다.

"향수예요. 먹는 건 아니고."

"됐어요."

언니가 말했다.

그녀는 그의 냄새를 맡지 않으려는 듯 코를 막으며 미스트를 칙칙 허공에 대고 뿌렸다.

그는 웃으며 돌아앉았다.

동민은 자신을 노려보던 소녀의 손을 본 참이었다.

두 여자 사이에 앉아 있는 소녀는 검지로 몰래 양옆을 번갈아 가리키고 있었다. 소녀는 신호를 보내고 있었다.

그는 식은땀이 흘렀다.

운전석을 살폈다. 운전석 옆 유리창 표면의 아랫부분에 붉은 선이 길게 늘어져 있었다. 그 선은 마치 붓으로 쓸어내린 듯 수직으로 밀려 있었다.

피다.

동민은 이전 상황이 떠올랐다.

운전자가 그와 대화하기 위해 유리창을 조금 내렸을 때, 창틀 아래로 내려간 유리창 표면이 대화 후 다시 올려지면서 창틀 안에 고여 있던 피가 묻은 채 밀려 올라온 것이었다.

바닥의 더러운 깔개 끝에 피가 엉겨 있었다. 천장에도 흩어진 핏자국. 손잡이에도, 안전띠 클립에도 피가 묻어 있었다.

그리고 눈에 들어온 것.

앞 유리창 하단에 붙어 있는 스티커.

'문성정육점.'

저 어린 여자아이는 감염자가 아니었다.

오히려 감염자는 나머지였다.

이들은 가족이 아니다.

이들은 막내딸을 먹일 시신을 찾는 게 아니라 H-3로 인육을 납품하는 자들이었다.

그는 뒤에 앉은 40대 후반의 몸집이 큰 여자를 의식했다. 조수석을 비워두었다는 것은 무기를 여자가 가지고 있다는 뜻이었다.

가방을 만지작거렸다.

배낭에서 작은 물건을 꺼내 손에 쥐었다. 그것은 밤사이 한결이 코에서 빼낸 칩이었다. 칩 끝에 부착된 콩알만 한 젖힘 핀을 원래의 자리로 옮겼다. 칩에서 초록색 불이 반짝이기 시작했다.

밀짚모자 쓴 운전자와 나이 많은 여자가 백미러로 눈빛을 교환하고 있었다.

운전자가 속도를 줄이며 물었다.

"곧 진입로가 나오는데. 어디서 세워줄까요?"

"……편하신 곳에."

"약국 찾는다고 하지 않았소?"

"그렇습니다."

"H-3 지역 안에도 약국 있을 거 같은데."

"저는 그곳에는 갈 계획이 없습니다."

"이 트럭에도 비상약은 있소. 지혈제도 있지. 붕대도 충분하고. 아, 당신이 말했던 요오드도 있소."

잠시 침묵이 흘렀다.

차가 갓길로 미끄러지듯 이동하더니 결국 섰다. 밀짚모자가 사이드 기어를 당기고 동민 쪽으로 몸을 열었다.

"그럼 이렇게 합시다."

동민은 다음 말을 기다렸다.

"다리 하나만 가져가겠소. 좋은 말도 들었으니."

뒤에서 무언가가 다가왔다. 칼 면이 동민 턱에 닿았고 날은 사선으로 길게 늘어서 그의 목젖에 아슬아슬하게 걸려 있었다. 소녀가 흐느끼기 시작했고 젊은 여자가 소녀 입을 막았다.

"지혈은 충분히 해주겠소. 감염되지 않은 신체는 꽤 고가에 팔리거든. 아이라면 더 그렇고."

밀짚모자 사내는 뒤를 한번 흘깃했다.

소녀는 울고 있었다.

"이 트럭, H-3로 들어가는 인육 배달 차요?"

밀짚모자는 고개를 끄덕였다.

"잘 아시네. 아까부터 아시는 게 무척 많으시네."

운전자는 밀짚모자를 젖히고 이마를 긁었다.

"죽이고 싶진 않소. 뭐 그러면 우리도 좋겠지만 사실 여간 번거로운 게 아니거든. 피는 금세 썩고 내장들은 관리하기도 힘들고. 고작해야 팔리는 건 다리 두 짝인데 그 한 짝은 남겨두겠단 거요."

"……."

"아따, 아까부터 당신 몸에서 피 냄새가 진동하네. 상처가 심한 모양이구려. 다리 하나 잘라버리면 이거 그냥 골로 가시겠는데. 어쨌든 노력해봅시다. 어이."

그는 뒤에 대고 눈짓했다.

뒷자리 늙은 여자가 칼등으로 동민의 정수리를 쿡쿡 치며 밖으로 나가라고 말했다.

동민은 뒤돌며 소녀를 보았다. 젊은 여자가 소녀 팔다리를 청테이프로 꽁꽁 묶고 있었다. 아이는 물끄러미 동민을 보고 있었다. 물기 젖은 무표정한 눈이었지만 그 속에는 안간힘을 쓰며 무언가를 말하고 있었다. 그는 진실로 그 눈이 무엇을 말하는지 알지 못했다.

동민은 배낭을 들고 차에서 내렸다.

"아, 맞다. 배낭."

남자는 짜증 난 듯 배낭을 바라보았다.

"배낭은 제 겁니다. 살려준다고 하지 않았습니까."

남자는 고개를 끄덕이더니 어깨를 한번 으쓱했다.

"배낭까지 준다고는 하지 않았는데. 안에 좋은 거 있으면 좀 나눠 가집시다. 그거 이쪽으로 내려놓아요."

동민은 배낭을 천천히 바닥에 놓았다.

밀짚모자 남자가 신호를 주자 젊은 여자가 다가와 배낭끈을 풀기 위해 허리를 숙였다. 배낭은 끈이 많았고 복잡한 위치에 포켓들이 있었기에 여자는 조임 끈을 쉽게 찾지 못했다. 빠르게 여자 목을 틀어잡고 그들 앞에 섰다. 밀짚모자 남자와 늙은 여자가 알 수 없는 소리를 질렀다. 동민은 손바닥에 숨겨놓은 칩을 여자 입에 집어넣고 막은 다음 울대를 눌렀다. 여자는 몸부림치다 그것을 삼켜버렸다.

밀짚모자가 허리에 찬 힙색에서 권총을 꺼냈고 늙은 여자는 칼을 든 채 주춤댔다.

"아빠. 사, 삼켰어."

칩을 삼킨 여자는 두 사람의 딸인 듯했다. 여자는 부모를 보며 고래고래 소리 질러댔다.

"뭘? 뭘 삼켰는데?"

늙은 여자가 다급하게 물었다.

"몰라! 알약 같은 거야!"

두 부부는 서로를 한번 보았고 동민을 노려보았다.

밀짚모자가 총을 겨누고 으르렁댔다.

"방금 뭐 했냐?"

동민은 괴성을 질러대는 여자 목을 조르며 말했다.

"뭘 먹였지."

"뭐, 뭘 먹였는데? 빨리 말해!"

남자가 떨리는 총구를 끄덕이며 소리쳤다.

"칩."

"치, 칩?"

"이제 한 시간 안에 정부군이 올 거야. 그들이 폭탄 수신기를 가지고 있거든."

"뭐? 폭탄이라고?"

동민이 왝왝대는 여자를 던지듯 부부에게 밀었다.

늙은 여자가 칼 잡은 손으로 딸의 등을 정신없이 두들겼고 늙은 사내는 어쩔 줄 몰라 하며 총구를 내린 채 두리번거렸다.

동민은 배낭을 짊어졌다.

"날 죽이고, 내 다리를 썰고 하는 동안 당신들은 포위당할 거야.

뭐 해? 시간 없다고. 트럭을 몰고 최대한 멀리 달아나는 게 상책일걸."

"손 집어넣고 토해, 토해!"

엄마가 등을 두들기며 소리 질렀고 딸은 내용물을 게워내려 캑캑댔다. 여의치 않은 듯했다. 동민은 그들을 남겨두고 기슭으로 올라갔다. 얼마쯤 올라가다가 뒤를 보았다.

트럭은 사라지고 없었다.

동민은 트럭에 있던 소녀를 생각했지만 잊어버리기로 했다.

충주 1

오후에 그는 무릎까지 푹푹 들어가는 토석류를 헤치고 버려진 교회에 도착했다. 3층짜리 교회는 청나라 말기의 가정집처럼 외장이 붉은 벽돌로 조적되었다. 외벽에 붙은 머릿돌 동판에는 1962년에 지었다고 쓰여 있었다. 건물 측면으로 돌자 외부로 난 지하 계단이 있었다. 계단 끝에는 철문이 박혀 있었다.

그는 계단을 내려가 지하실로 들어갔다.

한구석에 소파들이 천장까지 높다랗게 쌓여 있었다. 호프집이나 다방에서 흔히 볼 수 있는 붉은 벨벳으로 마감한 사각형 낮은 소파였다.

동민은 소파 두 개를 끌어왔다. 아이를 앉히고 제약 공장에서 떼어낸 붉은 커튼을 어깨에 덮어주었다. 아이 얼굴에 산소통을 대주며 그도 옆에 앉았다. 칼에 찔린 상처가 몹시 쓰려 이마를 구기자 아이가 눈을 동그랗게 떴다.

"아파요?"

그는 순식간에 웃긴 표정을 지었다.

"아빠가 방귀가 나오려 해서 그래."

몇 분쯤 아이와 웃고 난 후 그는 눌어붙은 양말을 뜯어내고 거즈로 막아놓은 허리를 살폈다. 검붉게 변한 실 주변으로 살이 곪고 있었다. 서러운 숨이 목에서 튀어나왔다. 몰아쉴 때마다 눈썹 길이만 한 상처에서 피가 방울졌다. 허리를 틀면 몹시 고통스러운 것을 보니 아무래도 내장이 곪은 것 같았다. 그는 양말을 있던 자리에 다시 붙이고 물을 조금 마셨다. 오다가 주운 축축한 내복을 비닐로 싼 발에 덧쌌다.

아이를 바라보았다.

아이는 동민의 발을 보고 있었다.

"아무래도 신발을 찾아봐야겠다."

그는 더러운 비닐 사이로 보이는 발가락을 꼼지락거렸다.

"마당에 슬리퍼가 많았어요."

"안다. 나가서 시소 탈래?"

시소라는 말에 아이가 갸름한 얼굴을 끄덕였다.

둘은 지상으로 나왔다. 낙엽들 때문에 발이 푹신했다.

바람이 젖은 몸을 식혀주자 통증이 얼마간 가셨다. 비록 오염된 공기일지라도 바람이라는 것은 언제나 편안했다. 예전이나 지금이나 움직이는 것이었고 그래서 늘 궁금하고 지나가버리면 서운했다. 흐르는 것이어서 그럴까. 바람 속에 스쳐온 사람들의 체온이 깃들어서일지도 모른다. 그는 바람이 좋았다.

교회 뒤편은 연두색 우레탄 타일이 깔려 있었다. 아이들이 놀 수 있게 만든 놀이터였다.

"저기 펭귄 시소가 있다."

그가 아이를 바닥에 내려놓으며 시소를 가리켰다. 아이가 수줍게 그쪽으로 걸어가더니 시소에 앉았다.

손잡이는 펭귄 옆구리에 튀어나와 있었다.

"아빠도 타요."

시소에 앉은 아이가 바라보았다.

그는 내복 싼 발을 비뚝거리며 시소로 걸어갔다. 반대편 자리에 앉았다. 건너편에 앉은 아들 얼굴은 너무도 작아서 펭귄 대가리에 가려졌다. 아이가 옆으로 비쭉 얼굴을 내보였다. 한쪽 코가 부은 아이는 웃고 있었다.

끄응, 엉덩이에 힘을 주었다. 아이가 올라갔다. 아들 얼굴이 다시 펭귄에 가려졌다. 배어 나오는 피 때문에 허리가 더 축축해졌지만, 그도 아들과 한바탕 놀 준비가 되어 있었다.

"한결, 손잡이 잘 잡아라."

동민이 앉았다 섰다를 반복했다.

시소에서 끼익, 끼익 쇳소리가 났다.

펭귄에 가려 보이지 않았지만, 아들이 환하게 입을 벌리고 하늘을 보고 있는 것을 안다.

여섯 살 꼬마에게 놀이터란 그런 것이다. 별것 없는 알록달록한

기구들은 손 닿을 때마다 모양이 변하며 은하수가 되고 바다가 되는 마법 같은 것이다.

아들이 내려달라고 했다.

주변 이것저것이 눈에 들어온 아이는 그네로 달려갔다. 그네는 전부 안장이 떨어져 나가 있었다. 동민이 전선을 주워 와 안장 고리와 쇠고리를 연결했다. 아이가 엉덩이를 대고 앉았다. 앉는 것으로도 재미있는 모양인지 아이는 웃었다. 밀어주기 위해 아이 뒤로 갔다.

동민은 피가 밴 옆구리를 한 손으로 막고 다른 한 손으로 쇠고리 줄을 잡았다. 무게가 거의 없는 아이였지만 밀 때마다 줄이 기역 자 모양으로 꺾였다. 한 손으로만 밀어서 그런 것이다. 그는 어쩔 수 없이 양손으로 그넷줄을 잡고 밀기 시작했다.

끼익, 끼익.

아이의 옴츠린 등이 멀어졌고 금세 다가왔다. 아이의 긴 머리카락이 찰랑거렸다. 동민은 계속 밀었고 아이가 돌아오면 안듯이 그넷줄을 받았다. 반복하자 되레 그가 신이 났다.

"좀 세게 민다."

"안 돼요."

겁먹은 아이의 등이 말했다.

"안 되긴, 이여차!"

"아아아. 아빠."

동민은 쇠고리 줄을 잡은 채 앞으로 달려가다가 아이 몸이 가장 높은 곳에 머무를 때 손을 놓고 옆으로 피했다. 끼익, 끼익. 아이 몸이 다가왔다가 뒤로 멀어지기를 반복하면서 그네가 움직였다.

하하하.

그가 앞에서 웃었다.

아이도 밥풀눈을 뜬 채 방그레하게 입을 벌렸다. 아이가 발을 질질 끌며 속도를 줄이더니 그네를 던지고 일어났다. 아이는 저쪽으로 가서 뺑뺑이 기구를 만졌다. 그가 뺑뺑이를 돌려주자 아이 몸이 뱅뱅 돌았다. 도는 아이는 아빠를 만날 때마다 손을 내밀어 하이파이브했다.

"저것도요."

아이가 노란색 통로로 들어가려 했다.

가시랭이를 뒤집어쓴 커다란 플라스틱 미로 굴이었다. 좁았다. 딱 아이 하나가 들어갈 크기였다.

"안 돼."

그가 정색했다.

아들이 멀뚱히 그를 바라보았다.

"탈래요."

"다른 걸 타."

"왜요?"

"아빠가 널 끌고 들어가기엔 너무 좁아."

"그럼 나 혼자."

"안 된다니까. 아빠가 널 꺼내줄 수 없어."

"혼자 간다구요."

"아빠가 널 꺼내줘야 한다니까. 좁아서 아빤 들어가지 못해."

"……들어가고 싶은데."

"그만 놀고 가자."

그는 화가 난 표정을 지었다.

어스름이 깔렸다. 돌풍이 몰려올 모양인지 땅 위 낙엽들이 지하실 벽에 난 높은 창을 때리기 시작했다.

동민은 지하실에 쌓여 있던 수십 개의 소파를 구석으로 옮기기 시작했다. 소파들을 블록처럼 쌓아서 옴팍한 공간을 만들고 배낭을 그 안에 숨겨 넣었다.

배낭 입구를 벌리자 아이가 물었다.

"여기서 자요?"

"그럴까 해. 위층으로는 가지 말자꾸나."

"왜요?"

"저번처럼 군인들이 올지도 몰라. 지하실이 안전해. 뭐 해? 어서 들어가렴."

가방 입구를 열고 재촉했다.

"또 혼자 있어요?"

"아빠는 신발을 찾아봐야겠어. 담요도 구해 오마."

"같이 가요."

"너는 여기 있는 게 안전해."

조르기를 포기한 아이는 익숙하게 배낭에 들어갔다. 그는 조임 끈을 당기기 전에 아이를 보았다. 캥거루 새끼처럼 가방 안에 몸을 말고 있는 아이의 두 눈은 간절해 보였다. 어둠 속에서 둘은 얼마간 서로를 살폈다. 그는 아이 정수리에 입을 맞추었다. 독한 포르말린 냄새와 누릿한 염내가 올라왔다. 시취도 났다. 지하실 어딘가에 쥐가 죽어 있는 것이리라. 아이는 늘 이런 곳에서 잠들어야 했다. 온통 더러운 것들이 아들의 체취를 잡아먹고 있었다.

아이가 말했다.

"정말 무서운데, 혼자 있으면."

동민은 그것을 사용해야 할 때라고 생각했다.

그는 제약 공장에서 찾아낸 헬로베로봇 장난감을 꺼내 아들에게 내밀었다.

아이가 놀라며 장난감을 받았다.

"어디서 났어요?"

그는 말해주지 않겠다는 듯 콧등을 찡그렸다.

"우와, 파란색 트라탄이네. 이거, 엄청 구하기 힘든 거다요."

"자, 이제 닫는다."

미니 TMT 손전등과 물, 육포를 넣어주고 끈을 꼭 조이다가 어떤 생각에 다시 조임 끈을 풀었다. 그는 장난감을 요리조리 만지는 아이 목에서 아내 목걸이를 걷어냈다.

이번엔 끈을 조이고 묶었다.

그는 커튼을 배낭 위에 덮고 소파 하나를 기역 모양으로 뒤집어서 가렸다. 아이는 소파 무덤 속에 든 비밀처럼 온전히 숨어버렸다. 그럴 일은 없겠지만 간혹 들개 같은 것들이 냄새를 맡기도 한다. 소파를 이렇게 쌓아놓으면 배낭은 오랫동안 안전할 것이다. 아내의 작은 가방 하나만 둘러메고 일어났다. 구적 쓴 벽을 어깨로 쓸면서 비뚤비뚤 지하실 계단을 올랐다.

마당으로 나오자 송충이들이 어깨에 툭툭 떨어졌다. 커다란 무언가를 덮은 방수포가 석돌에 눌린 채 바람에 흩날렸다. 방수포를 걷어내니 낡은 험비가 있었다. 열쇠는 꽂혀 있지 않았다. 기름통도 뜯어 간 걸 보면 차 안에는 기름이 없을 것이다.

그는 주변을 돌아다니며 소나무 잡목들과 버려진 리어카, 드럼통, 방수포 따위를 모았다. 그것들을 얽히게 쌓아 지하실로 가는 외부 계단이 보이지 않도록 막았다.

교회 입구로 간 그는 멍하게 섰다. 교회는 높은 지대에 있었다. 동쪽 하늘을 바라보았다. 구름에 이끌려 어둠이 밀려오고 있었다. 땅은 세상을 살라 먹기 위해 다가오는 그것들을 오늘도 당당하게 받아들이려 한다. 펀펀하고 너른 논이 보인다. 불빛은 어디에도 없다. 세상은 마치 누군가 찍어놓은 흑백사진 같았다.

동민은 넝쿨 선모에 긁힌 종아리를 긁으며 어디가 좋은 장소일까를 생각했다. 교회 지붕을 바라보았다. 용마루 끝에서 솟아오르는 꼭대기는 상고대처럼 구저분한 덩굴이 덮여 있었다. 저 십자가라면 좋을 성싶었지만 올라갈 방도가 없었다.

'다른 방법이 있을 거야.'

아직 건물 안을 살피지 못했다. 밤이 되면 부랑자나 식인자 들이 제집인 양 몰려올지도 모른다. 그렇다면 흔적도 없이 사라지겠지.

'시팔. 어쩌라고.'

그는 걱정 따윈 하지 않기로 했다.

낙엽 더미에 쪼그리고 앉았다.

색색거리는 목을 쥐고 웅크렸다. 가슴을 타고 진동하는 숨이 마치 타인이 내는 것 같았다. 어지러웠다. 규칙적인 통증이 옆구리로부터 밀려왔고 그것이 사라지면 이어 오한이 치올랐다.

죽은 전나무 우듬지에 걸린 까마귀 둥지를 멍하게 바라보며 그는 가방에서 말보로를 꺼내 물었다. 매캐하고 풀 타는 냄새에 코가 아렸다. 2년 만에 피워보는 담배였다. 노곤한 방귀가 나왔다. 몇 모금 빨자 몸에 피가 도는 것이 느껴졌다. 그는 뛰고 있는 심장이 한탄스러워지며 다시 외롭다는 생각을 했다.

담배 향이 좋았다.

그래, 이 정도면 되었다.

삶을 마무리하기에 이 담배 하나로 충분했다. 동민은 담배를 끄고 교회 안으로 들어갔다. 죽기에는 바깥보다 안이 나을 성싶었다.

교회 2층은 강당처럼 넓었다.

커다란 홀 왼쪽엔 격벽으로 나뉜 방이 있었다. 큰 십자가가 벽

전면에 돌출되어 있었다. 바닥은 온갖 잔해로 정신없었다. 잡다한 마병 사이로 비틀어진 꽃다발이 버려져 있다. 발로 질그릇 더미를 헤치자 반쯤 불탄 성경책이 펼쳐져 있었다. 쭈글쭈글하고 말라붙은 페이지를 한 조각 떼어냈다. 「마가복음」이었다.

—풋. 성경책이네.

어느새 아내가 옆에 와 쪼그리고 앉아 있었다.

"언제 왔어?"

—뭐, 아까부터 있었는걸. 담배 피우는 것도 봤어.

"괜히 절에 다닌 것 같아. 난 사실 성당에 다니고 싶었는데."

—뭐래? 난 오빠 때문에 절에 다녔구만.

불교 신자였던 동민은 주말마다 아내와 북한산 어귀에 있는 절에 갔었다. 종교가 없던 아내였지만 결혼 후 시집의 분위기에 따라 조건 없이 불교 신자가 되었다. 아이를 낳은 후에도 셋은 틈만 나면 부처에게 합장하고 안녕을 빌었다.

글을 쓴다며 회사를 그만둘 때도, 대리운전 중 부랑배에 돈을 털렸을 때도, 개인회생 절차를 신청하려다 변호사 사무실 직원에게 선금이 모자란다며 모욕당했을 때도 그리고 집을 버리고 떠나기 전날에도 그와 그녀는 부처에게 빌었다. 그가 배관공 보조가 된 것도 절에서 만난, 아내를 딱하게 여긴 어느 할머니가 소개해준 덕이었다.

—왜? 부처님이 오빠 소원 안 들어줘서 삐쳤어?

동민은 피식 웃었다.

"놀리는 거냐?"

—응. 몰랐어?

"얼굴이 없으니 네 표정을 알 수가 없다."

—농담한 거야.

"사라져."

—왜?

"그냥 어딘가에 기대서 혼자 울고 싶다."

—울어. 나한테 기대.

"머리 없는 마누라 어깨에 기대긴 싫다."

—사실 나도 그랬어. 나도 절에 가기 싫었어. 오빠.

아내 목소리는 굵히고 낮았다. 그랬을 것이다. 아내를 지치게 한 것은 대답 없는 부처가 아니라 그였다. 전쟁이 아니라 그였다. 감염자가 아니라 그였다. 그는 자신을 자책했다. 백두산이 터지기 이전부터, 그와 아내는 지금처럼 막막했다. 장사라도 하고 싶었지만, 은행에서 빌렸던 전세 자금 5,000만 원 때문에 그 어떤 대출도 받지 못했다.

아내가 품을 열고 포옹하려 했지만 그는 스르륵 빠져나왔다.

—한결이, 너무 오래 혼자 두고 있는 거 같은데?

"나중에 다시 이야기해."

—한결이 어디에 두었냐고!

"넌 귀신이 되어서 그것도 몰라?"

—말해. 한결이 어디 있어?

"지하실에."

—혼자 있는 거야?

"그럼 혼자지. 당신이 내려가봐. 자고 있을 거야. 장난감을 만지고 있거나."

—오빠는 뭐 하게? 여기서?

"잠시만 한결이 옆에 있어줘. 금방 내려갈게."

아내는 동민을 가만히 바라보는 듯했다.

—오빠.

"응."

—오빠는 마음만 먹으면 다른 사람이 될 수 있어. 알지?

"뭔 소리야."

—오빤 강해질 수 있다고.

"그만 가."

동민은 성경책 쪼가리를 손으로 둥글게 말아 아내 쪽으로 던졌다. 힘들게 몸을 일으켰다. 왼쪽에 복도를 만들며 늘어선 격벽은 가벽이었다.

홀 한가운데 그랜드 피아노가 놓여 있었다.

누군가가 땔감으로 썼던 모양인지, 뚜껑의 반이 뜯겨 나간 채 보면대와 버팀목만 남아 있었다. 건반을 두드려보았다. 아무런 소리가 나지 않았다.

피아노 다리의 바퀴를 만지던 그는 천장을 살폈다. 석면 보드로 마감 처리 된 천장은 군데군데 하판이 떨어져 나가 목골 구조

물이 완연히 드러나 있었다. 그 위로 단단한 콘크리트 수평보가 보였다. 목골들 사이로 전선 하나가 바닥까지 길게 늘어져 있었다. 동민이 그 전선을 잡아당겼다. 팽팽하고 견고했다.

아주 좋은 상황이었다.

이 피아노를 전선 아래까지 밀면…….

그는 피아노를 밀었지만, 꿈쩍도 하지 않았다. 옆구리에 피가 새지 않게 누르며, 크게 숨을 들이마신 다음, 힘껏 밀었다. 피아노가 조금씩 움직였다. 모질음을 쓰며 3미터쯤 움직인 뒤, 그는 미끄러지듯 피아노 다리에 기대앉았다. 허벅지 주변은 배어 나온 피로 질척거렸다. 한 바가지쯤 쏟아낸 것 같았다.

울대를 들썩이며 숨을 몰아쉬던 그는 엉덩이 아래에 배긴 돌멩이를 치우려다가 무언가를 잡았다.

CD가 든 플라스틱 케이스.

표지를 보니 1949년도에 지휘자 부르노 발터와 빈 필이 녹음한 말러였다. 성악곡 〈킨더토텐리더Kindertotenlieder〉가 수록된 킹스웨이 홀 실황 음반이었다. 플라스틱 덮개는 깨졌지만 CD는 온전했다. 그는 CD를 꺼내 냄새를 맡았다.

아내가 생각났다.

'막노동 일을 하더라도 어디 가서 무식하다는 소릴 들으면 안 돼.'

아내는 클래식에 관한 지식이 높았다. 음악은 즐기는 거지 공부하는 게 아니라는 그의 말에 아내는 공부하면 더 즐길 수 있다고 했다. 그 말에 클래식을 공부했다. 아내는 고통을 선율로 비교할 수 있으면 고통도 높낮이가 있다는 것을 알게 되고 고통이 얼마나 와 있는지를 안다고 말했다. 그 말이 무슨 뜻인지 겨우 이해하게 되었는데 아내는 이제 없었다.

'송지연 씨. 미안합니다.'

아내는 수련修鍊한 사람이었다. 가늘었지만 묵묵했고 고통을 잘 헤쳐나갔다. 그녀는 충분히 행복한 삶을 살 수 있었다. 그를 만나지 않았다면.

지연아, 아무래도 내가 약속을 지키지 못한 것 같다.

반들거리던 CD 표면이 어느새 피로 번들거린다.

더 버텨볼까 망설였지만 생각한 대로 하기로 했다. 아까 피운 담배 한 대가 그에게 주어진 마지막 희열이었다. 입에는 달콤한 담배 향이 남아 있었다. 윗니로 혀를 긁자 밀가루 같은 노깨가 긁혀 나왔다.

침을 뱉고 일어섰다.

피아노에 올라섰다.

눈앞에 늘어진 전선을 당겨 와 목에 감았다. 창을 보았다. 밖은 낙엽이 붕붕 날리고 있었다. 마지막 빛이 어둠을 밀어내고 있었다.

종소리라도 들리면 좋을 텐데.

왜 이래야 하는지 모르겠지만 이래야 한다고 생각했다. 그의 몸 안 유전자가 시키고 있었다.

그는 목에 걸고 있던 아내의 물고기 펜던트에 조용히 입을 맞추었다.

"지연아, 미안해."

눈을 감고 피아노에서 뛰어내렸다.

그가 바닥에 떨어지자 복잡한 소리와 함께 천장에 있던 목골 하나가 내려앉았다. 석면 마감재 보드가 뚝, 뚝, 떨어지기 시작하더니 곧 마감재 속에 미로처럼 숨어 있던 목골 수십 개가 연쇄적으로 무너지기 시작했다.

손으로 머리를 감싸며 피아노 아래로 몸을 굴렸다.

쿵, 쿵 나무가 떨어질 때마다 바닥에서 너스래미가 솟아올랐다.

소리가 멎자 피아노에서 기어 나왔다. 그는 자신의 몸무게를 이기지 못하고 무너진 천장을 바라보았다. 떨어진 석면 보드 마감재 안으로 아스팔트 내력벽이 훤히 보였다. 그의 쑥대머리 위로 지저깨비가 줄줄 흘렀다.

죽지도 못하네.

잔열처럼 먼지가 희미해졌을 때, 동민은 그것이 끝이 아님을 깨달았다. 정면이었다. 중앙 벽에 붙어 있던 거대한 십자가가 앞으로 기울고 있었다.

쾅.

십자가가 바닥을 치자 홀의 왼쪽, 사무실처럼 구역을 나눈 격벽 하나가 서서히 기울고 있었다.

어, 어?

쾅.

격벽이 넘어졌고 먼지가 온 천지에 피어올랐다. 그는 얼굴을 막고 다시 피아노 아래로 웅크렸다.

눈을 떴다.

사라진 벽 너머로 방이 훤하게 드러났다.

대여섯의 사람들이 경계 태세를 갖추고 이쪽을 보고 있었다. 그들은 먼지를 덮은 채 개처럼 웅크린 동민을 바라보았다. 뒤로 독립C지대 마크가 선명한 검은색 휘장이 벽 전면에 붙어 있었다.

철컥, 철컥.

정신을 차린 그들이 다급하게 잡물 잡는 소리를 냈다.

그들은 저마다 "그대로 있어" "머리에 손 올려" "거기서 나와"라고 외쳐댔다. 그 고함들은 먼지와 엉키며 그저 꽥꽥거리는 기계음 같았다. 몇 명이 총을 겨누고 다가왔다.

"나와, 나오라고."

피아노에서 기어 나왔다.

머리에 두 손을 올리고 무릎을 꿇었다.

무장한 다섯 남자.

전부 붉은 천에 검은 한 줄이 그어진 완장을 차고 있었다. 교회는 반군의 거처였다. 반군들은 식인자라고 대위는 말했다. 그는 식인자 소굴로 들어와버렸다.

동민은 반군들에 일으켜져 벽 하나가 사라진 그들의 공간으로 끌려갔다.

여러 개의 부동액 통이 널브러져 있는 그 방은 고무 냄새가 가득했다. 그들은 구멍을 낸 5갤런짜리 드럼통에 타이어를 넣고 있었다. 불은 붙이지 않은 상태였다. 포마이카 탁자 위에는 전선이 주렁주렁 달린 무전 장비들과 무엇에 쓰는지 알 수 없는 군용 기구들이 가득 올려져 있었다. 탁자 아래 어지럽게 놓인 실탄 상자도 보였다.

동민은 무릎을 꿇고 앉았다.

이들은 신념의 투사라기보다는 골목을 뒤지는 무법자들 같았다. 반군들은 저마다 목과 팔에 문신이 가득했다. 더러운 청바지에는 오래된 피 얼룩들이 군데군데 스며 있었다. 얼굴의 굴곡마다 숯을 그린 듯 검었고 개구리처럼 눈이 툭 튀어나왔다. 인육을 많이 섭취한 사람의 대표적인 특징이었다. 정작 오금 저린 것은 둘러싼 식인자들 때문이 아니었다.

구석에 놓인 철제 침대.

그 위에는 온전한 시체 한 구가 누워 있었다. 옷을 입지 않았고 건장한 체구의 사내였다. 바닥에 서너 개의 빈 페인트 통이 있는 것으로 봐서 이들은 시체를 막 해체하려던 참이었다.

반군들은 그가 시체를 보지 못하게 막아섰다. 반군들 다리 사이로 철제 침대 옆 보조 탁자가 보였다. 보조 탁자 위에는 K1 소총

두 자루가 가지런히 놓여 있었다. 정부군이 사용하는 총이었다. 그렇다면 저 시체는 정부군일까? 지나가는 민간인일 수도 있었고 배신한 반군일지도 모른다.

탁자 끄트머리에는 네모난 중식도中食刀와 칼 가는 스틸이 있었다.

반군 하나가 쪼그리고 앉았다. 짙은 구레나룻이 난 그는 풍선껌을 씹으며 동민의 얼굴과 어깨와 팔을 훑었다.

"어라. 배에 상처가 있네."

껌 뒤에 서 있던 동료들도 동민의 피 묻은 옆구리를 기웃거렸다.

"많이 다친 것 같은데."

껌이 동민 목에 걸린 전선을 젖히고 물고기 목걸이를 만지작거리며 물었다.

"어디서 왔어?"

"……어디서 왔냐니."

"여기 무슨 일로 왔냐고."

"그게 무슨."

동민이 말귀를 못 알아듣는 척했다. 껌은 혀를 찼다. 그는 동민의 목에서 물고기 목걸이를 뜯어냈다. 더는 볼일 없다는 듯 일어섰고 나머지들이 철컥철컥 총을 걸며 몇 걸음 물러났다. 눈을 깜박였다. 철제 침대에 누운 시체를 보았다. 저런 시체가 되고 싶지 않았다. 저들은 너무도 익숙한 몸짓으로 단숨에 끝내려 했다. 살고 싶다는 욕망이 솟았다.

정신을 차린 그는 몇 분 전까지만 해도 죽으려고 매었던 목줄을 잡고 사정했다.

"서울! 서울에서 왔습니다. 위에서. 저, 저도 정부군을 피해 온 거요. 대구로 내려가던 길이었습니다. 이 근처, 정부군이 저쪽에 쫙 깔렸습니다."

그들은 정부군이란 말에 멈칫했다.

"정부군이 깔렸다고?"

"네. 네. 오다가 두 눈으로 똑똑히 보았습니다. 산을 넘어올 때 정부군 장갑차가 마을로 들어가는 것을 보았습니다. 지금쯤 회관도 정부군이 숙소로 쓰고 있을 겁니다."

"이 건물을 어떻게 발견했지?"

"달천을 따라 걷다가 마을 회관 벽에 붙어 있는 지도를 보았습니다. 대피소라고 적힌 종이에 교회도 있었습니다. 교회가 산속에 있기에 하룻밤 지낼 만하다고 생각했습니다."

"탄금대교를 건너왔나요?"

동민은 여자 목소리가 나는 방향으로 고개를 돌렸다.

그 방의 가장 환한 지점, 윌리엄 터너가 그린 해양화 한 점과 양떼를 몰고 가는 예수 액자가 나란히 걸린 벽 아래에 여자가 앉아 있었다.

짧은 커트 머리에 검은 민소매 티, 하반신이 딱 달라붙는 가죽바지. 꾀죄한 반군 사내들과 달리 세련된 차림이었다.

그는 그녀 쪽으로 방향을 돌렸다.

"네. 그쪽을 지나왔습니다."

"대교가 정부군에 막혔다고요?"

그러자 반군들이 여자에게 말했다.

"대장, 아침까진 그럴 기미가 없었습니다."

그러자 다른 놈이 말했다.

"두 눈으로 봤다잖아. 그들은 하루 수십 킬로를 걷는 놈들이야."

"마을 회관에 지도가 있을 줄이야. 정부군도 지도를 봤을 거야. 다른 지부에도 알려야 해."

이들은 동요하고 있었다.

"정말입니다. 대교는 방어벽 때문에 건너지 못합니다."

여자가 물었다.

"당신은 강을 어떻게 건넜죠?"

"대교 아래 잠수교를 지나 장례식장이 있는 산책길로 돌아왔습니다."

여자는 더 묻지 않았다.

이 산에서 탄금대교까지는 4킬로미터 내외. 이 교회가 반군의 아지트라면 이들은 지금 정부군 경계망 안에 속해 있었다.

껌이 여자에게 말했다.

"저쪽에도 알려야 하지 않을까요? 내일 새벽에 물자를 싣고 이리로 오기로 했는데."

여자는 생각하는 듯했다. 이 주변에 이들과 비슷한 규모의 반군 거점이 또 있는 모양이었다. 전국에 퍼져 있는 반군은 소규모 게

릴라식으로 움직이고 있었다.

반군들은 지도를 펴서 이곳저곳을 살피며 무언가를 논의했다. 동료들이 있는 다른 거점과 동민이 말한 정부군의 위치를 가늠하는 것 같았다. 교회를 버린다면 어디로 가야 할지로 싸워댔다. 여자가 이쪽을 돌아보았다. 그러자 껌도 바라보았다.

"아나카, 아무래도 수상해요. 저놈은 정부군 배치 상황을 너무 잘 알아."

껌은 여자에게 아나카라고 불렀다.

"아닙니다. 저는 매일 정부군을 피해 걸었습니다. 정부군의 부대 배치나 이동 경로 정도는 익숙합니다. 게다가 작전병 출신이라……."

껌 옆에 있던 다른 놈도 수상하다는 듯한 눈빛을 쏘아댔다.

"하긴 그래. 저놈 말만 듣고 갑자기 이러는 것도 좀."

아나카는 동민을 보고 있었다.

"더 말해봐요."

동민은 내려오면서 확인한 정부군 위치를 아는 대로 말했다. 그녀는 동민의 말이 거짓이 아님을 깨달은 듯했다. 아나카는 손가락을 까닥이며 이쪽으로 오라고 했고 그에게 지도를 가리켰다. 그는 자신이 살핀 정부군 야영지를 하나하나 지도에 찍었다. 그때마다 반군들은 나침반을 대고 자북선을 맞추며 동료들이 은신해 있는 비트와 정부군의 숙영 위치를 체크했다.

아나카는 껌에게 정부군 위치를 인근 동료들에게 알려주라고 지시했다. 껌이 어디론가 바쁘게 무전을 쳤다.

"통신 두절입니다."

"전부?"

"네. 다섯 지점 모두."

"시스템을 리부팅하는 중일 거야."

"비트마다 다 그렇습니다. 이상합니다."

"그럼 태양풍 때문이군. 기다렸다가 다시 보내."

동민은 다시 무릎이 꿇렸고 아나카는 철제 의자를 끌고 와 동민 앞에 앉았다.

그녀 손에 총이 있었다.

동민은 가방에서 전단을 꺼내 보였다.

"도…… 독립C지대를 잘 알아요. 당신들의 신념을…… 지지합니다! 반군 만세! 합리적 타결 만세!"

아나카가 전단을 빼앗았다.

뒤에서 껌이 동민의 가방을 뒤지고 있었다.

껌이 군용 파우치를 꺼냈고 파우치는 아나카의 손에 들어갔다.

껌이 뒤에서 말했다.

"식인억제제 키트예요. 하나도 사용하지 않은 거예요."

"음, 농도가 꽤 높은 건데."

"정부 고위 관리들만 맞는다고 하는 속칭 늘뽕이죠. 아나카, 놈이 이걸 가지고 있다는 건 정부군 똘마니란 증거예요."

그녀는 동민 눈앞에서 파우치를 흔들었다.

“가방에 왜 이게 들어 있죠?”

동민은 제약 공장에서 전단을 발견한 일과 정부군에게 쫓겼던 일을 털어놓았다. 소위를 죽였다는 말에 그들이 몹시 놀란 듯했다. 그는 반복해서 말했다.

“한 놈을 죽였습니다. 제가 죽였다고요.”

“이게 무슨 물건인지 알아요?”

“……모릅니다.”

“마약이죠. 유당 광학 이성질체가 들어 있어요. 늘뽕. 뇌를 속여 인육을 먹고 싶지 않게 만들어요. 하지만 바이러스에 걸린 몸은 심각한 식인 반응이 일어나 신체 형질이 바뀌는데 그저 뇌만 속이는 거예요. 당연히 부작용이 생기겠죠.”

“몰랐습니다.”

아나카는 동민 목에 걸린 전선줄을 보며 물었다.

“왜 죽으려 했죠?”

순간 동민은 지하실에 숨겨놓은 아들이 보고 싶어졌다. 내가 왜 죽으려고 했을까. 죽고 싶지 않다. 아니 죽을 수 없다. 그는 방금 자신이 저지른 일이 까마득하게 느껴졌다.

“왜 목매려 했는지 묻고 있어요. 다들 그렇잖아요. 악착같이 살아야지. 그렇게 죽으면 남들의 식량이 될 뿐이잖아요.”

“……다시는 그러지 않겠습니다.”

“딱하군요. 하긴 당신이 무슨 잘못이 있겠어요. 이게 다 이념 따위를 들먹이며 국민을 사냥하는 정부 때문이죠. 세상이 망해도 국민을 이끄는 훌륭한 방법이 있는데 말이죠. 안 그래요?"

"바로 떠나겠습니다. 풀어주십시오."

사정했지만 그녀는 동민을 풀어줄 생각이 없어 보였다. 허리에 찬 가죽 파우치에서 담배를 꺼냈다. 옆에서 껌이 불을 붙여주었다. 아나카가 동민 얼굴에 긴 연기를 내뿜었다.

"대화해볼까요?"

"네?"

"대화를 좀 하면 좋을 것 같네요. 우리와."

여자는 파우치를 흔들었다.

"이것만 봐도 증명되었어요. 군인들도 다 감염된 식인자라구요. 해독제도 분명 정부가 가지고 있을 거예요. 군인들에게는 이런 마약을 주고 정작 윗대가리들은 순정 해독제를 처맞고 웃고 있을 거라구요. 그들은 해독제를 내놓지 않지요. 그들에게는 그저 공산당인지 아닌지만 중요하니까."

"……그렇습니다. 그들은 악랄합니다."

"풋, 웃기지 않아요? 공산당. 공산당. 백두산이 저리 되고 공산이 안 된 게 어디 있죠? 같이 죽이고, 같이 죽고, 사람을 잡아서 같이 뜯어 먹고, 같이 돌아다니고, 같은 편끼리 나누고. 지금이야말로 진짜 공산 사회예요. 안 그래요?"

"……옳습니다."

반군 리더는 물고 있는 담배를 씹으며 입꼬리를 올렸다.

"공산당이 되든 나치당이 되든 그건 중요하지 않아요. 세상은 전부 감염되었다구요. 정부는 국민을 죽이고 있어요. 감염된 자들이 나중에 북으로 의탁한다, 그러니 일찌감치 죽여야 한다. 이런 주장인데 이게 명분이라는 거죠. 100년 전 이승만이 보도연맹에게 저지른 짓이랑 다를 게 뭐가 있죠? 보도연맹의 반은 공산당의 '공' 자도 모르는 민간인이었다구요. 정부는 식인 바이러스를 북에서 뿌린 것이라 선전하지만 사실 정부가 뿌린 것이에요. 이렇게 억제제도 이미 개발해놓고 있는 거잖아요. 해독제도 분명 있을 거예요. 감염된 자들은 힘을 모아 정부에 대항해야 해요. 우리는 해독제를 찾아 세상에 돌려주려는 것이에요."

"그렇다면 정부가 해독제를 풀지 않는 건지……."

"아이, 참. 말했잖아요. 그들은 절대로 풀지 않죠. 최근 100년 동안 저들, 우파들은 자신들 이념을 주입하는 데 실패했어요. 냉전을 겪은 노인들이 하나둘 죽으면서 지지 세력도 잃었죠. 백두산이 터진 일이 그들에게는 절호의 기회라구요. 저들은 환란이 나기 이전 좌파들에게 밀리던 힘을 역전하려는 거예요. 미사일이나 북한 군부나 그런 것을 만들어서 말이죠. 생각해봐요. 북쪽 땅은 지금 사막이 되어버렸는데 북한 군부가 벙커에 짱박혀서 몰래 미사일을 쏜다는 게 말이나 되나요?"

"……듣고 보니 그런 것 같습니다."

아나카는 동민의 턱과 어깨를 검지로 쓸며 물었다.

"감염자인가요?"

"그렇습니다. 감염되었습니다."

동민은 거짓으로 답했다.

"어깨가 무척 단단하네."

여자 손이 그의 허벅지에 닿았다. 손은 춤추듯 흐르더니 동민의 사타구니를 움켜잡았다. 동민이 혀를 물었고 바라보는 아나카 표정은 더 무뚝뚝해졌다. 고개를 갸우뚱한다. 정복욕을 느끼는 얼굴이었다.

"그래, 정부군을 죽였다고요?"

"……."

"우리 조직에 들어올래요? 말하는 걸 들어보니 지도 보는 법도 알고 있던데. 어때요? 나랑 함께 움직여요. 동지로서."

여자의 시선은 깊고 요염했다.

"……."

"그렇게 아무 말도 안 하고 있을 거예요? 우린 지금 대화 중인데?"

"아나카. 죽입시다. 정부군 끄나풀일지도 몰라."

껌이 말했다. 그는 아나카가 동민에게 관심을 보이는 게 못마땅한 표정이었다. 동민은 껌이 걸고 있는 아내 목걸이를 보며 그에게 말했다.

"……내 목걸이 돌려줘."

"이 새끼가."

껌이 개머리판으로 동민의 정수리를 찍었다. 시원하고 묵직한 자극이 전신에 퍼졌다. 동민은 정신을 잃지 않기 위해 어금니를 꽉 물었다.

"왜 이래. 얼굴이 상하잖아. 잘생겼는데."

아나카가 껌에게 핀잔을 주었다. 아나카는 동민의 옆구리를 살폈다.

"저런, 상처도 깊군요. 우리가 치료해줄 수 있어요."

"……살려주십시오."

"살려드리려는 거잖아요. 그러니까 대답해요. 응?"

입안에 피가 고이기 시작했다. 정수리를 맞은 충격 때문인지 코에서 뚝뚝 피가 흘렀다.

"……침 좀 뱉어도 됩니까?"

아나카는 그러라고 했고 동민은 피가래를 한 덩이 뱉어냈다. 어금니 한 개가 늘어진 침에 딸려 나왔다. 아나카는 동민이 뱉어낸 묵 같은 피를 자신의 군화로 비볐다.

"……사상이 다르다고 사람을 잡아먹는 건 옳지 못합니다."

여자 눈이 날카로워졌다.

"어머, 갑자기 그런 말을 왜 해요? 우리가 민간인을 잡아먹는다고 하던가요? 정부군이?"

"……그렇습니다."

"먹지 않고 살 수 있어요?"

"……."

"뜻이 맞지 않으면 죽을 수밖에 없어요. 지금은 그런 시대니까. 어차피 모두 인육을 먹는 세상이에요. 전투하려면 식량 확보가 우선이고 우린 처단한 적들을 식량으로 사용할 뿐이에요. 그런 말을 하다니 놀랍군요. 아까는 반군을 지지한다고 하지 않았나요? 만세라고 했잖아."

"……."

"좋아요. 가입할 의향이 없는 거로 알고 절차대로 하죠. 묻겠어요."

동민은 이것이구나, 올 게 왔구나, 생각했다.

당신의 선은 무엇인가.

이 개 같은 질문이 바로 유명한 반군의 이념 확인법이다. 반군 쪽을 선택하지 않으면 그들 먹이가 된다. 이들은 민간인들에게 늘 이 질문을 했고 그들을 죽여왔다.

사람들이 반군이 세상을 바꿀 의지가 없다고 수군거리는 건 바로 이 질문 때문이었다. 그들은 자신의 식량을 확보하기 위해 투사 행세를 할 뿐이라고 했다. 이들도 정부군처럼 사람을 관념으로 구분하긴 마찬가지였다. 평가와 선고가 있고 없고의 차이. 어쩌면 이들이 정부군보다 더 잔인할지도 몰랐다.

바이러스가 퍼진 세상은 감염자와 감염되지 않은 자들로 나뉘는 게 아니라 감염된 자들이 어느 편에 붙었는가로 나뉘고 있었다.

"우린 수시로 이 질문을 하죠. 동지들끼리도 매일 검증한답니다. 자, 묻겠어요. 정부와 반군 중 당신의 선은?"

동민은 침대 위 시체를 힐긋 보았다.

분명 동료를 죽인 것이리라.

그가 반군에 가담하지 않겠다고 하면 저 시체처럼 먹이가 될 것이다.

아나카는 심드렁하게 자신의 손톱을 살피며 말했다.

"겁내지 말아요. 우리는 기회를 줘요. 같은 생각이라면 죽이지 않아요. 자, 대답해요. 당신 선은 어느 쪽?"

그때였다.

껌이 동민의 가방을 살피며 고개를 갸웃거렸다. 그는 육포를 꺼내 여자에게 보였다.

"어라, 이 자식, 육포를 먹고 있는데."

아나카가 돌아보자 다른 놈이 물었다.

"인육 말린 거 아냐?"

"아닌데. 아나카, 이거 보세요. 발톱까지 그대로 드러나 있잖아요. 이거 고양이나 족제비 같은 거예요. 으아, 피가 그대로야."

"이리 줘봐."

여자는 받아 든 비닐 팩 냄새를 맡더니 역겹다는 듯 던져버렸다. 그녀는 갑자기 돌변하더니 헛구역질을 해댔다. 퍼런 보랏빛 토사물이 바닥에 뿌려졌다. 게워내는 아나카의 목이 벌겋게 익어가는 모습을 보며 동민은 모골이 송연해졌다. 아나카는 골수 식인자였다.

비감염자인 게 들통나면 최악의 상황이 벌어진다. 감염자도 반군 가담 여부도 중요하지 않다. 식인자인 이들에게 비감염자를 만나는 것은 복권에 당첨되는 것과 다를 바 없었다.

껌이 가방을 뒤집어 탈탈 털었다.

종이 묶음과 다른 잡다한 것이 쏟아져 나왔다.

"이 새끼, 증명서도 있었네."

"전 감염자입니다. 그리고 반군에 가담하겠습니다."

아나카는 껌이 내민 증명서를 살펴본 후 동민의 눈을 까집고 안을 들여다보았다. 반군 리더의 작고 붉은 눈이 동민의 눈을 샅샅이 훑었다. 그녀는 무언가가 이상하단 듯 고개를 몇 번 갸웃거렸고 증명서를 보았고 다시 동민의 눈을 보았다.

뒤에서 껌이 말했다.

"맞아요. 감염 안 된 놈이에요. 발행일이 한 달 좀 넘었어요."

아나카가 일어섰다.

여자는 손을 까닥거리며 일어서라고 했다. 동민이 일어서자 그녀는 팔을 뻗어 동민의 가슴 근육을 쓰다듬었다. 손이 점점 아래로 내려가더니 혁대를 움켜잡았다. 여자가 몸무게를 가늠하려는 듯 그의 몸을 앞뒤로 천천히 흔들었다. 그러더니 손을 내려 그의 성기를 움켜잡았다. 그녀는 한번 웃었다. 입꼬리가 올라가며 무언가를 중얼거렸는데 동민은 그 의미를 알지 못했다.

여자가 돌아섰다.

"작업해."

반군들이 다짜고짜 동민을 눕혔다. 밝혀진 이상 이들에게 동민의 몸은 그저 최상 품질의 고기일 뿐이었다.

부하들이 시시덕거렸다.

"캭캭캭. 오랜만에 포식하겠는걸."

"저기, 저기에 있는 식칼을 써. 절대로 총은 쓰지 말아야 해. 비감염자 고기라고."

누군가가 보조 탁자 위에 올려놓은 묵직한 중식도를 가지고 왔다. 칼등이 둥글어 마치 가다랑어같이 생긴 커다란 무쇠 칼이었다.

동민은 목을 짓누르는 압력에 정신이 혼미해져갔다. 반군들이 팔과 다리를 하나씩 맡아 눌렀고 윗옷은 젖혀진 상태였다. 그는 발버둥 치며 그들의 몸을 움켜잡았다. 동민의 상의가 벗겨졌다. 막아놓았던 양말 조각이 보이지 않았고 오르락내리락하는 옆구리는 고추장을 발라놓은 듯 보랏빛 피가 번들거리고 있었다.

"으하. 심하게 곪았는데."

"그 부분만 도려내면 돼. 가죽을 벗겨야 하니 발목에 칼집부터 내."

껌이 쩍쩍대며 말했다.

"그냥 토막 냅시다. 쇠가죽도 아니고."

"그래, 그을리면 되지. 가죽은 무슨."

"피를 빼내야지. 피가 얼마나 귀한데. 칼집을 내. 경동맥 자를 때 튀지 않도록 조심하고. 그리고 피를 세숫대야 담으면 안 돼, 금방 썩어버린다고."

"저기 가서 수통이란 수통은 다 가지고 와. 하이드레이션 팩*도

* Hydration pack. 물을 넣어두는 팩. 군사용, 야외 활동용 배낭에는 등 받침 부위에 하이드레이션 팩을 넣어두는 공간이 있으며 하이드레이션 팩을 장착하면 호스가 이어져 있어 배낭을 벗지 않고서도 물을 공급받을 수 있다.

가져오고.”

그들은 흥분하고 있었다.

동민은 이들이 지껄이는 환호를 들으며 눈을 꽉 감았다.

‘이렇게 죽는구나.’

노곤한 무력감이 몸을 감쌌다. 곧 자신의 몸 어딘가에 묵직한 중식도가 박힐 것이다. 가슴이 뛰었다. 얼마쯤 허리를 들썩거려보았지만 압제하는 힘을 이길 수 없었다.

저쪽, 무너진 벽 앞에 아내가 서 있었다. 아내 모습은 기울어져 있었다. 아내는 두 손을 입에, 아니 입이 있는 허공에 올린 채 조마조마하다는 듯 그를 보고 있었다.

지연아. 살려줘. 살고 싶어.

숨을 헐떡였다.

얼굴이 없기에 아내 표정을 알 수 없었지만, 아내는 남편이 곧 해체된다는 사실보다 아이를 혼자 둔 것에 화를 내는 것 같았다.

그녀는 도울 수 없다. 아내는 죽은 몸이다.

기다릴 텐데. 아이가 기다릴 텐데.

지하에서 배낭을 열어주기를 기다리는 아들이 떠올랐다. 그 익숙한 어둠에서 간혹 랜턴을 켜가며 혼자 꼼지락거리고 있을 아이. 이렇게 죽는다면 영원히 그곳에 갇혀 있어야 할 아이. 아이는 그 어둠에서 절대로 나오지 않을 것이다. 소리 내지 말라고, 슬퍼하지 말라고 가르친 것은 다름 아닌 그였다. 그는 죽음의 공포가 아닌 더는 아들을 볼 수 없다는 공포에 부르르 몸서리쳤다.

그는 말하고 싶었다.

너를 많이 사랑해. 내가 너를 너무 흉측하게 만든 것 같아. 이렇게 될 줄 알았다면 엄마가 죽었을 때 우리도 죽었어야 했어. 아니 일찌감치 너를 죽여 고통 없는 곳으로 보냈어야 했어. 널 두고 나만 죽으려 했던 것도, 다시 살아서 나만 이렇게 죽게 된 것도 모두 미안해.

반군들이 내장과 피를 담을 통들을 달그락거리며 다가왔다.

"시작하자."

칼 쥔 자가 칼날을 동민 배에 대고 닦듯이 몇 번 쓸었다. 넓고 네모난 날은 차갑고 묵직했다. 동민은 어깨를 누르고 있는 한쪽 무릎의 주인을 보았다. 껌이었다. 그는 풍선을 불고 터뜨리며 동료가 신발을 벗기는 것을 지켜보고 있었다.

"바지 벗겨."

누군가의 말에 껌이 손을 뻗어 가위를 받았다. 껌은 동민을 덮듯 몸을 늘이고 동민의 바지를 자르기 시작했다. 그가 목에 건 아내 목걸이가 축 늘어져 달랑거렸다. 허벅지에는 다이빙 나이프가 꽂혀 있었다. 동민은 자유로워진 오른팔을 당겨 허리를 길쭉하게 늘인 껌의 허벅지를 더듬었다. 눈 깜짝할 사이 그가 껌의 겨드랑이를 찔렀고 그 칼로 다시 껌의 턱을 찔렀다. 후두둑, 피가 동민 얼굴에 쏟아졌다.

사내들이 놀라 몸에서 떨어졌다. 껌이 피를 뿌리며 떨어져 나가자 동민은 상체를 일으켰다.

동민은 웅크린 껌 뒤로 가서 그의 머리카락을 잡아 올렸다. 목걸이를 벗기고 껌의 목덜미를 물어뜯었다. 비릿한 피가 입에 흘러들어왔다.

피를 삼키자 탈진과 나른함이 급속하게 해갈되는 기분을 느꼈다. 고조된 분노와 두려움이 몽롱하게 섞이며 감각이 둔해졌고 포악한 욕망이 솟구쳤다. 동민은 껌의 목을 팔로 감싸고 힘껏 조였다. 껌이 축 늘어지자 옆으로 버렸다.

쓰러진 껌 뒤로 네 명이 총을 겨누고 있었다. 여자는 벽에 붙어있었다. 그들은 섣불리 다가오지 못하고 주춤대기만 했다.

헉. 헉.

동민은 아내의 목걸이를 팔목에 감았다. 피 먹은 가죽끈은 검고 차가웠다. 눈썹을 타고 흐르는 피 때문에 눈이 따가웠다. 훌긋거리며 주먹으로 얼굴을 닦았다. 시선이 빨라지고 사물이 좀처럼 분간되지 않았다. 가슴이 몹시 뛰었다. 그는 앞에 대고 꽥 소리 질렀다.

“다가오면 다 죽여버리겠다!”

그러나 정작 쓰러진 것은 동민이었다. 그는 뒤에서 휘몰아친 철제 의자에 뒤통수를 맞고 꼬꾸라졌다. 아나카가 철제 의자를 던지고 동민의 목을 밟았다.

“칼, 다시 가져와.”

반군 하나가 아나카에게 중식도를 건넸다. 칼을 받은 아나카는 부하들에게 동민을 잡으라고 말했다. 사내들은 좀처럼 동민에게

다가가지 못했다.

"동수가 죽었습니다."

반군 하나가 널브러진 껌을 더듬으며 말했다.

"그럼 동수도 해체한다."

아나카는 쉭쉭거렸다. 그녀는 혼자 해결할 심산인지 동민 얼굴을 푹 깔고 앉았다. 아나카는 단숨에 혁대를 끊어 내던졌다.

"양동이 가져와. 내장부터 담게."

아나카 둔부에 얼굴이 깔린 동민은 막힌 숨을 참았다. 그녀의 가죽 엉덩이골이 코를 찌그러뜨리고 있었다. 손이 떨렸고 머리를 옮길 수 없었다. 경련이 일어났다. 아나카는 그저 퍼질러 앉은 것으로 장정 다섯이 한 것보다 더 강렬하게 그를 구속했다.

이럴 때 디엠티를 먹었다면.

아나카는 동민의 머리를 납작하게 짓이길 듯 하반신을 비비댔다. 허우적거리듯 팔을 폈다. 바닥을 더듬다가 딱딱한 것이 잡혔다. 총이 떨어져 있었다. 껌의 것이었다. 그는 손끝으로 총을 끌어보려 했지만 누르는 둔부의 힘에 숨이 막혀 다급히 그녀 허벅지를 움켜잡았다. 아득했다. 희미했고 몽롱했다. 이제 끝이야. 몸이 뜨거워질 것이고 의식은 감길 것이다. 그래. 그만하자. 그냥 이렇게 가자.

결국, 아나카의 허벅지를 밀어내던, 목걸이가 감긴 동민의 팔이 툭 떨어졌다.

아나카가 중식도를 쳐들었다. 동시에.

탕. 탕. 탕. 탕. 여러 발 총소리가 들렸다.

반군들이 하나같이 하체가 마비된 듯 다리를 꼬며 픽, 픽 쓰러졌다. 그들이 쓰러지며 내뿜는 총알이 천장에 박혀 네이팜탄처럼 터졌다.

아나카가 일어섰고 동민은 참았던 숨을 몰아쉬었다.

다행이다.

다리가 잘리지 않았다.

밑에서 보니 우뚝 선 아나카가 저쪽 어딘가를 노려보고 있었다. 침대 쪽.

누워 있던 시체가 상반신을 일으킨 채 앉아 있었다.

시체는 마치 영화 속 배우처럼 K1 두 자루를 양손에 쥐고 있었다. 총구에서 연기가 피어올랐다.

쓰러진 반군들은 기력이 남아 있었다. 총알이 날아온 곳을 향해 소총 잡은 팔을 내뻗었지만 이내 다시 총알 세례를 받고 기울어졌다. 한 명은 마비된 하체를 끌며 저쪽으로 가려다 머리가 터졌다.

"칼 버려."

연기 너머 시체가 아나카에게 말했다. 아나카가 시체를 향해 중식도를 던졌다. 중식도는 시체를 맞추지 못하고 벽에 박혔다.

시체의 총구는 아나카에게 저쪽을 가리켰다. 아나카가 터너 액자가 걸린 벽으로 걸어갔다. 시체가 못마땅한지 철컥, 쇳소리를 한번 내었다. 아나카는 알아듣고 등을 돌려 벽에 두 손을 짚었다.

나체의 시체는 비트적비트적 몸을 가누며 이쪽으로 걸어왔다.

시체가 다가오자 동민은 피 바닥을 저으며 뒤로 물러났다. 맨발이 바닥의 흥건한 피를 쭉쭉 끌었다.

시체는 동민 발치에 우뚝 섰다.

공포가 등줄기를 타고 흘렀다. 시체는 파리했고 추워 보였다. 반듯한 이마, 커다란 음낭, 넓고 네모난 가슴. 대리석에 바둑알을 박아놓은 듯한 검은 눈. 수염이 없었고 피부는 밀랍처럼 매끈했다. 마치 컴퓨터 그래픽으로 만든 사람 같았다. 파르스름하게 민 머리 때문에 나이를 가늠할 수 없었다. 총을 움켜쥔 손바닥은 시커멨고 손톱 사이에도 때가 잔뜩 끼었다.

시체는 동민에게 일어서라고 턱짓했다.

동민이 상체를 일으키려다 피에 줄떡 미끄러져 팔꿈치를 바닥에 찧었다.

시체는 겨드랑이를 잡고 동민을 일으켰다.

충주 2

시체는 아나카를 철제 의자에 앉힌 후 케이블 타이로 팔목을 묶고 수갑까지 채웠다. 그런 다음 그는 포마이카 책상 아래 놓인 바구니에서 얼룩무늬 군용 바지와 검은색 스판덱스 셔츠를 찾아 입었다. 보라색 손수건도 목에 묶었다. 바구니에 있던 옷은 전부 시체의 것인 모양이었다.

시체는 벽으로 갔다.

박힌 칼을 뽑아 날을 살폈다. 아나카가 던진 중식도는 슴베가 손잡이에서 검지 길이만큼 튀어나와 있었다. 시체는 개머리판으로 손잡이를 때려 슴베를 집어넣었다. 날을 꼼꼼하게 닦은 다음 가죽 칼집에 넣고 허리에 찼다.

동민은 주저앉은 채 끙끙거렸다.

시체가 다가왔다. 시체는 피가 멈추지 않는 동민의 코를 가만히 들여다보더니 구급 키트에서 면봉을 꺼내 코에 쑤셔 넣었다.

캑.

동민은 묵 같은 핏덩이를 쏟아냈다. 시체가 면봉을 더 깊이 넣으려 하자 동민이 거부했다.

"그, 그러지 마시오."

시체는 강제로 그의 턱을 잡고 면봉을 깊숙이 쑤셔 넣었다. 동민은 맑은 피를 쏟아냈다. 동민이 피와 가래를 쏟아내는 동안 시체는 그의 옆구리를 살폈다. 곪은 상처를 본 시체는 이마를 심하게 구겼다. 시체는 일어나서 커튼을 뜯어내 동민에게 던졌다. 지혈하라는 뜻이었다.

시체는 커다란 배낭을 질질 끌며 주변을 돌아다녔다. 플레이트 방탄조끼를 착용하고 총기와 장비를 몸에 둘둘 감았다. 시체는 반군 배낭의 내용물을 쏟아내고 자신의 배낭에 필요한 무기들을 닥치는 대로 쑤셔 넣었다. 불필요한 총기들은 분해해서 버렸다. 팽팽해진 배낭을 단단히 묶은 시체는 두리번거리며 또 무언가를 찾았다.

그가 찾는 것은 서너 개의 하이드레이션 팩이었다. 시체는 널브러진 반군 한 구의 배를 칼로 후벼 판 후 고이는 검은 피를 플라스틱 컵으로 퍼서 하이드레이션 팩 안에 조심스레 담았다. 피가 가득 차자 공기를 빼내 압착하고 청테이프로 피가 새 나오지 않도록 단단히 봉했다. 그런 식으로 하이드레이션 팩 몇 개를 더 만들었다. 피를 가득 채운 하이드레이션 팩 파우치가 시체의 커다란 배낭에 주렁주렁 매달렸다.

"메어린, 이거 실수하는 거야."

저쪽에서 아나카가 시체를 향해 으르렁거렸다.

시체는 목이 마른지 죽은 반군의 내장을 뜯어내고 뻥 뚫린 곳에 머리를 박았다. 꿀꺽꿀꺽 피를 삼키는 시체의 붉은 이마에는 지렁이 같은 혈관 하나가 툭 불거져 있었다.

동민은 시체가 준 커튼으로 옆구리를 동여매려 했지만, 통증 때문에 좀처럼 허리를 펼 수 없었다. 시체가 다가와 거들려 했다. 동민이 기겁하고 뒤로 물러났다. 시체는 동민을 얼마쯤 바라보았고 말없이 커튼을 빼앗았다. 매듭을 조이는 시체의 숨에서 비릿한 피 냄새가 올라왔다.

"……고맙습니다."

"내가 고맙지. 당신이 오지 않았다면 산 채로 해체되었을 거요. 메어린이라고 부르쇼."

시체가 대수롭지 않게 말했다.

"고맙습니다. 메어린 님."

"그 시계 좋군."

시체가 동민이 찬 시계를 보고 있자 동민은 재빨리 시계를 풀었다.

"가지세요."

"그런 뜻으로 한 말은 아니오."

"한 시간 늦습니다. 그것 외엔 아주 좋습니다. 대기 질도 확인할 수 있습니다."

시체는 시계를 받았다. 이리저리 살피고 귀에 대고 소리를 들었다. 시체는 시계를 들어 보이며 한번 웃고는 오른쪽 손목에 감았다. 그런 모습을 보자 동민은 비로소 그자가 시체로 느껴지지 않았다.

"……반군이었습니까?"

메어린은 말을 무시하고 탁자에 펼쳐놓은 지도들을 살폈다. 작은 지도와 문서들을 밀어내고 가장 큰 지도를 펴 펜으로 어딘가를 마구 동그라미 치기 시작했다. 능숙하게 시계 액정을 조작하더니 시침 화면으로 바꾸고 여러 지점의 방위각과 거리를 쟀다.

"대구로 가던 길이라고 했소?"

그가 지도를 살피며 물었다.

"어떻게 아십니까?"

"약물에 취해 있었지만 다 듣고 있었소."

"……그렇습니다. 그쪽이 제 고향입니다."

펜을 집어 던진 그는 큰 지도를 벽에 잘 보이도록 붙였다. 그가 동그라미 쳐놓은 곳들은 전부 반군의 비트가 있는 곳이었다. 그는 작은 지도 한 장을 접어 품에 넣고선 죽은 반군 신발을 하나하나 벗기기 시작했다.

"이게 좋겠군."

그는 군화 한 짝을 동민에게 던졌다.

자신도 반군의 군화 중 맞는 것을 찾아 신었다. 동민이 멀뚱히 그를 올려다보았다. 탄창과 무기를 가득 넣은 커다란 카키색 가방, 주렁주렁 매단 피 주머니 그리고 엑스 자로 늘어뜨린 K2 총 두 자루를 양 허리에 건 메어린은 마치 영화 속 람보 같았다.

"그럼 갈 길 가시오."

"가라고요?"

"왜? 뭐가?"

"……그, 그게."

"충분히 서로에게 도움을 주었잖아."

"한바탕 총소리가 났으니 곧 정부군이 몰려올 겁니다."

"그래서?"

"……나가면 잡힙니다."

"누가? 내가?"

"나갈 수 없습니다. 저는."

"그건 당신 사정이고. 알아서 가시오."

메어린은 철커덕거리며 걸어가 아나카를 일으켰다. 아나카 것으로 보이는 슬링백을 어깨에 걸어주고 그녀 목에 로프 바를 채웠다. 그 줄은 반군들이 해먹을 고정할 때 쓰던 밧줄이었다.

"그 여자, 데리고 가려는 겁니까?"

"놔두면 혼자 굶주릴 것이고 피를 찾는 짐승이 될 뿐이지."

메어린은 마치 알고 있는 듯 아나카의 가죽 파우치에서 말보로 담배 한 개비를 꺼내 불을 붙였다. 그리고 담배를 그녀의 입에 물렸다.

"아나카, 말썽 피우면 안 돼. 얌전하면 봐서 줄은 풀어주지."

퉤.

아나카가 메어린 얼굴에 담배를 뱉었다.

메어린은 그런 아나카 얼굴을 주먹으로 두어 차례 때렸다.

"……내 동료들이 반드시 너를 찾아낼 거야!"

아나카가 부러진 코에서 흐르는 피를 먹으며 으르렁거렸다.

메어린이 하얀 이를 드러냈다.

"반군들이 있는 곳은 저 지도에 다 표시해두었어. 너희들은 얼마 안 가 전부 소탕당할 거야. 니들 말이 좋아 반군이지 다 오합지졸이잖아. 해독제의 해 자도 모르는 것들이 무슨 세상을 해방하겠다는 거야. 넌 내 식량이 되는 거야."

동민은 신발을 신기 전에 먼저 실린더 파우치와 그 외 자신의 물건들을 아내의 보조 가방에 주섬주섬 쓸어 담았다. 팔에 감아놓았던 아내 목걸이가 사라지고 없었다. 이리저리 주변을 살폈다. 기어가서 시체들을 뒤지고 피를 쓸었다. 목걸이는 보이지 않았다.

그는 군화를 목에 둘러매고 벽을 의지해서 간신히 일어났다. 허구리에서 깊은 자극이 올라왔다. 만져보니 동여맨 천이 축축했다. 풀썩, 다시 주저앉았다.

지켜보던 메어린이 아나카를 놓고 다가왔다. 그는 동민이 통증 때문에 신발을 신지 못하고 있다고 여긴 모양이었다. 메어린은 동민의 발을 잡고 군화를 끼워 넣었다. 딱 맞았다.

동민은 땀투성이였다. 고개를 들자 빈혈이 일었고 아나카와 메어린이 하나로 보였다가 둘로 보이기 시작했다. 며칠째 잠을 자지 못해서인지 몸에 힘이 들어가지 않았다. 머리를 얻어맞은 듯 어지러웠다.

메어린이 동민을 일으켰다. 이끌리듯 벽을 짚고 일어섰다. 동민은 시뻘게진 눈으로 주변을 살폈다.

“대체 뭘 찾는 거요.”

“……목걸이가. 목걸이가.”

메어린은 질문하듯 아나카를 보았다.

아나카는 피를 닦으며 어깨를 으쓱했다. 뭐, 중요한 물건인가 보지. 목걸이 따윈 모른다는 표정이었다.

“집사람 목걸이를 잃어버렸어요. 아까 껌 씹던 사람한테서 빼앗아 여기 감아두었는데.”

그때였다.

투박하게 공기를 때리는 프로펠러 소리가 들렸다. 먼 곳이었다. 이내 가깝게 사이렌 소리가 났고 대낮처럼 벌건 불빛이 창틀에 번들거렸다.

둘은 몸을 낮추었다. 아나카가 달려가 동민의 머리를 눌렀다. 곧 으르렁거리는 자동차 엔진 음이 진동했다. 메어린이 기어가 창을 가리고 있는 반군 깃발을 조심스레 젖혔다. 밖의 상황을 파악한 그는 눈으로 동민에게 총을 가리켰다. 동민은 얼른 K1을 주워 들었다.

교회 아래에서 쿵쿵, 문 부수는 소리가 들렸다.

메어린이 동민에게 아카나가 차고 있는 수갑 키를 내밀었다.

"당신, 이 여자, 맡을 수 있겠소?"

"저도 짐이 있습니다."

"짐은 누구나 있어. 받아요."

"제 짐은 아주 커서 저 여자까지 감당할 수 없습니다."

"그러지 말고 그냥 날 풀어줘."

아나카가 끼어들었다.

메어린은 여전히 수갑 키 든 손을 걷지 않았다.

"그럼 가지고만 있어요. 지금은 아니지만, 상황이 급하면 풀어줘야 해. 여자도 싸워야 하니까. 어서!"

"당신이 데리고 있다가 풀어주면 되지 않습니까."

메어린은 처음으로 동민의 면전에 눈을 부라렸다.

"시팔, 그럼 당신이 앞에서 싸울 거야? 어?"

결국 수갑 키를 받았다.

그것은 길쭉했고 작은 커터 칼 같았다. 작은 액정이 있었다. 센서로 작동되는 신식 체인이었다. 가운데 알 수 없는 버튼도 있었다. 메어린은 여벌 수갑 한 벌도 건넸다.

"이것도 가지고 있어요. 둘 다 같은 키로 열 수 있소. 코드 표를 입력하는 방식이니까. 그 튀어나온 버튼은 건드리지 말고."

"이 버튼은 뭔데요?"

"누르면 호신용 칼이 나와."

"……키에 칼이라니."

"수감자가 반항하면 사용하라는 거지."

메어린은 아나카에게도 권총을 내밀었다.

"받아. 허튼짓하지 마. 잡히면 수배된 당신이 제일 먼저 죽는다는 거 알지?"

"수갑도 풀어줘."

"아직은 아니야. 총격이 일어나면 풀어주지 말래도 풀어줄 거야."

아나카는 시퉁한 표정으로 메어린이 건넨 총을 받았다. 메어린은 경유가 든 기름통을 들었다.

동민이 기름통을 보며 물었다.

"그건 왜요?"

"밖에 험비가 숨겨져 있소. 반군들은 기름을 채워놓지 않아. 아나카, 차 열쇠 가지고 있지?"

"있지만, 어떻게 나가려고?"

메어린은 피아노 너머 벽에 난 작은 비상문을 가리켰다.

"목사 집무실을 통해 옥상으로 올라가면 뒤뜰로 이어진 비상계단이 있잖아. 우린 그리로 나갈 거야.

"그쪽 계단은 이미 막아버렸어."

"뭐라고?"

"거점으로 쓰려면 입구가 분산되지 않게 해야 할 거 아냐. 그래서 그랬어."

"젠장맞을."

아나카는 총구로 어딘가를 가리켰다.

"저곳에 숨으면 돼."

그곳은 창문이 없는 동쪽 벽이었다. 자세히 보니 벽에 커다란 널판들을 세워놓았다. 세로로 듬성듬성 세워놓은 목재 몇 개가 나무 널판들을 받치고 있었다. 얼핏 보면 벽 같았지만, 진짜 벽과 널판 사이에 에어컨 하나가 들어갈 만한 폭이 있었다. 그들의 위치에서 보았을 때 널판 뒤에 공간이 있을 거라고 전혀 짐작할 수 없었다.

"저 뒤에 침대가 있어. 그 밑에 숨으면 돼."

"저기서 남자들 따먹었나?"

메어린이 빈정거렸다.

"닥쳐. 옷 갈아입는 곳으로 사용하던 공간이야. 아 씨, 이래선 총을 사용할 수 없잖아. 어이, 당신. 빨리 이 수갑 풀어줘!"

아나카가 동민에게 손목을 보이며 소리쳤다.

동민은 다른 생각에 잠겨 있었다.

군인들이 지하실에 둔 배낭을 찾아낸다면. 맙소사. 하느님. 눈빛이 멍해진 동민은 계단으로 몸을 돌렸다.

와락, 아나카가 두 팔을 뻗어 동민의 어깨를 잡아당겼다.

"어딜 가려고? 날 이렇게 묶어두고."

동민은 낮게 으르렁거리는 아나카 손을 뿌리쳤다. 그러자 아나카가 더욱 으르렁거렸다.

"내려가면 안 돼. 군인들이 문을 부수고 있잖아."

"내 짐을 가져와야 해."

"야! 이 손부터 풀어달라고!"

"왜 나한테 그래?"

"키를 네가 가지고 있잖아!"

주머니에 넣어둔 키를 뒤적거리며 돌아섰을 때 그만 잔해에 굴러다니는 각목을 밟고 말았다. 동민은 비명을 지르며 주저앉았다. 군화 바닥에 박힌 각목을 떼냈다. 각목에는 두꺼운 못이 솟아 있었다. 군화는 멀쩡했지만 발은 그렇지 않았다. 발가락을 꼼지락거려보니 물에 들어갔다 나온 것처럼 질척였다.

아나카가 히죽 웃었다.

동민은 메어린이 단단히 묶어놓은 군화 끈을 풀 시간이 없었다. 뻐근거리는 허벅지를 세우며 일어서려 했지만, 쥐가 난 듯 다리가 뻣뻣했다. 벌집형 소재로 된 군화의 발등에서 서서히 피가 배어 나왔다. 보다 못한 메어린이 달려와 그를 부축했다.

그때 아나카가 동민의 등에 총구를 박았다.

"뭐 하는 짓이야!"

메어린이 소리쳤다.

"이 상태로는 못 가."

메어린이 아나카의 뺨을 때렸다. 그녀가 뒤로 넘어졌다.

동민이 퍼질러 앉아 군화 끈을 풀기 시작했다. 그런 모습을 바라보던 메어린은 아나카에게 명령했다.

"시간 없어. 끌고 가자."

아나카는 어쩔 수 없다는 듯 수갑 찬 두 손으로 동민의 어깨를 잡아 일으켰다. 메어린이 총을 견착하고 앞장섰다. 아카나에게 질질 끌려가던 동민은 피아노를 가로지를 때 다시 쓰러졌다. 아나카가 일으키려 하자 동민은 바닥에 놓인 말러의 CD를 집어 들었다. 케이스를 버리고 CD만 꺼내 반으로 쪼갰다. 날카로운 면으로 아나카의 팔목을 긋자 아나카가 그를 놓았다. 피가 뚝뚝 떨어지는 두 팔을 빨며 아나카가 소리쳤다.

"아, 이거 미친 새끼 아냐!"

동민의 눈은 희미해져 있었다. 그는 무표정하고 폐쇄적인 얼굴로 저만치 떨어진 메어린과 아나카를 노려보았다. 그는 둘을 보며 고함을 내뱉었다.

"이 식인하는 연놈들아. 니들끼리 가라고. 나는 내 배낭을 찾아야 한다고! 이 짐승들아!"

메어린과 아나카는 푸르스름한 살기를 뿜으며 고삐 풀린 듯 자르르 떨고 있는 동민의 눈동자를 보며 멍하게 서 있었다.

꽝.

1층 문이 쪼개졌고 군홧발 소리가 들렸다.

밖에서 대위는 개를 보았지만 무시했다. 더러운 재를 잔뜩 묻힌 그 개는 건물 벽에 붙어 있는 배수관을 핥아대고 있었다. 갈색 목줄을 보니 어딘가에 주인이 있는 듯했다.

대위는 부하들이 뜯어놓은 문을 통해 교회 안으로 들어갔다. 방독면을 벗자 노릿한 탄약 냄새가 가득했다. 1층 예배실은 텅 비어 있었다. 여러 줄의 도트사이트가 이리저리 움직이는 벽들은 온통

이끼가 쓸어 마치 유약칠을 한 듯했다. 대위는 일부에게 1층을 살피라고 했고 나머지를 보며 2층을 가리켰다. 벽에 어깨를 기대고 한 줄로 올라가는 부하들을 따라 그도 계단을 밟았다.

대위는 계단참에서 멈춰 위치 탐색기를 켰다. 등고선을 표시한 어느 지점에서 은은하게 붉은빛이 발했다.

2층에 올라가니 부하들이 총을 내린 채 대위를 기다리고 있었다.

"이미 끝났습니다."

대위는 피아노 쪽으로 걸어와 반쯤 무너진 천장을 쳐다보았다. 군데군데 호수처럼 넓게 열린 마감재 안으로 동민이 목을 매려다 무너트린 목골 잔해들과 뻗어 있는 콘크리트 수평보가 훤히 드러나 보였다. 그는 피아노 아래에서 말러의 CD 케이스를 집어 들었다. 플라스틱 표면에는 미끈거리는 혈액이 기름처럼 쓸려 있었다.

대위는 시신이 있는 공간으로 들어갔다. 피 냄새와 큼큼한 탄약 냄새가 가득 고여 있었다.

"다섯입니다."

"알아."

1층 예배실을 수색하던 부하들이 올라왔다. 그중 소위가 엄청난 것을 발견했다는 듯 대위에게 전단을 내밀었다.

"예배실 교단에서 발견했습니다. 반군의 거처가 분명합니다."

그는 새로 임관된 소위였다. 대위는 소위에게 이미 알고 있다는 듯 깃발을 가리켰다. 넓게 펼쳐진 반군의 깃발을 본 소위는 전단을 구겨버렸다.

소위가 시신들을 보며 한숨을 내쉬었다.

"이햐. 지들끼리 한바탕, 했나 보군요."

대위가 소위를 바라보았다. 눈에는 그 가벼운 말투를 경멸하는 시선이 서려 있었다. 대위는 소위에게 피아노 너머 목사 집무실을 가리켰다. 저기에 가봐. 소위는 고개를 끄덕이고 몇 명을 데리고 그곳을 수색하러 갔다.

대위는 벽에 붙은 지도를 살폈다. 누군가가 다섯 군데 지점에 동그라미를 쳐놓았다. 그중 세 곳은 대위도 예상한 위치였다. 대위는 지도를 뜯어내 방열복 주머니에 넣었다. 부하들은 지켜보고 있었고 대위만 시체들 사이를 걸으며 주변을 살폈다.

그는 바닥을 보았다. 반군의 처소로 쓰인 이 건물에 그가 왔다는 것을 짐작할 수 있는 물건이 떨어져 있었다. 대위는 보석 알갱이가 박힌 나무 물고기 펜던트 목걸이를 주워 오른쪽 장갑 목에 둘둘 감았다.

소위가 돌아왔다.

"옥상으로 올라가는 철제 계단이 있습니다만 잘려 있었습니다. 줄을 타고 올라가보았습니다만 아무도 없습니다. 이 건물은 비어 있습니다."

"왜 그렇게 생각하지?"

대위가 냉소 섞인 말투로 물었다.

"대형 은거지는 입출구를 하나로 만드는 게 일반적입니다. 다른 출구가 없는 것은 분명합니다."

대위는 벌집이 된 시체들을 가리켰다.

"피를 만져봐."

소위가 머뭇거리자 대위가 으르렁거렸다.

"확인하라고."

소위는 장갑 낀 검지로 피가 흥건한 바닥을 그었다. 검지가 쓸고 지나간 길이 누진한 피로 금세 메꾸어졌다.

"니 눈에는 그게 며칠이 지난 피로 보이냐?"

"……아닙니다."

소위는 처음과 다르게 주눅 든 소리를 냈다.

"그럼 반나절은 된 피냐?"

"아닙니다."

"그럼?"

"죽은 지 몇 시간 안 되었습니다."

"우리가 산을 어떻게 올라왔지?"

"레이더로 망을 치고 전투지경선을 계속 갱신했습니다."

"세 시간 걸렸다. 그지?"

"그렇습니다. 헬기는 거점들을 두 번씩 훑었습니다."

"세 시간 동안 산을 촘촘하게 둘러싸며 올라왔는데 너, 누굴 본 적 있냐?"

"……."

"하나 더 묻지. 여기 다섯 명이 죽어 있다. 그럼 달아난 놈은 몇 명이냐?"

소위는 피바다가 된 주변을 살폈다. 대위가 냉소적인 표정을 한 채 소위의 헬멧 앞부분을 잡고 그를 일으켰다.

"멍청한 자식. 신발을 봐."

소위가 보니 반군들의 신발은 이리저리 벗겨진 채 흩어져 있었다.

"신발 한 켤레가 없잖아."

"그렇군요."

소위가 끄덕였다.

"게다가 놈은 개를 데리고 있다."

"개라니요?"

소위가 그건 또 무슨 말이냐는 듯 물었다.

대위는 더는 말을 섞기 싫다는 듯 턱을 내저었다.

"나가서 그 개를 잡아 와라. 교회 주변에 돌아다니고 있을 거야."

소위가 부하 열하나를 데리고 사라지자 대위는 걸려 있는 반군의 깃발을 뜯어버리고 주먹으로 창문을 깼다.

담배를 입에 물었다.

그는 담배를 즐기지 않았지만 이럴 땐 꼭 담배를 피웠다. 코언저리에서 스멀거리는 피 냄새를 지워버리기에 담배만 한 게 없었다.

멍청한 새끼.

대위는 처음으로 제약 공장에서 죽은 소위 놈이 아깝다는 생각을 했다. 그놈은 사악했을지라도 작전에는 능숙했다. 저 신참 놈의 감각은 시궁창에 대가리를 처박은 집돼지만도 못하다.

창밖으로 중대급 인원이 이동하고 있었다. 멀리 새무룩한 반대편 산봉우리로 헬기 두 대가 멀어지고 있었다. 그들은 옆 산으로 이동하는 다른 개척 중대 수색조였다.

대위의 중대는 충주에 있는 연대 기지에서 이틀을 쉬었고 아침에 이동했다. 이렇게 개척 중대들은 떠도는 중처럼 이리저리 이동해야 했다. 전국의 연대급 기지마다 대위의 팀과 같은 개척 중대들이 모였다가 떠나갔다.

대위는 방열복에 넣어둔 반군의 지도를 전령에게 건넸다. 전령은 지도에 표시된 다섯 곳의 위치를 연대로 보냈다. 대위가 전령의 무전기를 빼앗아 들었다. 그는 자신의 중대만 남고 모두 이동하는 것이 좋겠다고 건의했다. 곧 교회 앞에 세워놓았던 닷지 트럭 두 대마저 떠났고 주변은 잠잠해졌다.

대위는 자신의 팀만으로 충분하다고 생각했다. 소위가 열하나를 데리고 나갔고 2층에는 여덟이 남아 있었다. 오늘 놈을 잡고 내일부터는 본래 임무로 전환할 생각이었다.

대위는 부하들에게 담배를 피우라고 지시했다. 부하들이 전부 피아노가 있는 홀로 나갔다. 대위는 옆에 있던 전령에게도 동료들과 함께 있으라고 명령했다.

혼자가 된 그는 위치 탐색기를 켰다.

등고선이 찍힌 GPS 지도 액정에 여전히 붉은 점이 깜빡이고 있었다. 지도에는 이 교회가 표시되어 있지 않았다. 그래서 반군들이 거점으로 삼은 것이다. 어쨌든 놈은 이 언저리에 있는 게 분명하다. 놈은 아이의 코에 박아놓은 폭탄은 제거했고 발신기는 제거하지 못했다. 액정의 이 붉은 점은 발신기에서 뿌리는 신호였다.

피 바닥에 꽁초를 버린 그는 냄새가 역겨워진 탓에 다시 마스크를 썼다.

피아노가 있는 홀로 나가자 부하들이 피아노 주변 잔해에 삼삼오오 쪼그리고 앉아 있었다. 그들은 캔을 따고 물을 마시고 담배를 물고 있었다. 철모 벗은 얼굴은 모두 앳되다. 대위가 나오자 병장 하나가 일어나려 했고 대위는 그대로 앉아 있으라고 손짓했다.

대위는 1층으로 내려가려다 계단 앞에서 문득 몸을 돌렸다. 그는 잔해가 울퉁불퉁하게 쌓인 홀을 잠시 둘러보았다. 천장에 훤히 드러난 철근 골조, 무너진 격벽, 그 너머 시체들의 방, 그런 방들이 서너 개 더 늘어선 공간.

대위는 병장을 보며 오라고 손짓했다. 병장이 철모를 쓰고 달려왔다. 대위는 병장의 머리를 돌려 어느 지점을 바라보게 했다.

"저기 끝 쪽 벽. 보이나?"

병장은 15미터 정도 떨어진 지점, 나무 널판이 세워진 벽을 바라보았다.

"벽 색깔이 안 맞는군."

병장은 철컥, 총을 견착하고 쉬고 있던 전부를 데리고 그쪽으로 갔다. 대위는 계단이 시작되는 지점에 서서 그들을 바라보고 있었다.

부하들은 가벽을 만들어 공간을 낸 것을 알아냈다. 병장이 총을 겨누었고 서너 명이 벽을 비스듬하게 받치고 있는 나무 기둥들을 다른 벽에 세웠다.

나무 가벽과 직각으로 마주한 벽 사이에 사람 여럿이 들어갈 공간이 있었다. 병장은 멀찍이 서 있는 대위를 보며 눈으로 신호를 보냈다. 공간이 있다는 보고였다.

병장은 두 명에게 수신호로 공간을 겨누게 하고 그 틈으로 연막탄을 던졌다. 퍽, 소리와 함께 틈으로 연막이 새어 나왔다. 군인들이 안에다 총을 서너 발 갈겼다.

먼지가 사그라들자 병장은 손전등으로 공간을 살폈다.

아무도 없었다.

병장이 일어서서 대위를 바라보았지만 이미 대위는 계단을 내려가고 없었다.

메어린은 옆으로 눈을 돌렸다.

그는 검지를 입술에 대고 소리를 내지 말라는 신호를 보냈다. 3미터쯤 떨어진, 나란히 뻗은 콘크리트 수평보 위에 아나카가 엎드려 있었다. 아나카는 입을 틀어막은 채 그를 보고 있었다.

두 사람은 2층 홀 천장의 석면 보드 마감재와 콘크리트 천장 벽 사이의 공간에 뻗은 수평보에 올라가 있었다.

수평보의 폭은 사람의 몸을 누일 수 있을 만큼 넓었다. 메어린은 고개를 빼꼼히 내밀고 군인들이 다시 피아노 쪽으로 걸어오는 것을 지켜보았다.

메어린이 누운 수평보 아래는 보드 마감재가 떨어져 나가 있었다. 그러나 수평보가 매우 두꺼워 그의 몸을 용케 잘 가려주었다. 아나카는 더 안전했다. 천장과 온전한 마감재 사이의 공간, 그 속의 수평보 위에 몸을 올려놓고 있었다.

병장과 군인들은 피아노 쪽으로 돌아와 철모를 벗고 앉았다.

메어린은 꿀꺽 숨을 삼켰다.

천장은 바닥에서 7미터가 족히 넘는 높이. 메어린 바로 아래에 피아노가 있었고 피아노 중심으로 군인들이 삼삼오오 둘러앉아 담배를 꺼내고 있었다.

병장도 털썩, 잔해 더미에 앉아 피아노 다리에 등을 기댔다. 상병이 병장에게 군용 캔을 건넸다. 그들은 푸른 액체를 나눠 마시며 대화하기 시작했다.

—중국이 국경을 폐쇄했다던데 말입니다?

—누가 그래?

—일본은 전부 아작 났고. 중국도 지진 때문에 지도의 반이 사라졌다고……. 수도를 북경에서 상해로 옮겼답니다.

—일본도 아작 났다고?

—거기도 후지산이 터졌답니다.

—일본은 그렇다 쳐도 중국까지 그 지경이라니. 구조를 기다리는 빨갱이 놈들에겐 최악의 소식이군.

—대체 군은 물자를 어디서 얻습니까? 이 상태가 벌써 1년이 넘었는데.

—비축분이 5년 치는 있다잖아.

—이렇게 닥치는 대로 죽여도 되는지 모르겠습니다.

—까라면 까는 거지, 뭐. 식인자들을 좀비라고 생각해. 군대 오기 전에 FPS 게임 해봤을 거 아냐?

—좀비랑은 다르지 말입니다. 정신은 멀쩡하지 않습니까. 뭐 사람을 무는 것도 아니고. 그런 멀쩡한 사람을 죽여야 하니.

—지랄, 사람 먹는 게 멀쩡하냐?

—뭐, 그럼 우리는 멀쩡합니까?

—하긴, 그렇게 치면 우리도 뭐.

—아, 그나저나 국제기구에서 뭐라 안 그러나 모르겠어요.

—고립된 지 1년이 넘었다. 국제기구는 무슨.

—이건 기밀인데 미국도 제정신이 아니랍니다.

—제정신이 아니라니?

—메릴랜드 화산도 터졌답니다.

—그게 뭔데?

—조 병장님, 모르십니까? 지구를 위협할 3대 화산. 미국의 메릴랜드. 일본의 후지산. 그리고 백두산 아닙니까. 그게 다 터진 겁니다.

—음.

—우리가 고립되어서 잘 모르고 있는데 일본과 미국은 우리

보다 상황이 더 안 좋다고 합니다.

—거기도 식인자들이 돌아다니나?

—그것까진 모르겠습니다. 바이러스가 여기만 퍼진 건지 전 세계에 다 퍼진 건지.

—바이러스는 북한 미사일에 의해 탑재된 거야.

—모르는 일이죠.

—이 새끼가. 너 그런 소릴 하다간 교육대에 끌려간다.

—뭐, 다들 그러는데 말입니다. 정부가 퍼뜨리는 거라고.

—아, 몰라. 근데 이거 먹으면 죽는 거 아냐?

—왜 그러십니까?

—넌 이거 맛있냐?

—누가 맛있어서 먹습니까? 먹으라고 하니 먹는 거지, 말입니다.

—수상해.

—뭐가요?

—부대에 들어오는 이 드링크 말이야. 일반 사람들에게는 왜 나눠 주지 않는 걸까?

—물량이 없겠죠. 물자도 부족한 판에 전 국민에게 공급할 여력이 어디 있습니까? 북한 난민들까지 먹이려면 돈이 엄청나게 들지, 말입니다. 게다가 이젠 너무 늦었고.

—아니, 시팔, 이렇게 사냥하는 돈이 더 들겠다.

아나카가 다급한 눈으로 메어린에게 신호를 보냈다. 메어린은 그 표정이 무엇을 뜻하는지 몰랐다. 아나카는 수갑 찬 두 손으로 연신 메어린 다리를 가리키며 모질게 인상을 써댔다.

'네 쪽에서 피가 떨어지고 있다고!'

그 순간, 피아노 건반 위로 피 한 방울이 떨어졌다.

또 한 방울.

무겁고 점성 있는 액체가 먼지 덮인 건반 표면을 미세한 소리를 내며 떨어지고 있었다.

메어린은 가방에 주렁주렁 달린 하이드레이션 팩에서 피가 새고 있음을 깨달았다. 콘크리트 수평대는 메어린의 몸을 간신히 가렸지만, 그가 메고 있는 커다란 가방은 수평대 폭을 얼마쯤 넘어서고 있었다. 자세를 바꿀 수 없었다. 조금이라도 움직인다면 가방이 한쪽으로 쏠려 기울어질 터였다. 메어린은 간신히 균형을 유지하는 중이었다.

아나카의 눈은 제발 움직이지 말라고 말하고 있었다. 그들은 숨을 죽인 채 떨어지는 피를 보고 있었다. 상병과 병장이 옆으로 고개를 돌리지 않기를 바라면서.

—제 선배들 중 반은 전역했습니다.

—전역이 가능해? 나도 못 하고 있는데?

—고구려대 출신들은 거진 부모가 빵빵하거든요. 빽 있는 선배들은 일찌감치 다 내뺐습니다.

—전역한다고 해도 어디로 갈 건데? 비행기도 못 뜨는 세상인데.

—벙커가 있다던데. 동문들이 서로서로 연줄로 살길을 확보해 주니까.

—너 이 새끼, 자꾸 학교 들먹일래? 가방끈 좀 길다고 자랑하는 거냐? 요즘 고구려대가 학교냐? 달아난 대통령도 그 학교 출신 아냐?

—죄송합니다.

—너는 그 학교 나왔으면서 왜 여기 남아 있냐? 시팔.

—우리 집은 부자가 아닙니다.

—지랄. 니 동문들이 넌 안 구해주디? 세상이 맛 간 판에 연고대, 서울대가 뭔 소용이야. 시팔, 잘되었지. 어차피 한판 뒤집어져야 했어.

—그래도 다시 사회가 정리되면 연고대 서울대가 통 잡을 거 아닌가요?

—그래, 고구려대 잘났다. 정리되어도 니들이 또 해 처먹어라.

—그래도 조 병장님은 다행입니다. 전역 일주일 전에 백두산이 터지는 바람에 계속 남아 보호받으시는 거 아닙니까? 2년째 말년이시지만 그게 뭐 대수인가요. 이렇게 식인억제제도 드시구요.

—시팔, 너 요즘 계속 요, 자 쓴다. 다나까로 말 안 해?

—시정하겠습니다.

—치워라, 이거. 냄새 역하다.

상병은 병장이 건넨 캔을 피아노 건반 위에 놓았다.

1층으로 내려온 대위는 예배당으로 들어가는 중앙 홀에서 방향을 왼쪽으로 돌렸다. 성자들이 그려진 복도를 걷다가 모퉁이를 꺾자 지하로 내려가는 계단이 보였다. 보일러실로 가는 계단이었다. 필시 문이 잠겨 있을 것이었다. 아니라면 일찌감치 부하들이 보고했을 터. 확인할 필요가 없다고 생각했지만 그는 계단을 내려갔다. 액정에서 깜빡이는 붉은 점은 지상보다 낮은 곳을 알려주고 있었기 때문이다. 역시 보일러실이었다. 철문은 녹슨 자물쇠가 밖으로 잠겨 있었다.

다시 1층으로 올라온 대위는 부서진 오크색 정문을 통해 교회 밖으로 나왔다. 어둠에 둘러싸인 건물을 한번 올려다보았다. 뒤뜰로 나갔다. 회백토가 풀풀 날리는 마당 옆에 놀이터가 보였다. 놀이터는 엉킨 덩굴과 잡목림으로 둘려 있었고 그 너머는 절벽이었다. 이는 교회가 높은 곳에 있다는 것을 방증한다. 미적지근한 바람이 불었고 주변에 흙먼지가 피어올랐다. 먼 산들에까지 적요가 가득 들어차 있었다.

대위는 배기 밸브를 돌려 방독면에 찬 습기를 빼냈다.

그는 천천히 건물을 한 바퀴 돌았다.

서쪽 벽에 이르자 솔가지와 쓰레기 더미 들이 눈에 들어왔다. 더러운 방수포와 드럼통, 목재들까지 얼기설기 쌓아놓았다.

대위는 방수포를 걷어냈다. 리어카를 치우자 뻥 뚫린 계단이 보였다. 건물 외벽에 붙은, 지하실로 내려가는 계단이 있었다. 그는 조용히 권총을 꺼내 슬라이드를 당기고 약실을 걸었다. 방아쇠를 반쯤 당겨 공이치기를 뒤로 재었다.

천천히 계단을 내려갔다.

반지하 형태의 계단참 벽면에 창이 하나 나 있었다. 지하실 안에서 보면 높게 뚫린 창일 테다. 계단 중간쯤에서 멈춰 서서 창으로 지하실 안을 살폈다. 어두웠고 내부가 뚜렷하지 않았다. 계단을 끝까지 내려갔다. 철문이 있었다. 손끝으로 툭 미니 아귀가 맞지 않는 듯 스르륵 열렸다. 안에서 냉기가 밀려왔다. 한밤이었기에 안과 밖은 명도가 다르지 않았다.

대위는 지하실 안으로 천천히 한 발을 들여놓았다.

손을 더듬어 스위치를 올렸지만, 불이 들어오지 않았다. 그는 한동안 가만히 있었다. 작은 소리라도 들리는지 집중했다. 조용했다.

대위는 방독면을 내리고 헬멧에 걸어둔 야시경을 내려 착용했다. 녹광색 시야로 보이는 지하실 내부는 복도처럼 좁아지다가 넓게 열린 p자 형태의 공간이었다. 바닥에는 군데군데 물이 고여 있었다.

그는 총을 겨눈 채 깨진 양동이를 발로 치우며 천천히 안으로 들어갔다.

꺾이는 벽에 어깨를 기댄 후 단숨에 몸을 돌렸다. 건물 내부에서 보면 보일러실로 가는 계단이었을 툭 불거진 공간에 환기용 스테인리스 덕트가 있었다. 덕트 아래 쏙 들어간 공간에 수십 개의 소파가 레고 블록처럼 차곡차곡 쌓여 있었다. 대위는 소파를 몇 개 치웠다.

소파 속에 그 사내의 카키색 배낭이 숨겨져 있었다.

대위는 야시경을 벗었다. 철모를 벗었고 권총을 총집에 넣었다. 손전등을 켜서 방탄조끼에 걸었다.

배낭의 조임 끈은 단단히 묶여 있었다. 칼로 끈을 잘랐다. 입구를 열자 아이 정수리가 보였다. 그는 흠칫 놀라 배낭에서 손을 뗐다가 결심하고 다시 배낭을 잡았다. 입구를 조금 벌리자 아이의 머리가 드러났다.

대위는 이마를 구겼다. 지독한 약품 냄새가 코를 찔렀다. 대위는 차마 불빛을 아이 얼굴에 똑바로 비추지 못했다. 손전등을 바닥에 놓고 간접 조명으로 주변을 비추었다.

그는 한동안 말없이 아이를 바라보았다.

아이는 그를 외면하고 있었다. 아이는 어둠을 두려워하지 않았고 대위를 두려워하지 않았다. 이렇게 혼자 있는 상황에 아주 익숙한 듯했다. 아이의 얼굴은 온통 연고로 번들거렸다. 짓무른 왼쪽 눈썹 아래로 한쪽 눈꺼풀이 반쯤 감겼다.

대위는 한탄인지 측은함인지 알 수 없는 깊은 한숨을 내쉬었다. 가슴이 두방망이질했다. 아이는 멀건 눈으로 대위의 팔뚝만 보고 있었다.

대위는 울화가 치밀었다.

죽은 딸이 떠올랐다.

식인자들에게 물리면서도 영문 몰라 하던 눈. 잠시 들고 있으라는 듯 자신에게 인형을 건네던 딸아이 얼굴이 이 아이에게 고스란히 스며 있었다.

그는 천천히 손을 들었다.

폴리머 장갑 낀 손이 다가오자 아이는 움츠리는 듯했다. 아이는 대위의 팔에 감긴 물고기 목걸이를 보면서 대위가 이끄는 대로 가만히 있었다.

대위는 아이 코를 조심스레 들어보았다. 바닥에 둔 손전등을 주워 불빛의 강도를 높였다.

아이는 대위가 하는 대로 가만히 있었다. 작고 깊은 두골 안에서 연한 불빛이 반짝였다. 수신기는 깊게 박혀 있었다.

"널 좀 꺼내야겠다."

그가 아이 겨드랑이를 잡고 아이를 들었다. 아이가 너무 가벼웠기에 되레 자신의 팔이 무겁게 느껴졌다. 아이가 품고 있던 장난감이 툭 떨어졌다. 플라스틱 깨지는 소리가 났다. 로봇 장난감 팔 한쪽이 떨어져 나갔다. 대위는 주섬주섬 바닥에 떨어진 로봇과 팔을 주워 소파에 두었다. 아이도 장난감 옆에 앉혀두고 배낭의 내용물을 모두 쏟아냈다.

해독제 키트는 어디에도 보이지 않았다.

아이 아빠가 가지고 있는 게 분명했다.

대위는 깊게 숨을 들이마셨다. 아이가 여기 있으니 그도 멀리 있지 않을 것이었다.

그는 아이 몸에 박힌 수신기를 뽑아내기 위해 허리에 차고 있던 송곳형 겸자를 잡았다.

아나카는 수갑 찬 두 손으로 메어린에게 로프 바를 던지고 있었다. 그 밧줄은 방금까지 그녀의 몸을 묶은 것이었다. 아나카와 메어린 사이의 거리는 3미터. 메어린은 엎드린 채 그녀가 던지는 밧줄을 채찍처럼 얻어맞았다.

메어린이 무슨 짓이냐는 듯 인상을 구겼지만, 그녀는 밧줄을 메어린의 목에 걸기 위해 용쓰고 있었다. 몇 번의 실패 후 로프 바는 메어린 이마에 어슷하게 걸렸다. 메어린이 왼손으로 줄을 잡았지만 벗겨낼 수 없었다. 팔을 더 높게 들어 올리다가는 배낭이 쏠려 인기척이 난다.

아나카가 줄을 잡아당겼다.

메어린의 목에 걸린 로프 바가 두 사람 사이에서 서커스 줄처럼 팽팽하게 이어졌다. 메어린이 숨을 삼키며 아나카를 황망하게 바라보았다.

아나카는 웃고 있었다.

너를 살려주는 게 아니었는데.

메어린이 후회했지만 소용없었다.

아나카는 밧줄을 자신의 콘크리트 수평대의 툭 튀어나온 철근에 동여맸다. 아직 아래 군인들은 위에서 벌어지는 상황을 짐작하지 못하고 있었다.

아나카는 조금씩 줄을 잡아당겼다.

메어린의 상체가 아나카 쪽으로 끌려갔다. 메어린이 고개를 가로저으며 그러지 말라고 사정하는 눈빛을 보였지만 아나카는 입술을 달싹거리기만 할 뿐이었다.

그녀는 메어린을 떨어뜨리려 했다.

아나카의 수평대는 천장과 보드 마감재 사이에 완벽하게 숨어 있었고 메어린의 수평대는 마감재가 떨어져 나가 훤히 노출된 상태였다.

로프 바의 묶인 지점이 아나카의 수평대에 있었기에 메어린이 이대로 끌리다 떨어지면 아나카의 수평대 아래로 목을 매단 형국이 되어버린다. 아나카 아래를 가리는 천장 마감재 일부가 떨어져 나가겠지만, 수평대 위에 몸을 숨긴 아나카는 여전히 드러나지 않는다. 아나카는 그것을 노리고 있었다.

메어린의 관자놀이가 펄떡거렸다. 땀이 비 오듯 했다. 그는 더 버틸 수 없었다.

개 같은 년.

그가 입술로 욕지거리를 뱉으며 소총 가늠자를 정신없이 풀기 시작했다. 메어린의 상체가 수평대에서 반 이상 드러났고 점점 끌려가듯 기울어지고 있었다. 그 움직임에 따라 피아노 건반으로 떨어지던 피도 옮겨 가 상병의 철모 위에 뚝뚝 떨어졌다.

"뭐냐. 이거."

병장이 상병의 손등에 떨어진 핏방울을 보았다.

상병이 위를 쳐다보았다.

그것을 기점으로 메어린은 스스로 몸을 띄웠다. 목뼈가 부러지지 않기를 바라며 그는 서커스 그네를 치듯 두 다리를 차 올랐다.

상병이 총을 잡았다. 병장과 군인들도 일제히 총을 겨누었다. 그러나 진자 운동 하듯 왔다 갔다 하는 메어린을 쉬 조준하지 못했다. 저만치 가 있던 메어린이 돌아오며 총질하기 시작했다.

드르륵, 드르륵.

아래와 위에서 총알이 난사되었고 천장 시멘트 조각들이 비처럼 떨어져 내렸다.

아나카는 민달팽이처럼 몸을 오그렸다.

이내 총소리가 멈추자 아나카가 고개를 삐쭉 내밀었다. 자욱한 연기 너머로 바닥에는 엎어지고 쓰러진 군인들이 보였다. 군인들 등은 검은 피로 축축했다. 여덟 모두 사망했다.

아나카는 메어린을 살폈다.

메어린은 허공에 마네킹처럼 매달려 있었다. 축 늘어져 미동이 없었다. 마치 사형이 집행된 사람 같았다.

그의 어깨는 단단하게 굳어 있었다. 무거운 가방이 짓누르고 있는 등세모근은 붉게 상기되어 있었고 고개는 삐딱하게 꺾였다. 축 늘어진 팔은 간신히 소총을 잡고 있었다. 총구에서는 여전히 연기가 피어오르고 있었다. 팔죽지에서 흐르는 피가 방아쇠를 걸고 있는 오른 손가락을 타고 바닥으로 뚝뚝 떨어졌다.

그의 몸이 제자리에서 돌다 반대로 돌았다.

죽은 것 같았다.

수평대에서 그의 얼굴이 보이지는 않았지만, 분명 흉살맞게 일그러져 있을 터였다. 몸에는 총알이 무수하게 박혔을 것이고 목뼈도 부러졌을 것이다.

아나카는 몸을 일으켰다.

바닥 잔해들은 거칠었다. 아직 손목이 묶여 있었기에 뛰어내리다간 자칫 발목을 삐거나 튀어나온 철사 따위에 몸 어딘가가 상할 게 분명했다.

그녀는 거리를 가늠했다. 메어린 몸을 걸고 있는 밧줄을 타고 얼마쯤 내려가다가 피아노 쪽으로 뛰어내려면 안전할 것 같았다. 그녀가 내려가기 위해 줄을 잡았을 때 축 처진 메어린 팔이 천천히 총을 들어 올렸다.

아나카는 연기가 배어 나오는 총구가 자신을 겨누고 있는 것을 보았다.

지하실.

대위가 손전등으로 지하실 천장에 박힌 덕트를 비추고 있었다. 벽을 타고 울렸던 총소리는 다시 들리지 않았다. 가만히 귀를 기울였다. 도도도, 콩 볶듯 튀던 소리가 끊긴 지 3분.

벌떡 일어났다.

빼려던 송곳을 다시 허리에 끼우고 지하실 입구 어둠을 바라보았다. 위에서 무슨 일이 일어난 것이 틀림없었다. 그는 철모를 쓰고 권총을 빼 들었다. 잘못 들은 것일지도 몰라 다시 총소리가 나는지를 얼마간 기다렸다.

소리는 거기까지였다.

건물 안에서 총격이 발생한 게 분명했다.

대위는 어깨에 걸고 있는 개인용 무전기로 전령을 불렀다. 전령은 대답하지 않았다. 채널을 돌렸다. 잡음 섞인 소위의 목소리가 들렸다.

“방금 건물 안에 총격이 있었는데 들었나?”

—못 들었습니다.

“넌 지금 어디 있어?”

—송신탑 아래에 있습니다.

“시팔, 왜 거기까지 간 거야?”

—개를 찾아오라고 하셨잖습니까.

“당장 돌아와.”

—그런데 총격이라구요? 있은 지는 얼마쯤 되었습니까?

“3분쯤 지났다. 아무래도 위에서 애들이 당한 것 같아.”

—대대장님은 지금 어디에 계십니까?

“지하실. 빨리 병력을 데리고 돌아와.”

채널을 닫은 대위는 아이를 보았다. 그는 저 안에 박힌 발신기를 떼어버리는 게 좋은지를 망설였다. 허리에 차고 있는 송곳을 만지작거리면서 아이 몸을 계속 살폈다.

대위는 등 뒤 어둠 속에서 동민이 서 있다는 걸 깨닫지 못했다. 동민은 날 선 말러의 CD 조각을 들고 있었다. 그는 맨발로 대위에게 다가가기 시작했다. 그가 발을 뗄 때마다 피가 넓적하게 바닥에 찍혔지만, 지하실 내부는 아주 캄캄했기에 누구도 그것을 볼 수 없었다.

대위는 동민이 등을 노리며 다가오는 것을 느끼지 못했다. 지하실에는 곰팡내와 약품 냄새가 지독했기에 동민의 몸에서 나는 피 냄새도 맡지 못했다.

결국, 대위는 철모를 쓰고 야시경을 꼈다.

"다시 오마. 일단 여기 있거라."

대위는 아이를 어둠 속에 둔 채 지하실 입구로 달려갔다. 대위가 지하실에서 나가자 동민은 CD를 버리고 배낭이 있는 쪽으로 달려왔다.

손에 묻은 피를 바지로 닦아내고 아들을 안았다.

아이는 동민의 어깨를 빨았다. 아이 심장이 정신없이 뛰고 있었다. 동민은 아들 등을 쓸었다. 아이가 양다리를 아빠의 가슴에 감고 원숭이처럼 착 달라붙었다.

"미안해. 아빠가 늦게 왔지?"

아이는 대답하지 않았다. 얼마나 놀랐는지는 심장이 대답하고 있었다. 동민은 아들을 조금 떨어뜨렸다. 눈을 보고 싶었다. 저쪽

굴러다니는 TMT 랜턴을 집어 켰다.

아이는 마치 수영장에서 오래 놀다 나온 것처럼 치아를 딱딱댔다. 동시에 동민의 단추 사이에 손을 넣고 그의 젖을 더듬었다. 아이는 불안할 때마다 이랬다.

더 미안해졌다. 아들 입에 자신의 엄지를 물게 하고 연신 등을 쓸었다. 이렇게 두 몸이 딱 붙어 있으면 자신의 견고함이 저 작은 몸에 고스란히 전달될 것만 같았다.

아이가 고개를 숙였다.

솜털 난 좁은 덜미가 길게 늘어났다. 그는 거기도 쓸어주었다.

"왜 늦게 왔어요."

아이가 동민의 엄지를 혀로 할짝대며 물었다.

"미안해."

"어떤 아저씨가 아빠 배낭을 저렇게 하고 갔어요."

"그래, 안다."

"나한테 뭐라 말했는데 대답 안 했어요."

"그래. 말하지 말아야지."

"한마디도 안 했어요."

"잘했어. 아주 많이 잘했어."

"그 사람이 아빠 물건, 이거하고, 저거하고, 막 만졌다요."

"괜찮아."

갑자기 아이가 고개를 들고 동민을 본다.

"신발은 찾았어요?"

"아니."

"아빠 발에서 피 나요."

"괜찮아. 붕대 감으면 돼. 혼자 뭐 하고 놀았니?"

"헬로베로봇 팔이 빠져서요."

"이리 줘봐, 아빠가 끼워줄게."

"부러졌어요. 여기 이 부분. 그 아저씨가 떨어뜨렸어요."

아이가 장난감을 내보였다. 오른쪽 팔에 홈이 떨어져 나갔다.

"못쓰겠다. 버리자."

아이가 고개를 저었다.

"그럼 가지고 있어. 나중에 아빠가 본드로 붙여줄게. 잠시 앉아 있거라."

장난감과 아이를 소파에 두고 그는 배낭에 쏟아진 물건들을 정신없이 챙겨 넣기 시작했다. 마지막으로 아들을 넣었다. 대위가 잘라버린 조임 끈 대신 어깨의 보조 끈으로 입구를 단단히 막았다.

동민은 지하실 철문을 안에서 잠그고 문 앞에서 쪼그리고 앉았다. 잠시 숨을 돌렸다. 밖에서, 또 위에서 어떤 일이 일어나고 있는지 감지해야 했다.

그는 아들에게 속삭였다.

"한결아. 아빠가 여차, 하고 말하면서 뛸 거야. 여차, 하는 소리가 들리면 그 안에서 줄을 꼭 붙들고 있어. 흔들려도 참아야 한다."

아이는 대답하지 않았다.

"토가 나오면 가방 안에서 해도 된다. 아빠는 열어줄 수 없다."

"네."

그는 지하실 철문에 귀를 대고 밖을 가늠했다.

밖은 고요했다.

조심스레 잠금쇠를 풀고 철문을 열었다. 그 순간 밖에서 누군가가 기다렸다는 듯 손을 뻗어 동민의 가슴을 움켜잡았다.

동민은 끌리듯 밖으로 나왔다.

메어린이었다.

메어린은 동민을 노려보며 검지로 조용히 하라고 시늉했다.

둘은 계단 아래 쪼그리고 앉았다.

그는 고약한 탄약 냄새를 풍기며 동민의 멱살을 움켜쥔 채 초조하게 계단 위를 살피고 있었다. 지상을 감지하는 것 같았다. 계단 위 하늘에는 땅거미가 내려앉아 완전히 어두워져 있었다.

동민은 가슴을 움키며 그를 쳐다보았다. 그의 팔죽지에서 뚝뚝 피가 떨어지고 있었다.

"당신, 손에 피가 나요."

동민이 속삭였다.

메어린이 아무렇지도 않게 손을 허벅지에 닦았다.

"……군인들은 어떻게 되었습니까?"

"다 죽었소."

"아나카, 그 여자는?"

"몰라, 죽었겠지."

"대위가 방금까지 여기 있다가 올라갔습니다."

"알아. 우린 이 교회에서 빠져나가야 해. 우선 이것부터 챙기시오."

메어린은 주렁주렁 피 주머니를 매단 자신의 가방에서 군화 한 켤레와 소총 한 자루를 꺼내 동민에게 안겨주었다.

동민이 신발을 다 신었지만 메어린은 얼마간 더 움직이지 않았다. 그는 누군가를 기다리는 것 같았다.

"안 갑니까?"

메어린도 더는 기다릴 수 없다는 듯 앉은걸음으로 살금살금 계단을 올라갔다. 계단을 다 올라왔을 때 갑자기 검은 개가 달려들었다.

하운드 종. 묵처럼 새카만 개였다. 목에는 갈색 목걸이를 했다. 메어린은 그 개를 꼭 껴안았다. 개의 긴 꼬리가 정신없이 좌우로 돌아갔다. 그의 개인 모양이었다. 메어린은 줄곧 이 개가 돌아오기를 기다리고 있었던 것이다.

개는 땅 냄새를 맡다가 동민의 배낭을 킁킁댔다. 동민은 소스라치게 놀라 개를 발로 찼다.

"뭐 하는 짓이오!"

메어린이 노기를 보였다.

"나한테 오게 하지 마시오."

"얌전한 놈이오. 켄토, 이리 와."

메어린이 개의 머리를 잡았다. 그는 동민에게 놀이터 뒤 잡목림을 가리켰다.

“저쪽, 절벽으로 뛰어가시오.”

“험비를 탄다면서요?”

“이젠 안 돼. 절벽 아래에서 만납시다.”

“나만 가라구요?”

“근처에 수색조가 한 팀 더 있소.”

메어린은 수색조를 해결하고 뒤따라가겠다고 말했다. 커다란 가방을 들쳐 멘 메어린은 검은 개와 함께 절벽 반대 방향으로 사라졌다.

동민은 가방에 대고 속삭였다.

“아빠, 이제 뛸 거야.”

“개를 왜 찼어요?”

“개가 니 냄새를 맡으면 안 돼.”

“나 만지게 해주지.”

“아빠 뛴다. 장난감 꼭 쥐고. 흔들려도 참고.”

동민은 크게 심호흡했다.

메어린이 준 소총의 조정간을 단발로 젖히고 탄창멈치를 눌렀다. 탄창의 실탄을 확인하고 다시 끼웠다. 늦지 않게 절벽으로 가야만 했다.

2층으로 올라간 대위는 부하들이 모두 축축한 상태로 널브러져 있는 것을 보았다. 말 잘 듣던 병장 놈은 피아노 한쪽 다리를 껴안고 기울어져 있었다. 젖혀보니 총알 세례를 받아 어깨가 폭삭 무너졌다. 부하들은 대부분 앉은 상태이거나 무릎 꿇고 수그린 채 죽어 있었다. 총알이 정수리에 박힌 놈도 서넛 되었다.

그는 천장을 올려다보았다.

전에 보이지 않았던 긴 밧줄이 하나 늘어져 있었다. 콘크리트 골조 수평대에 한 여자가 상체를 반쯤 내민 채 그를 바라보고 있었다. 그녀는 수갑 찬 두 손을 늘어뜨리고 있었다.

탕, 탕.

대위가 두 방 쏘았다.

한쪽 손이 형체도 없이 날아갔지만, 여자는 반응하지 않았다. 대위는 피아노 위로 올라갔다. 여자를 살폈다. 두 눈을 부릅뜬 아나카는 움직이지 않았다.

대위는 정보용 액정 패드를 꺼내 여자 얼굴을 찍었다. 사진을 저장하자 프로그램이 수배된 반군 정보를 빠르게 검색했다. 그리고 증명사진 하나를 찾아냈다.

여자가 반군의 중부 지역 선전부장임을 깨달은 대위는 패드를 주머니에 넣고 담배를 입에 물었다.

늘어진 로프 바를 잡았다. 끝이 날카롭게 베어 나가 있었다. 그는 불붙이지 않은 담배를 문 채 피아노 아래에 죽어 있는 부하들의 시체를 보았다. 여자 몸은 너무 깨끗했고 부하들은 너무 망가져 있었다. 대위는 여자가 부하들에게 죽은 게 아니라고 생각했다. 부하들도 여자에게 죽지 않았다고 확신했다.

대위는 무슨 일이 벌어진 것인지 골몰히 생각했지만 좀처럼 가늠되지 않았다. 분명한 것은 지하실에 있던 가방 주인, 그놈의 짓이라는 점이다.

놈이 아이를 되찾으러 올 것이다.

그는 다시 지하실로 내려갈까 생각했다.

그때 또 콩 볶는 소리가 들렸다.

이번엔 야외였다.

동시에 전령의 무전기에서 지지직거리는 소리가 울렸다. 피아노에서 뛰어내린 대위는 입이 뒤틀린 채 누워 있는 전령에게서 무전기를 벗겼다.

수화기가 총탄에 녹아 신호를 연결하지 못했다. 곧 대위의 철모 헤드셋에서 신호가 울렸다.

채널을 맞추자 목소리가 들렸다.

ㅡ왜 이렇게 통신이 안 됩니까?

소위였다.

"다 죽었다고 했잖아. 대대 무전기가 망가졌어."

ㅡ저희도 당했습니다.

대위는 듣기만 했다.

ㅡ반군 같았습니다. 올라가고 있는데 산 중턱에서 나타났습니다. 대대장님 말씀대로 개와 함께 나타났습니다.

"너만 살았나?"

ㅡ두 명 더 있습니다. 하지만 부상이 심합니다.

“커다란 카키색 가방을 멘 놈이지?”

—그렇습니다. 굉장히 강한 놈입니다.

소위와 통신을 끊은 대위는 전령의 망가진 무전기를 살폈다. 연대 기지 채널을 저장하고 있는 그 무전기는 아무래도 사용할 수 없을 듯했다.

난수표를 꺼내 몇 가지 숫자를 조합한 뒤 알아낸 암호 채널을 자신의 패드 액정에 입력했다. 연대 상황실로 접속되었다. 그는 지원병을 요청했다. 장갑차와 헬기도 요청했다.

소위가 올 동안 대위는 홀을 걸어 다녔다.

창 아래 징두리 벽에서 하이드레이션 팩을 하나를 찾아냈다. 안에는 피가 가득 들어 있었다. 창은 열려 있었다. 창틀에 핏자국이 선명했다. 맨발 자국 같았다. 사람이 뛰어내리기엔 높았지만 그렇다고 못 뛰어내릴 것도 아니었다.

대위는 창을 보았다.

서쪽 공터에서부터 잡목림이 우거진 절벽으로 움직이는 그림자가 보였다. 커다란 가방을 둘러멘 사내. 해독 키트를 훔쳐 간 놈이었다. 아들과 함께 움직이는.

그 쥐새끼 같은 사내는 그새 지하실로 들어가 자신의 배낭을 챙겨 달아나고 있었다.

대위는 그를 향해 총을 겨누었다.

사내가 멈칫 돌아보았다.

그는 감당하지 못할 정도로 빵빵하게 부푼 배낭을 한번 들썩이더니 잡목림 속으로 사라졌다.

대위는 총을 내리고 동민이 사라진 잡목림을 가만히 바라보았다.

2부

문경

비가 오지 않을 때 땅은 썩은 버섯 같았다. 피부병에 걸린 것처럼 누런 황토 먼지로 덮여 있었고 군데군데 검었다. 잡목림들도 두꺼운 가루를 덮어쓰고 있어야 할 자리를 힘겹게 지키고 있었다.

오전 동안 흙 안개가 은하수처럼 퍼졌다. 오후에는 그것들이 모조리 가라앉았고 백열한 땅이 묵직한 열기를 뿜어댔다. 흐릿한 산봉우리들이 툭툭 던진 빵 반죽처럼 봉긋한 형태만 드러냈다. 한 발을 내디딜 때마다 먼지가 정강이까지 피어올랐다. 낮은 조금 어두웠고 밤은 아주 어두웠다. 지금은 낮이었다.

그들은 함께 움직이고 있었다. 만 하루가 지났다. 제안 같은 건 없었다. 상처가 심한 동민은 얼마간 그의 무력이 필요했다. 메어린은? 메어린이 왜 자신을 물리지 않는지 알 수 없었다. 어쨌든 그 식인자와 걷는 동안은 외부로부터 안전했다. 메어린은 지형을 잘 읽어냈고 작은 소리도 고양이처럼 감지했다. 능숙하게 산을 탔고 더러운 숲을 벗어나는 방법을 알았다.

그들은 약속한 순서대로 걸었다. 개가 앞장서고 동민이 뒤따라 걸었다. 메어린은 맨 뒤에 있었다. 그것은 메어린이 주도권을 잡고 있다는 뜻이었다.

이틀째 되는 날, 그들은 여울에서 물을 떴고 몇 군데 빈집에 들어가 모기약을 챙겼고 버려진 이불 더미에서 천을 뜯어내고 가지고 있던 천을 버렸다. 약을 가진 집은 별로 없었다.

메어린이 길가에 널브러진 시체에서 살을 뜯어낼 때마다 동민은 묘한 안도감을 느껴왔다. 그것만으로도 자신이 먹힐 확률이 낮았기 때문이다. 그런 불안감은 피곤을 유발했다.

그들은 천마산 고개를 둘러 올라가는 국도에서 지도를 한번 살폈다. 그곳은 문경 어디쯤인 것 같았다. 길옆, 기울어진 표지판에 '영순면'이라는 글씨가 쓰여 있었다. 그들은 그날 그곳에서 야영했다.

식인자는 불을 쑤셨고 동민은 구석에서 육포를 씹었다. 그들은 대화하지 않았다. 밤에는 불만 보았다. 불 건너에서 메어린이 먼저 잠들면 동민은 아이를 꺼냈다. 아이는 얼마쯤 하늘을 보다가 다시 배낭에 들어갔다. 동민은 배낭을 껴안고 잤다.

새벽에 눈을 떠보니 식인자가 아이 옆에 누워 있었다. 동민이 화들짝 놀라 몸을 일으켰다. 식인자가 뒤척이며 팔로 배낭을 감으려 했다. 동민은 배낭을 들고 몇 미터 떨어진 곳으로 기어갔다. 식인자는 한번 잠이 들면 깨지 못하는 듯했다. 등에서 식은땀이 났다. 동민은 자신의 몸을 어루만졌다. 이상이 없었다. 배낭 속 아이는 곤히 자고 있었다. 가슴 아래에서 장갑차 엔진 소리가 들렸다. 멀리 트럭이 불을 밝히고 지나갔다. 트럭 뒤로 군인들이 열을 맞춰 이동하고 있었다. 동민은 식인자를 깨웠다.

그들은 담요를 털어내며 일어났다.

뽀얗게 덮인 흙먼지 아래로 야생화가 피고 있었다. 암흑 같은 날이 계속되고 있지만 사이사이 생명의 기운은 느껴졌다. 그들은 먼지와 야생화를 밟으며 느릿느릿 나아갔다.

앞서가던 켄토가 멈추더니 돌아보았다. 동민도 뒤를 보았다. 메어린이 걸음을 멈추고 있었다. 그는 손으로 비탈 아래를 가리켰다. 10미터쯤 아래 아스팔트 소로가 보였다. 콘크리트 무너짐 방지벽을 따라 길게 늘어진 일차선 아스팔트로는 터널로 이어지고 있었다. 시간에 의해 버려진 것 같은 터널이었다. 메어린이 가리킨 것은 소로가 아니라 터널이었다.

메어린이 흙을 풍기며 비탈을 내려갔다. 켄토도 주인을 따라 움직였다. 동민도 내려갔다.

메어린은 비탈 끄트머리 즈음에서 비스듬히 박힌 시커먼 마가목을 발견했다. 그는 나무를 툭툭 치며 위를 올려다보았다. 가지는 앙상했고 시커먼 재가 풀풀 날렸다. 켄토는 나무 아래 떨어진 썩은 열매에 코를 대고 킁킁거렸다. 메어린은 켄토를 옆으로 밀어내고 젖은 땅에서 연붉은 열매들을 몇 개 주웠다. 서양배 같은 작은 열매였다.

"귀한 거요. 프랑스에서 오리 요리의 최고는 마가목 열매로 만든 소스를 끼얹은 거라야만 하지."

메어린은 마스크를 젖히고 열매 냄새를 맡더니 그것들을 주머니에 집어넣었다.

터널 입구 옆에 흰 트럭이 있었다. 트럭은 터널 벽에 충돌했고 심하게 찌그러져 있었다. 주변으로 시체들이 썩고 있었다.

기시감이 든 동민은 절뚝절뚝 다가갔다. 밀짚모자를 쓴 청바지 차림의 남자 시체가 운전대를 안고 죽어 있었다. 다른 두 구의 시체가 바퀴 아래에 포개진 듯 엉켜 있었다. 시커멓고 축축하게 부푼 세 구의 시체들은 H-3 지역으로 인육 배달 차를 몰던 그들이었다. 차체는 물론, 터널 입구 콘크리트 벽에도 총알 자국에 뜯겨 나간 둥근 흔적들이 남아 있었다. 정부군에 사살된 모양이었다.

동민은 천으로 입을 막으며 소녀를 찾았다. 소녀는 그때 입은 옷 그대로 세 명과 좀 떨어진 곳에 하늘을 보고 누워 있었다. 입술을 잘근거리며 울 듯 바라보던 동민은 결국 고개를 돌려버렸다.

"사나흘 되었군."

메어린은 태평스럽게 시체 사이사이를 걸어 다녔다. 그는 차고 있는 가죽 칼집에서 중식도를 뽑아 들더니 밀짚모자 시체가 차고 있는 힙색을 끊었다. 그 속에서 돈뭉치, 지포 라이터, 비닐에 말린 시가 하나, 은단을 꺼냈다. 그는 떨어져서 서 있는 동민에게 그것들을 보이며 씩 웃었다. 그러고는 돈뭉치를 제외하고 찾아낸 전부를 챙겼다.

메어린이 소녀 시체에서 허벅지를 잘라내 신문지로 돌돌 말아 싸는 동안 동민은 돌아앉아 있었다. 그는 썩은 웅덩이 물을 마시는 켄토의 목줄을 잡은 채 개의 혀만 노려보았다.

메어린이 다가왔다. 동민이 일어났고 마스크를 착용하고 떠나려 했다. 그러나 메어린은 동민 앞에 자신의 배낭을 툭 던지듯 내려놓았다.

"안 가고?"

그는 휘파람으로 켄토를 불렀다. 메어린는 총 한 자루만 메고 켄토와 함께 터널 안으로 들어갔다.

동민은 메어린이 남겨둔 배낭 옆에 쪼그리고 앉았다. 산 너머에서 콩 볶는 소리가 들렸다. 정부군이 멀리 있지 않았다. 갈 길이 바쁜데 또 어디론가 사라진 저 식인자에게 짜증이 났다.

동민은 마스크를 젖히고 침을 뱉었다. 시체 썩는 냄새에 머리가 돌 지경이었다. 마스크에서 필터를 빼냈다. 이미 시커멓게 변한 필터는 풀풀 재를 뿌리고 있었다. 착용하나 벗으나 매한가지였다. 그는 마스크를 가슴께로 내려버리고 디엠티를 꺼내 입에 넣었다.

지연이 보였다.

아내는 청목색 모세혈관이 엉켜 굳은 함몰된 쇄골을 긁으며 초조하게 서 있었다. 동민은 아내가 위험을 감지했다는 것을 깨달았다.

"왜 그래? 무슨 일이 생길 것 같아?"

—아무래도 들어가면 안 될 것 같아.

"그냥 짧은 터널인 것 같은데."

—그래도 가지 마, 오빠.

"이유가 뭐냐니까?"

—그냥. 저 개도 그렇고.

"켄토는 사납지 않아."

—이미 감염되었잖아. 한결이 냄새를 맡을지도 몰라.

"미세먼지에 기관지가 망가져서 잘 짖지도 못하는걸. 게다가 한결이 몸에 바른 연고 때문에 다가가지 않아."

—그래도.

아내의 표정을 볼 수 없는 동민은 은근히 불안해졌다. 그도 이 터널 너머에 좋지 않은 것들이 있을 것 같았다. 배낭에서 아이가 자꾸 자리를 바꿔 앉았다. 쉬쉬, 아내는 배낭을 쓰다듬으며 아들을 진정시켰다. 아이는 엄마의 숨결을 느꼈는지 조용해졌다. 곧 배낭에서 물이 줄줄 흘렀다. 아내는 배낭 구멍에 소변을 쏟아내는 아들의 고추를 잡아주었다.

얼마 후 메어린이 돌아왔다.

그는 더 많은 열매를 본 듯 흥분한 상태였다.

"따라와요. 좋은 걸 보여줄 테니."

"다른 길로 가는 게 어떻겠습니까? 정부군이 근처에 있는 것 같은데."

메어린은 대꾸도 없이 자신의 배낭을 짊어지고 혼자 터널 안으로 걸어갔다.

"여긴 장갑차가 충분히 이동할 만한 길이라고요!"

그가 터널 안으로 사라지자 동민은 어쩔 수 없다는 듯 아내를 보았다. 아내는 동민을 물끄러미 바라보는 듯했다.

투두둑, 갑자기 비가 떨어졌다. 재를 머금은 검고 무거운 비였다. 먹 조각 같은 낮은 구름이 저쪽 기슭에서부터 가라앉고 있었다. 비는 곧 시끄러운 소리를 내며 바닥을 때려댔다. 빗방울이 튕길 때마다 옴팡한 자국을 냈다. 동민은 아내에게 좀 쉬어야겠다고 말했다.

아내 손이 물 먹은 동민의 뺨을 쓸었다.

—열이 있는 것 같네.

"몸이 안 좋아. 비도 오고. 그러니 하루만 여기서 쉬자. 응?"

동민은 아내의 허락을 받았고 세 가족은 터널로 들어갔다.

터널은 길지 않았다. 입구에서도 저쪽 출구가 환하게 보였다. 메어린은 손전등을 입에 문 채 터널 중간쯤 서 있었다. 그는 검은 이끼가 낀 벽을 살피고 있었다. 벽에는 맹꽁이자물쇠가 달린 거무스름한 철문이 박혀 있었다.

"보여준다는 게 이거요?"

"안에 공간이 있을 거요. 정부군이 지나갈 때까지만 피해 있읍시다. 오늘 하룻밤 보내도 좋고."

결정은 그가 하는 것이었다. 녹슨 자물쇠는 생각보다 단단했다.

메어린이 손도끼로 철문 옆 균열된 벽을 찍어내고 잠금장치를 뜯어냈다. 문을 열자 곰팡내 섞인 냉기가 뿜어 나왔다. 안은 밖보다 공기가 맑았다. 이끼 썩은 그 시원한 냄새를 맡는 순간 동민은 기분이 좋아졌다. 탁한 세상보다 고인 싱싱함이 그의 정신을 맑게 했다.

하지만 어둠은 망설여졌다. 너무 깊고 침울했다. 동민은 끝없이 뻗은 어둠을 보다가 결심하고 들어갔다. 복도가 사선으로 뻗어 있었다. 앞서 들어간 메어린은 곧 걷는 소리만 남기며 사라졌다.

동민은 끼이익, 철문을 닫았다.

문틈이 벌어져 있으면 밖에서 누군가가 들어올 것이다. 꼭 닫아두는 게 좋을 성싶었다. 철문은 메어린이 잠금장치를 뜯어낸 탓에 아귀가 맞지 않았다. 한동안 입구에 서서 걸쇠를 걸기 위해 시간을 보냈다. 겨우 문을 고정한 그는 가만히 어둠을 바라보았다. 이미 사라진 메어린의 발소리는 들리지 않았다.

한발 조심스레 옮겼다. 벽을 잡고 나아가는 동민의 중심축이 기울어지자 배낭 속 아이가 꼼지락거렸다.

"여기가 어디예요?"

"쉿."

"추워요. 여기 어딘데요?"

그 순간 땅이 흔들렸고 입구의 천장이 무너져 내렸다. 동민은 무거운 힘에 깔려 바닥에 이마를 찧었다. 하반신이 흙에 깔려 마치 이불을 덮은 듯 꼼짝할 수 없었다. 그는 마스크를 입에 대고 고개를 숙였다. 먼지가 가시기를 기다리며 몸을 수그렸다. 메어린이 철문을 뜯기 위해 벽에 충격을 준 데다가 동민이 문을 닫기 위해 요령을 부린 탓에 문틀이 지지하고 있던 천장이 내려앉은 것이었다. 마치 누군가가 꾸민 일 같았다.

천장은 모래 포대기를 뜯어낸 것처럼 흙이 계속 줄줄 흘러내렸다. 몸을 일으키려 했지만 자신을 덮친 흙을 이겨낼 수 없었다.

파묻힌 동민은 아내가 한 말이 바로 이것이라는 것을 깨달았다. 켄토가 돌아와 동민의 뺨을 핥았다.

메어린도 나타나 손전등을 비추었다.

"무슨 짓을 한 거요?"

"무슨 짓이라니? 문을 닫았을 뿐이오!"

"젠장맞을. 입구가 막혔군."

"그러고만 있을 거요?"

메어린이 삽으로 흙을 긁어냈다. 파묻힌 동민은 한참 만에 일어설 수 있었다. 배낭이 보이지 않았다. 동민은 침을 게워내며 미친 듯 흙을 치웠다.

얼마 후 둘은 흙더미에서 배낭을 끌어냈다. 동민은 배낭을 끌어안았다. 켄토가 배낭 겉면에 대고 킁킁거렸고 동민은 개를 밀어냈다.

가방 속 아이가 꼼지락댔다.

안전한 것 같았다. 내부가 어두웠기에 메어린은 배낭이 꿈틀거리는 것을 알아차리지 못했다.

먼지가 사라지자 그들은 철문이 있던 쪽을 살폈다. 얼마나 많은 흙이 무너진 것인지 가늠되지 않았다. 분명한 것은 철문이 보이지 않는다는 것.

메어린이 일어섰다.

"계속 가보는 수밖에. 다른 쪽으로 연결된 통로가 있을지도 몰라."

—통로는 없어요. 우린 막혔어.

아내가 속삭였다.

"어쩔 수 없잖아. 입구가 막혔으니."

동민은 복도 벽을 더듬으며 메어린을 따라 나아갔다.

얼마쯤 가자 복도는 90도로 꺾였다. 몸을 틀자 저만치 앞서가던 메어린이 서 있었다. 막혀 있었다. 그곳은 빛 하나 새어 나오지 못할 만큼 단단한 콘크리트 면이었다.

"막혔군."

메어린이 돌아서 손전등을 비추었다. 동민은 벽에 기대 헐떡거리고 있었다.

"……일단 좀 앉읍시다. 옆구리에서 계속 피가 나서."

메어린은 던지듯 배낭을 내려놓았고 동민도 축축한 바닥에 앉았다. 동민은 그 몰래 약을 먹었다. 디엠티의 각성으로 머리가 맑아졌지만, 허리는 여전히 불편했다.

메어린은 손전등으로 벽을 비추며 아래위를 살폈다.

"공간이 있는 게 틀림없소. 어디선가 공기는 통하는 것 같으니까."

벽은 직선이 아니라 둥근 배흘림 모양을 하고 있었다. 천장은 아주 높았다. 이곳은 복도라기보다 거대한 콘크리트 파이프 내부였다. 터널 내벽에 철문을 만들고 이런 의미 없는 복도를 지은 이유를 짐작할 수 없었다.

"이걸 만든 이유가 있었을 텐데."

그 생각은 메어린도 하는 것 같았다. 두 사람은 각자의 손전등으로 주변을 살폈다. 작은 구멍이라도 발견하려는 듯 불빛들이 바쁘게 습기 찬 벽을 휘돌아다녔다.

—돌아가야 해. 입구 쪽에 다른 길이 있어.

아내의 속삭임과 동시에 메어린이 총을 세우며 일어섰다.

"우리가 잘못 생각한 것 같군. 흙을 치우고 다시 밖으로 나갑시다."

"우리가? 당신이 아니고?"

동민이 빈정거렸다.

메어린은 그를 한번 보고 씩 웃었다.

"내가 들어가지 말자고 했잖소."

"이제 따져봐야 소용없지. 갑시다."

둘은 배낭을 지고 철문이 있던 쪽으로 되돌아갔다. 둘은 삽을 꺼내 흙더미를 팠다. 끙끙대며 한 시간을 보냈지만, 흙은 그대로였다. 산을 파고 만든 터널이기에 쏟아져 내린 흙만큼 뻥 뚫린 천장을 살펴보면 나가는 구멍을 찾을 수 있지 않을까도 생각했지만 천장이 높아 불가능했다.

어쨌든 방법은 하나였다. 흙과 돌덩이를 제거하는 것. 그래야 철문으로 나갈 수 있었다. 그들은 말없이 흙을 치웠다. 동민은 얼마 지나지 않아 뜻하지 않은 것을 발견했다.

입구 바닥.

들어올 때는 보지 못했던 둥근 강판이 보였다. 그 주변의 흙을 완전히 제거하자 사람 하나가 들어갈 만한 크기의 강철 맨홀 뚜껑이 모습을 드러냈다.

"아래에 공간이 있는 모양이군."

두 사람은 얼마 동안 끙끙거린 후 맨홀 뚜껑을 옆으로 밀어낼 수 있었다. 깊은 우물 같은 공간이 보였다. 콘크리트로 마감된 둥근 벽에는 짚고 내려갈 수 있는 철제 손잡이가 설치되어 있었다.

"가스가 차 있을지 몰라요."

동민이 말했지만 메어린은 무시하고 내려갔다.

"저 자식은 무슨 말을 해도 대꾸를 안 해."

아내는 가만히 서 있었다.

"당신도 가만있을 거야? 말 좀 해."

—아니. 고개를 끄덕이고 있었어.

"내려가라고?"

—그래. 어서 내려가.

수직으로 뻗은 공간에 몸을 담갔다. 폭은 좁았다. 동민과 그가 등에 멘 배낭만으로도 꽉 찼다. 배낭이 벽에 쓸리지 않도록 조심하며 사다리형 손잡이에 발과 손을 옮기며 내려갔다. 바닥에 서니 저 멀리 메어린의 손전등 불빛이 곧 측면으로 사라졌다.

얼마쯤 진행하자 메어린이 오른팔을 벽에 짚은 채 삐딱하게 서서 그를 바라보고 있었다.

그는 웃고 있었다.

마치 애인을 방에 들일까 놀리는 바람둥이 같은 모습이었다.

“뭐요? 또 막혔나요?”

그가 불쑥 말했다.

“와인 좋아하시오?”

“와인?”

“멋진 걸 보게 될 거요.”

딸깍.

메어린이 벽에 부착된 스위치를 올리자 커다란 공간이 모습을 드러냈다. 그곳은 와이너리였다.

맙소사.

공간은 대략 100제곱미터쯤 될까. 계단형 대리석 선반 위로 엄청난 수의 와인 병들이 차곡차곡 눕혀 있었다. 모두 비싼 와인이었다. 모처럼 흥분한 것은 동민이었다. 그는 배낭을 던지듯 두고 내부를 마구 돌아다녔다. 로마네 콩티, 샤블리 레 블랑쇼 등 최고급 와인들이 즐비했다.

“오호, 이것 봐요. 샤토 페트뤼스가 있소. 그것도 박스 떼기로!”

보르도에서 가장 비싸다는 페트뤼스뿐 아니라 그보다 더 값나

가는 르 팽도 먼지 옷을 입은 채 쌓여 있었다. 2013년산 샤토 무통 로쉴드에는 이우환의 그림이 그려져 있었다. 최고 등급 와인인 무통 로쉴드는 1945년 이후 매년 세계적인 미술가들에게 라벨을 맡겼다. 달리나 샤갈, 워홀 등의 예술가가 그림을 제공했다.

이 방공호는 아무래도 누군가가 와인 보관용으로 만든 공간 같았다.

동민과 달리 메어린은 그것들을 플라스틱 보는 듯했다. 그는 와인 창고 내부를 살폈고 어디론가 사라졌다가 돌아왔다.

"환기는 전열식이군. 통풍구가 콘크리트 안으로 매립되어 있소. 그건 어딘가에서 전기를 공급받는다는 거요."

"발전실이 있다는 말이군요."

메어린이 고개를 끄덕였다.

"그렇소. 발전실만 찾는다면 나가는 공간도 찾을 수 있을 거요. 이 정도 공간이라면 발전실 환풍 공간도 클 테니까. 발전기를 작동하면 며칠 여기 머물러도 좋고."

"발전기를 작동시킬 줄 압니까?"

동민의 물음에 메어린이 고개를 끄덕였다.

"군대 있을 때 간이 발전기를 다룬 적이 있지."

동민은 숨을 몰아쉬며 자리에 앉았다.

"좀 쉽시다. 전기 설비는 내일 내가 찾아볼게요. 발전기는 내 전문이니까."

둘은 앉았다.

바닥은 소나기를 맞은 듯 젖어 있었고 벽도 아주 축축했다. 동민이 휴대용 나이프로 샤토 페트뤼스의 코르크 마개를 뽑아내려 했지만 좀처럼 빠져나오지 않았다. 지켜보던 메어린이 병을 빼앗았다. 그는 중식도로 병 입구를 단번에 날려버리고 그것을 동민에게 건네주었다.

“진짜로 마실 거요? 역하지 않겠소?”

동민은 답할 겨를이 없었다. 거품이 보글거리는 액체를 손바닥에 올리고 코를 갖다 댔다. 아로마 풍미가 신경을 자극했다.

과거에 그는 와인을 무척 좋아했다. 스모키 향이니 테루아니 품종이니 그런 것을 치열하게 따졌다. 하나 지금은 그런 사치감을 느끼려는 게 아니었다. 살아 있는 것을 접하고 싶다는 본능이었다.

그는 병에서 뿜어대는 싱그러운 향을 마구 들이켰다. 이것은 세상이 오염되기 전에 만든 술이다. 언젠가부터 그런 것들을 접하면 동민은 깊이 젖어 들고 싶었다. 싱싱한 자연을 느낄 때마다 세포 하나하나가 팽팽해지는 것 같았다. 와인을 머금자 텁텁하고 먼지 가득한 혀가 침을 짜냈다. 짜릿한 향이 몸 안에 퍼졌다. 혀를 돌릴 때마다 액물감이 부드럽게 감돌았다.

아. 좋다.

오랜만에 노곤해졌다. 그러자 슬슬 욕구가 일었다. 그는 주둥이가 날카롭다는 것도 잊은 채, 액체가 턱을 따라 목과 가슴으로 흘러내리는 것도 모른 채 정신없이 술을 넘겨댔다.

메어린은 꿀꺽이는 동민의 울대를 무표정하게 바라보았다. 켄토는 앞다리를 펴고 주인 옆에 앉아 있었다. 동민이 어깨로 입을 닦으며 병을 건네자 메어린은 받지 않았다.

"술, 못 해요?"

"그럴 리가. 요리할 때는 꽤 마셨지. 당신이 들고 있는 그 와인이 얼마나 비싼지도 잘 알고 있소."

"그럼 내가 다 마십니다."

"그러던지."

동민은 병을 혼자 비웠다.

메어린은 2.3리터짜리 플라스틱 우유 통에 든 식수의 양을 가늠하고 먹을 만큼의 물을 냄비에 따른 다음 식수통을 구석에 소중하게 두었다. 그는 코르크 마개만 따로 모아둔 나무 상자에서 코르크를 한 아름 안고 와 불을 피웠다. 끓인 물은 소중하게 컵에 담아두었다. 그가 법랑 프라이팬을 꺼내자 풀어져 있던 동민이 날카로운 눈으로 물었다.

"그건 왜요?"

"좀 구울까 하고."

"굽다니, 뭘?"

메어린은 신문지로 싼 고깃덩이를 꺼냈다. 터널 입구에서 잘라 온 소녀의 허벅지 살덩이였다. 표면에 지독한 멍이 들어 그것은 마치 탱탱한 물풍선 같았다.

"그걸 굽겠다는 거요?"

"그럼? 감상하려는 것 같소?"

메어린은 작은 병에 담긴 게걸무 기름을 고기 표면에 바르며 눈살을 찌푸리는 동민을 흘깃했다.

"구우면 당신도 먹을 순 있을 거요."

"미쳤소?"

메어린은 피식 웃더니 신문지에 묻은 기름을 법랑 프라이팬에 골고루 발랐다. 살덩이의 단면을 자르자 보름쯤 숙성한 쇠고기처럼 보랏빛 윤기가 났다.

"냄새 안 나게 잘 구워줄 테니 기다려봐요. 위장도 챙겨 왔으니. 위장은 환자에게 좋거든."

"됐다니까. 저쪽 가서 구워요!"

동민이 프라이팬을 빼앗아 던졌다.

메어린은 프라이팬이 사라진 어둠을 한참 동안 바라보다가 말없이 일어났다. 주어서 흙을 닦아냈다. 그는 돌아와 앉으며 낮게 말했다.

"팬에 바른 기름이 얼마나 귀한 건지 안다면 다시는 그런 짓 못 할 거요."

"연기가 고이잖소. 나는 그 냄새, 못 맡겠으니 저쪽으로 가시오."

식인자는 굳이 인육을 가열해서 먹지 않아도 되었다. 하나 메어린은 동민을 위해 그것을 굽겠다고 했고 동민은 완강하게 거부하고 있었다. 늘 그랬지만 식인자는 제 마음대로 움직였다.

메어린은 중식도로 능숙하게 뼈를 분리해내고 남은 살덩이를 잘게 다졌다. 그것을 프라이팬 넓이만큼 편편하게 채워 눌렀다. 후추를 뿌렸고 작은 봉지에 담아둔 표고버섯 가루도 뿌렸다. 허브 대용으로 마가목 열매까지 고기에 박아두자 영락없는 맥적구이식 피자가 되었다. 열을 받자 단면에서 곧 핏물이 배더니 이내 달큼하고 고소한 냄새가 퍼졌다.

익힌 고기는 개가 먼저 받았다. 켄토는 치든 턱을 반복해서 까닥이며 고기를 넘겼다.

"그 와인과 먹으면 좋겠군. 익혔으니 인육이라는 생각이 안 들 거요."

"안 먹는다고 했소."

메어린은 접시 두 개에 고기를 나눠 담았다.

"……치우라고."

"……냄새난다고."

"제발…… 저쪽 가서 혼자 먹으라고, 시팔!"

동민이 다시 프라이팬을 잡았다.

메어린이 그의 팔을 잡았다.

켄토가 벌떡 일어났다.

그는 동민 팔을 바닥에 누르더니 들고 있던 중식도로 그의 손을 내리쳤다. 동민의 검지와 중지가 잘려 나갔다. 동민이 괴성을 지르며 뒹굴었다.

식인자의 눈이 불을 켠 듯 새빨개졌다.

메어린은 동민의 머리카락을 움켜잡고 그의 얼굴을 쳐들었다.

잘린 손가락 두 개를 동민의 코앞에 내보였다. 똑똑히 보란 듯 자른 손가락 두 개를 입에 넣고 씹었다. 혀와 이로 살과 뼈를 분리했다. 우물거리다 손톱 하나를 그의 이마에 뱉었다. 동민은 뱀장어처럼 몸을 뒤틀었다.

"먹어라. 음식이 우선이고 도덕은 나중이야."

고기 담긴 철제 접시가 동민의 코앞에 다가왔다. 동민은 피 냄새가 말라가는 노린내를 맡지 않으려 고개를 돌렸지만, 접시는 더 가까이 다가왔다.

"이번엔 손가락 두 개만으로 끝나지 않을 거야."

켄토가 낑낑댔다.

동민은 정신이 번쩍 들었다. 무언가가 의식 저쪽으로 넘어가 버렸고 그의 세포들은 긴장하기 시작했다. 디엠티를 먹지 않았음에도 솟구치는 열기에 잠식당하고 있었다. 접시를 보았다. 코앞에서 지글거리는 소리가 남아 있는, 단백질 타는 향에 점점 황홀경에 빠졌다.

옆에 있던 아내가 동민의 손을 잡았다.

—받아. 그럴 수밖에 없어.

결국 접시를 받았다.

얼마간 바라보고 있자니 아내가 속삭였다.

—당신, 너무 말랐어. 그러니 먹어. 구웠으니 괜찮을 거야. 사람의 살이라고 생각하지 말고 단백질 덩어리라고 생각해. 저 사람이 기가 막히게 구웠네.

동민도 부르트고 쇠약해진 피부가 단백질을 원하고 있다는 것을 느끼고 있었다.

하나 인육이라니.

당치도 않은 말이었다. 메어린이 넓적한 칼을 세우고 지켜보고 있었다. 흔드는 칼끝은 어서 그것을 입에 넣으라고 주문하고 있었다.

눈을 꾹 감고 조각을 이로 끊어 씹지 않고 삼켰다. 고소한 쇠고기 맛이 났다. 향긋한 기름기가 혀를 감쌌다. 이윽고 그는 피 번지는 손으로 뜨뜻미지근하고 미끈거리는 그것을 덩어리째 잡고 우적우적 씹어댔다. 접시는 이내 번들거리는 기름기만 남긴 채 비어 있었다.

"잘 드시는군."

메어린이 프라이팬에 남아 있는 것을 더 덜어 주었다. 동민은 정신없이 씹어댔고 와인을 꿀꺽거렸다.

메어린은 불 건너로 넘어가 앉았다. 검지와 엄지로 입을 헤집어 동민의 손가락뼈를 꺼냈다. 그는 미끈거리는 뼈를 잠시 바라보다가 어깨 뒤로 버리고 자신의 접시를 들었다. 고기를 포크로 뒤적거리면서 동민을 차갑게 살피기 시작했다.

동민은 늘어져 있었다.

차갑고 쓰라린 고통은 사라지고 이루 말할 수 없는 포만감이 휘돌았다. 황홀했다. 이 좋은 와인을 인육과 먹다니. 묘한 기분이 들었지만, 충분히 만족했다.

"손 아픈 것도 잊었을 거요. 사람고기 한 조각이 쇠고기 100마리보다 낫다는 게 뭔 말인지 곧 알 거요."

그제야 손에서 묵직한 통증이 올라왔다. 메어린이 붕대를 발로 찼다. 동민은 그 붕대로 손을 둥둥 감았다. 땀이 비 오듯 했다. 잘린 부위가 너무도 쓰려 와인을 붕대 감은 손에 철철 부었다.

"소용없소. 증류주가 아니면."

메어린이 포크를 흔들며 말했다.

듣고 있자니 잃어비린 손가락에 대한 분노가 일었다.

"이럴 필요까지 없었잖아. 내 손가락을."

"당신은 사흘 동안 아무것도 먹지 못했소. 내일쯤이면 나한테 감사할 거요. 어허, 그 와인 자꾸 부으면 되레 곪는다고."

"……사람……고기를 먹다니."

끄응.

"손가락도 옆구리도 오늘처럼 고기를 먹으면 금세 아물 거야."

"……나한테 먹게 했어. 시팔. 나한테……."

식인자가 우물거리며 말했다.

"바이러스가 퍼지기 전에도 인간은 서로를 잡아먹었어."

"……옛날 말이지. 인간에게는 도덕이란 게 있어."

"도덕 따윈 오직 남을 위해 만들어진 거야."

메어린의 식사는 느렸다. 덩치에 어울리지 않게 조곤조곤 속삭이듯 입을 오물거렸다. 그의 접시에 올려진 고기는 소량이었고 그것을 먹는 데도 시간이 걸리고 있었다.

동민은 붕대가 질척거리도록 와인을 부었다. 과일 향이 솟구치자 담배가 몹시 당겼다. 붕대 감은 손으로 아내 가방을 주섬거리자 메어린이 포크를 놓았다. 이걸 피워요, 메어린은 커다란 시가를 던졌다. 밀짚모자 사내의 힙색에서 가져온 것이었다. 켄토가 메어린의 허벅지에 턱을 댔고 메어린은 딸깍이며 접시 소리를 냈다. 등을 돌리고 디엠티를 한 알 삼켰다. 통증이 얼마간 사라졌다.

안도의 시간이기도 했다. 식인자가 인육을 먹는 동안은 안전했다. 동민은 석고처럼 단단해진 군화를 벗었다. 느른하게 상체를 눕히고 불에 발을 녹였다. 못에 찔린 자리는 종기처럼 퉁퉁 부어 있었다.

그는 거기에도 와인을 부었다. 메어린이 포크를 던지며 짜증을 냈다.

"거, 붓지 말라니까. 먹는 거를. 시팔."

동민은 그가 왜 이렇게 눈을 부라리는지 의아했다.

"당신은 술 안 먹잖아. 그렇다고 약이 있는 것도 아니고!"

메어린은 접시를 내려놓고 그를 노려보았다.

"붓지 말라고, 술. 그걸로 소독 안 된다고. 증류주 아니라고. 시발아."

기름기 번들거리는 식인자의 입술이 파들파들 떨렸다. 그의 눈이 다시 붉어지고 있었다. 메어린은 흥분하고 있었다. 이 식인자는 감정 조절이 되지 않는 것 같았다. 그의 친절과 강압과 농담의 간격을 좀처럼 파악하기 어려웠다. 게다가 동민의 감정까지 뒤엉

키면 두 사람 사이는 헤아릴 수 없는 긴장이 일어났다.

동민은 겁에 질려 술병을 내려놓았다.

메어린은 흥분을 가라앉히지 못하고 여전히 씩씩대고 있었다.

"……하지 마. 내가 하지 말란 건."

"……알겠소."

"……이 말, 벌써 두 번째 하는 거야."

"……."

"그리고 존댓말을 써. 아까부터 말 놓다가 높이다가 하는데, 분명히 하라고."

"예."

치욕스러웠다.

비로소 이자와 반군들 사이에 벌어진 어떤 일이 오로지 아나카와 반군들의 잘못만이 아닐 수 있다는 생각이 들었다.

메어린이 다시 포크와 접시를 잡았다.

"배관공이라고 했나?"

"그 전엔 글을 썼소."

"그런데 당신, 세 번째 같은 말을 하게 하는군."

"무, 무슨."

"시가는 왜 들고만 있지? 준 지가 언젠데."

동민은 시가에 불을 붙였다.

그제야 메어린은 매우 마음에 드는 모양인지 흡족한 표정으로 접시를 포크로 긁어댔다.

"백두산이 터지지 않았다면 평생 하층민으로 살았겠군."

"그렇소."

"그게 다요?"

"지금도 마찬가지지."

동민은 시가를 빨았다.

"이제 배관공은 드물지. 글 쓰는 자도 드물고."

식인자를 노려보며 말했다.

"감염 안 된 이도."

메어린이 피식거리더니 물었다.

"감염되지 않아서 다행이라고 생각해?"

"당연하지."

메어린은 다시 히죽 웃었다. 단단하고 흰 이를 혀로 한번 닦았고 입안에 남아 있는 음식물을 마저 삼키고 물을 마셨다.

"프랑스 미식가 브리야사바랭이라고 들어봤나? 언제 적 사람인지는 까먹었어. 그 사람이 이런 말을 했지. '당신이 먹은 것이 무엇인지 말해달라. 그러면 당신이 어떤 사람인지 말해주겠다' 어때?"

"뭐가?"

"사바랭의 말. 기가 막히지 않아? 당신은 이미 이 세계에 들어와 있어."

틀린 말은 아니었다.

이 갇힌 장소에서 동민은 결국 사람고기를 먹고 말았다. 그는 종잡을 수 없는 인간이었다. 하인처럼 충실하다가도 고양이 눈처럼 빠르게 변하고 깊게 잠들다가 어느새 다가와 있었다. 이런 자에게 아이 존재를 들킨다면 무슨 일이 벌어질지 생각만 해도 끔찍했다. 어서 이곳을 나가 그와 헤어지고 싶었다. 될 수 있으면 좋은 방식으로.

"당신, 아까부터 뭔가를 자꾸 삼키던데."

"아스피린이오. 두통이 있어서."

"아스피린을 복용하면 피가 묽어지지. 옆구리 상처 아무는 데 도움도 되지 않으니 이제부턴 먹지 마."

"내 피를 걱정하는군요."

그러자 메어린이 동민을 바라보았다. 흰자위가 백색에 가까웠지만 희끄무레한 살기가 녹아 있었다.

"무슨 뜻이지?"

"별 뜻 아니오."

"그 약들, 지금 불에 다 넣어."

동민은 시키는 대로 했다. 아내의 가죽 지갑에 든 디엠티와 항우울제를 제외하고 따로 모아놓은 민가에서 긁어 온 상비약들을 불에 던졌다. 연기를 피우는 알약들은 꽤 많은 양이었고 메어린은 더러운 것을 보듯 연기를 바라보았다.

"이제 어쩔 작정이오?"

동민이 물었다.

"뭘?"

"나가면 어쩔 셈이냐고요?"

"계획은 당신한테 있는 줄 알았는데?"

"여기서 나가면 그만 헤어집시다."

동민이 말했다.

"나도 대구로 갈 건데."

동민이 시가를 뱉었다.

"당신도 대구로 간다고?"

"뭐가 잘못되었소?"

메어린이 그렇게 말하며 켄토에게 조각 하나를 주었다. 개는 몇 번 냄새만 맡더니 고개를 돌렸다.

"원래 가려던 길이 있을 거 아닙니까?"

"당신 가는 곳에 가보려고. 안전지대가 있으면 좋겠지."

"나는 그러고 싶은 생각 없소."

"그렇게 되나 보자구."

맙소사.

정말 미친놈이구나.

고기를 씹던 메어린은 뭔가 생각났는지 자신의 배낭에서 납작한 기계를 꺼냈다. 군용 전지를 청테이프로 감싸 붙인 흰색 아이팟이었다. 50년 전 유행하던 구형 기계였다. 반군의 근거지에서 가지고 온 모양이었다.

그가 노래를 틀었다.

흘러나오는 노래는 뜻밖에 아미시 포에버가 부르는 〈레퀴엠 포 어 솔저Requiem for a Soldier〉였다.

구수하고 감미로운 음성이 텅 빈 지하 와이너리의 한구석을 차지하며 퍼져 나갔다. 노래는 곧 슈베르트의 〈바위 위의 목동〉, 스콜피언스의 〈윈드 오브 체인지Wind of Change〉, 이름 모를 성악가가 부르는 〈님이 오시는지〉로 이어졌다.

“저 아이팟, 주운 거요.”

메어린이 포크로 가리키며 말했다.

“클래식은 없더군. 당신, 클래식 좋아하잖소. 내가 종종 들려줄게.”

이자가 왜 이럴까.

그는 동민에게 집착하고 있었다. 이 괴덕스러운 사람과 이젠 정말로 함께할 수 없겠다는 생각이 들었다. 게다가 아이를 꺼내 씻겨야 했다. 저자와 함께한 며칠 동안 한결이는 제대로 눕지 못했다. 지금도 저쪽 세워둔 가방은 꿈틀거리고 있었다. 아이가 불편한 듯 이리저리 움직이는 것이다.

불이 사그라들며 코르크를 탁탁 튀기고 있었다. 메어린이 접시를 놓고 재를 뒤집었다. 졸던 켄토가 고개를 들었다가 다시 웅크렸다. 불이 크게 살아 올랐다. 그는 다시 접시를 잡았다. 꽤 많은 시간이 흘렀음에도 식인자는 접시를 비우지 못하고 있었다.

“잘 못 먹는군요.”

“평소에도 많이 먹지 않아.”

메어린은 그만 먹겠다는 듯 접시를 치우더니 숫돌을 꺼내 중식도를 갈기 시작했다. 혈관이 툭 불거져 나온 메어린의 팔뚝이 규칙적이고 군더더기 없이 움직였다. 식인자의 팔뚝에서부터 손등까지에 커다란 문신이 새겨져 있었다. 십자가를 뒤로하고 칼을 겨누는 천사 미카엘이었다. 미카엘의 칼끝에는 'BLESS JY'라는 글귀가 보였다.

"신을 믿나 보군."

동민이 묻자 메어린은 자기 문신을 한번 보더니 씩 웃었다.

"믿지. 당신은?"

동민은 고개를 가로저었다.

그는 메어린의 팔에 박힌 미카엘을 노려보았다.

신은 인간을 구원할 능력이 없음을 몸소 증명했다. 반복되는 역사에서 인간은 일찌감치 깨달았어야 했다. 그것은 신의 문제가 아니라 인간의 문제였다.

"당신도 종교가 있을 줄 알았는데."

"그런 것은 모두 인간이 만든 환각이오."

"환각?"

동민은 고개를 끄덕였다.

"구원은 셀프요."

"재미있군."

메어린은 피식 또 웃더니 구부러진 칼날에 신경 쓰기 시작했다. 숫돌 잡은 메어린의 손이 빨라지자 문신이 흐무러졌다.

신은 없다.

구원은 셀프여야 한다.

이 절멸한 세상에서 반드시 살아남아야 했다.

탁탁.

불 튀는 소리와 칼 가는 소리가 어둠 속에서 울렸다. 식인자의 길고 둥근 어깨가 빠르게 움직일수록 검남색 숫돌과 부딪히는 칼의 빗면에서 허연 물이 흘렀다. 땟국같이 고인 그 쇳물에서 비린 향이 올라왔다.

"불이 죽네요."

"그렇군."

메어린이 일어나 코르크를 가지러 갔다.

동민은 수북하게 쌓인 코르크 재를 한구석으로 긁어냈다. 재를 후비자 우묵한 공간이 드러났고 바닥에서 강한 열을 냈다. 불티가 튀며 메어린이 앉아 있던 자리, 접시와 접힌 담요와 총과 식수통이 있던 곳으로 흩날렸다. 동민은 거기 있던 접시와 몇 가지 물건들을 옆으로 치우는 척하면서 메어린 총을 자신 총 옆에 나란히 세워두었다.

돌아온 메어린이 코르크를 그 공간에 쏟았다. 다시 자리에 앉은 메어린은 숫돌을 잡기 전에 한동안 멍하게 피어오르는 불을 보았다. 갈던 칼이 보이지 않았다. 고개를 들었다. 불 맞은편에 앉은 동민을 본 메어린은 꼼짝할 수 없었다. 동민이 켄토의 등을 쓸고 있었다. 메어린의 중식도를 잡고. 그 칼은 켄토의 목 아래에 있었다.

메어린은 동민이 멀리 치워둔 총을 바라보았다. 켄토가 한번 짖었고 동민은 쇳물이 떨어지는 시퍼런 날을 개의 목줄 위로 바짝 갖다 댔다.

"일어나."

메어린은 동민을 노려보았다.

탁탁, 코르크가 튀었다.

"일어나라고. 어서!"

"내 개를 어떻게 하려고?"

"일어나라고 했다."

동민이 소리쳤다.

메어린은 순순히 일어났다.

둘은 관이 박힌 벽으로 갔다. 이제는 가스가 들어오지 않는 굵은 파이프는 벽 깊은 골조에 단단히 꽂혀 있었다.

식인자의 두 손을 가스관 뒤로 넘기고 케이블 타이를 묶었다. 동민은 그 손목에 다시 수갑을 채웠다. 아나카를 채울 때 받았던 여벌 수갑이었다. 식인자의 발도 같은 방식으로 묶었다.

메어린의 가방을 쏟아내고 탄창과 무기를 모조리 자신의 몸에 걸었다. 중식도를 칼집에 넣고 허리에 찼다. 말린 풀과 후추도 전부 챙겼다. 와인도 서너 병 챙겨 넣었다.

동민은 배낭을 어깨에 걸고 일어섰다.

"불은 이대로 피워두겠어. 나머진 알아서 해결해."

"나한테 왜 이러는 거지?"

"당신과 함께 있을 순 없어."

"위는 여기보다 습기가 많아서 곧 동사할 거야."

"안 잘 거야. 흙을 치우고 터널에서 나갈 거야."

그는 메어린이 오른팔에 차고 있는 자신의 순토 시계를 풀었다.

켄토가 혀를 길게 늘어뜨린 채 동민을 보고 있었다. 동민은 개를 어떻게 해야 할지 고민했다. 시계는 그렇다 쳐도 개는 이 사람 것이었다. 두기로 했다.

물끄러미 보고 있는 메어린을 뒤로하고 절뚝절뚝 어둠으로 걸었다. 그의 머리에서 수많은 상념의 소리가 울리고 있었다. 이놈과 함께 잘 수 없다. 아이를 배낭에서 나오게 해야 한다. 한결이에게 먹을 것을 주고 연고도 발라야 한다. 죄책감은 없었다. 구원은 셀프다.

좁은 복도로 나왔다.

벽을 짚으며 걸었다. 간신히 올라와 맨홀 뚜껑을 끌어당겨 닫고 그 위에 주저앉았다.

말대로 위층은 아래보다 습기가 많았고 추웠다.

배낭에서 아들을 꺼냈다.

"아빠 뭐 먹었어요?"

"아무것도 먹지 않았어."

"입가에 뭐가 묻었는데."

"아니야. 물 먹자."

아들 입에 물을 흘려주었다. 아들이 육포를 씹는 동안 아들 등에 고인 진물을 제거하고 연고를 발랐다. 습한 흙냄새가 가득했다. 아까는 느끼지 못했지만, 벽은 곰팡이와 물이끼, 다른 찐득거리는 것들로 새카맣게 덮여 있었다. 지하에서 켄토가 컹컹대는 소리가 들렸고 이내 잠잠해졌다.

"손에 이건 뭐예요?"

"좀 다쳐서 붕대 감았어. 금방 나을 거야."

"나도 아빠가 먹은 거 먹을래요."

"아무것도 먹지 않았다니까."

그는 아들 정수리에 입을 맞추었다. 아들이 고개를 올리고 입 냄새를 맡았다. 그는 다시 아들 정수리에 코를 박고 얼굴 가득 아들 냄새를 들이켰다.

"아이, 그만."

밀어내는 아들을 놓아주고 배낭에서 빈 통조림통을 꺼냈다. 거기에 기름을 채우고 코르크에 불을 붙여 담갔다. 맨홀 자리에 비닐을 깔았다.

아들을 안고 모로 누웠다. 비좁은 탓에 흙이 무너진 방향, 철문이 있던 방향으로 머리를 향하고 누울 수밖에 없었다. 누덕누덕 기운 담요를 허리까지 끌어당겨 자신과 품에 안긴 아들을 덮었다. 좀 쉬어야 했다. 술기운과 약 기운이 몸을 휘젓고 있었다.

한 시간만 눈을 붙이고 흙을 걷어내자고 생각했다.

아내가 동민의 머리맡에 웅크리고 있었다.

—그 사람이 무서워?

"아니."

—사실대로 말해.

"그래. 많이."

—한결이를 먹을까 봐 두려운 거야?

"당연하지."

—그 사람도 오빠처럼 확신을 버리고 걷는 중이었어.

"몰라. 관심 없어."

—저렇게 두고 오면 어떡해?

"미친놈이야. 내 손가락을 먹었어."

품 안의 아들은 자지 않고 가만히 어둠을 보고 있었다. 꼴깍, 꼴깍, 쩍쩍, 입소리도 냈다. 동민은 아들의 푸석한 머리를 손으로 긁었다. 아들의 몸에서 연고 냄새가 진동했다. 아들은 가끔 허리를 긁었고 동민은 그런 아들의 손을 잡아서 다른 곳으로 이끌었다.

—한결이가 가려운가 봐.

"응. 피부병이 좀처럼 낫지 않아."

—당신 상처는 어때?

"난 괜찮은데, 한결이는 영 그렇지 못하네. 어린 나이인데 제대로 먹질 못해서 그런가 봐."

—한결이는 더 나빠질 거야. 오빠.

"닥쳐."

—난 당신이 걱정이야. 산길에는 아직 버려진 시체가 좀 있어. 그거라도 먹어야 해.

"미쳤니? 난 감염되지 않았어."

—누가 감염되었다고 했어? 살기 위해 먹어야 한다고 했지. 육포와 버섯만으로는 버티지 못해.

"여기서 나가면 들고양이를 찾아봐야겠어. 포를 좀 많이 떠놔야겠어."

—오빠. 생각해봤는데 한결이는 그만 포기하고 오빠만이라도 살아.

"그만하자, 지연아. 나 피곤해."

어둠 속을 보고 있던 아이가 중얼거렸다.

"아빠, 저쪽에서 엄마 목소리가 나는 것 같아요."

부부의 대화는 끊겼다.

동민은 아내를 올려다보았다. 아내도 놀란 모양이었다.

—내가 보이는 걸까?

아내가 중얼거렸다.

아내가 보인다면 아이는 머리맡을 살폈어야 했다. 하나 아이는 발치 너머 깊은 어둠을 응시하고 있었다. 아들은 아내를 본 것이 아니다.

"한결아, 엄마가 어디에 있는 것 같은데?"

"응, 저쪽인가? 이쪽인가?"

가늠하지 못했다. 동민은 아들을 꼭 안았다.

"개였을 거야."

"개요?"

"개가 있었어. 한결이한테 보여주려고 했는데 지금은 그럴 수 없다."

"쭈쭈요?"

"아니."

"개라면서요."

"있어. 개가."

"쭈쭈 보고 싶다."

"쭈쭈는 다리에서 죽었잖아."

"엄마도 보고 싶어요."

"엄마는 말이야. 늘 우리 곁에 있어. 늘 너를 지켜보고 있지. 그래서 엄마 소리가 들린 거야."

"아빠는 엄마를 볼 수 있어요?"

"그럼."

"진짜로 우리 옆에 있는 거죠? 엄마."

"너 아빠 말 못 믿냐? 저기 공중에 엄마가 떠 있잖아."

"어디, 어디?"

"저기."

"안 보이는데."

"아빤 보여. 팅커벨처럼 훨훨 날아다니고 있네."

"무서워요."

"뭐가 무섭냐? 엄만데."

옆에서 목 없는 아내가 고개를 끄덕이는 것 같았다.

아이는 메어린에 관해 물었다. 동민은 아이에게 우리를 도와주는 마음 착한 아저씨라고 대답했다. 아이는 그 아저씨가 왜 안 보이는지 물었고 동민은 아저씨가 코를 너무 골아서 따로 자기로 했다고 말했다. 아이는 스포츠카와 치타 중 누가 빠르냐고 물었고 그는 스포츠카라고 대답했다. 아이는 한동안 말이 없다가 언제까지 가방에 있어야 하는지를 물었고 동민은 곧 꺼내주겠다고 했다. 아들은 목욕하지 않아서 좋다고 했고 동민은 그만 자라고 했다.

아이는 지뢰 찾기 게임을 찾았다. 아들이 행복해하는 눈을 보고 싶었지만, 너무 피곤했다. 동민은 전기가 없어서 게임은 할 수 없다고 말하고 이제 진짜로 자라고 말했다. 그는 팔이 부러진 로봇 장난감을 아이에게 쥐여주었다. 아이는 장난감을 받았지만, 그저 안고만 있었다.

30분쯤 후, 그는 콘크리트 밖에서 울리는 총성에 벌떡 일어났다. 귀를 기울였다. 철문 밖, 더 멀리 터널 쪽에서 나는 소리였다. 군인들이 어딘가를 향해 포를 쏘는 모양이었다. 소리는 곧 잠잠해졌다. 동민은 다시 누웠고 아이를 안았다. 아이는 여전히 자고 있지 않았다. 손으로 아이 눈을 덮으며 재촉했다. 아이는 눈을 감지 않았다. 아이는 꼴깍 침을 삼켰고, 작은 손으로 옴지락옴지락 코를 팠고 무언가를 골몰히 생각하기도 했다. 작은 혀를 입안에 굴리고 쩍쩍 다시기도 했고 기침도 했다.

아이는 한참 작아져 있었다.

동민은 비누 향 나던 아들 살냄새가 그리웠다. 나가면 고양이를 잡는 게 아니라 H-3로 가야겠다고 생각했다. 충주는 얼마쯤 다시 위로 올라가야 한다. 그곳에는 없는 게 없다니 좋은 인삼이라도 있을 거야. 인삼을 먹이면 독한 연고가 발린 문드러진 피부가 예전처럼 반질거릴 거야. 그래. 그쪽으로 가보자.

—오빠, 무리하지 않아도 돼.

"너 요즘 왜 이렇게 부정적으로 말하니? 내가 이렇게 노력하고 있는데."

—힘들어 보여서 그래.

"니가 데리고 가라고 했잖아."

—그랬지.

"그런데?"

—오빠가 점점 망가지고 있는 게 보여. 난 그게 슬퍼.

"망가지지 않은 사람은 없어."

—오빠는 깨닫지 못하고 있잖아. 오빠 상태가 어떤지를. 이제 약은 그만 먹어. 약 때문에 손가락이 잘려도 아픔을 못 느끼잖아.

"그만 사라져. 잘래."

—왜? 모처럼 우리 세 식구가 함께 있는데.

"그딴 말을 하려면 사라지라고."

그는 문득 불안해져 세워둔 소총을 가지고 와 담요 아래에 넣고 다시 누웠다. 그는 붕대 감은 손으로 이마를 긁으며 눈을 감았다.

—오빠.

—오빠, 자?

"……말해. 듣고 있어."

―후훗, 한결이 이제 자네.

"내가 자라고 했으니까."

아들 머리맡에 앉아 있던 아내는 일어나더니 모로 누운 동민의 등 쪽으로 와 앉았다. 아내는 붕대 감은 그의 손을 더듬다가 천으로 막아놓은 옆구리를 쓸었다.

아내의 손은 점점 더 아래로 내려오더니 그의 바지 안으로 쓱 들어갔다. 동민은 그 손을 내버려두었다. 아내는 동민이 속옷 대신 감고 있는 습기 찬 비닐들을 헤치고 그의 성기를 만졌다.

―오빠한테 할 말이 있어.

"뭔데?"

―나 사실, 예전에 바람피운 적 있다.

동민은 감았던 눈을 떴다. 혀끝으로 아랫니를 비비며 다음 말을 기다렸다.

―몰랐지? 오빤 뭐 매사 나한테 둔했으니까.

"누구랑?"

―말해도 몰라. 오빠 모르는 사람이야.

아내가 누구와 외도를 했는지 그는 모른다. 성북구 별빛마루도서관의 대학생 사서? 아파트 앞 금복마트의 과일 코너 사내? 아니면 엘리베이터에서 간혹 보는 위층 대학생? 동민은 그런 클리셰를 떠올린 자신이 우스웠다. 진짜 삼류 소설가답군. 그러니 대

중들에게 인기가 없었지. 아내가 누구와 그랬는지 중요하지 않았다. 아내가 누군가와 섹스를 했거나 감정을 교류했다면 분명 자신보다 괜찮은 사람이었을 테다. 아니 자신이 충족시키지 못한 것을 충족시켜주었으니 대상에게 감사해야 했다. 동민은 몸을 아내 쪽으로 돌려 누웠다.

아내가 그를 보고 있었다.

"지연아. 우리 저쪽으로 갈래?"

—어디?

"저기 모서리에 꺾인 곳."

—저기 막힌 공간이잖아.

"그러니까 가자는 거지."

그는 일어나 아내 손을 잡았다. 둘은 그쪽으로 갔다. 아이가 누운 곳에서 여섯 걸음쯤 떨어진 어둠. 90도로 꺾인 통로의 어둠 속이었다. 끌리듯 따라온 아내를 벽에 밀었다. 아내의 피 묻은 베이지색 바지를 벗겼다. 아내는 왜 이래, 갑자기, 라고는 말했지만 다급하게 바지를 내리는 그의 손놀림에 순응하며 무릎을 들어주었다. 아내의 하체는 여전히 희고 부드러웠다.

—한결이 있는데…… 이러지 마…….

"뭐 어때."

아내는 허상인데.

자신도 바지를 내렸다. 비닐도 풀고 내복처럼 입은 스타킹도 내렸다. 그가 하체를 드러냈다. 아내를 벽에 붙였다. 그는 어둠을 뒤로하고 아내 앞에 섰다. 아내 얼굴을 볼 수 없었지만, 아내는 웃고 있는 것 같았다. 그를 받아들이려는 것이 느껴졌다. 여자의 여린 어깨와 튼실한 허벅지가 팽팽하게 긴장되어 있었다. 그는 아내에게 몸을 붙였다.

그리고 사정했다.

켄토의 젖은 코가 궁둥이에 닿자 동민은 화들짝 놀라 뒤를 돌았다. 켄토는 동민에게서 떨어지더니 바닥에 젖은 정액 방울에 코를 대고 킁킁거렸다.

그는 바지를 올리려다 옆으로 넘어졌다.

딸깍, 손전등이 켜졌다.

"딸딸이 치고 싶어서 그랬다면 진즉 말하지."

동민은 내리쬐는 빛을 피하며 그를 바라보았다.

메어린이 서 있었다.

그는 동민의 벌떡거리는 목을 노려보고 있었다. 손전등 잡은 그의 손목에는 끊어진 수갑이 덜렁거렸다.

"어, 어떻게!"

벌어진 메어린의 입안 송곳니가 뚜렷하다. 식인자의 희번덕거리는 눈자위가 흥분으로 가득 고여 있었고 공막 속 검은 원이 점점 좁아지며 초점을 조이고 있다.

아. 아. 그가 언제 온 것일까.

동민이 일어나려 하자 메어린이 빠르게 그의 목을 움켜잡았다.

"나를 버리시겠다?"

"자, 잘못했습니다."

"됐고."

그는 동민을 질질 끌고 불 있는 곳까지 나왔다.

모퉁이에서 메어린은 칼을 까딱까딱 흔들며 어디를 가리켰다.

"저거 뭐지?"

세워둔 커다란 배낭 옆에 아들이 쪼그린 채 오들오들 떨고 있었다.

맙소사. 언제 깬 걸까. 자고 있어야 하는데.

아이는 혼자 배낭 안으로 들어가려다 실패한 것 같았다. 아이는 두 무릎을 가슴까지 모은 채 두 팔을 떨며 어쩌지 못하고 있었다.

아. 내가 무슨 짓을 한 거야.

아이만 혼자 두고 자릴 뜨다니. 그 시간에 놈이 맨홀 뚜껑을 열고 올라와버렸다.

켄토가 빠르게 아이에게 갔다. 개는 아이 사타구니 냄새를 맡아댔고 아이는 울기 직전이었다. 동민이 아들에게 가려 하자 메어린이 목을 눌렀다. 그는 앞으로 와 쪼그리고 앉았다. 저쪽에 있는 아들과 커다란 배낭을 가릴 만큼 체격이 컸다.

"지금껏 데리고 다닌 거야?"

동민이 끄덕했다.

"누구지?"

"내 아들."

"……당신 아들이라고?"

올 것이 왔다는 생각뿐이었다.

메어린은 동민의 눈을 유심히 살폈다. 메어린은 주먹으로 동민의 눈을 강하게 때렸다. 동민은 얼굴을 움켜잡고 통로 바닥을 뒹굴었다.

메어린이 칼 잡은 손으로 이마를 긁었다.

"당신, 있는 약 다 꺼내."

갑자기 약을 꺼내라니. 갑자기 왜.

"어서!"

동민은 그럴 수 없다는 듯 세차게 고개를 저었다.

메어린은 배낭을 쏟아냈다. 아이에게 쿠션 역할을 하던 더러운 비닐 뭉치와 공처럼 말아놓은 넝마 뭉치, 식초와 간장을 담은 작은 음식 병들이 쏟아져 나왔다. 존 치버의 소설집 한 권, 피고름에 젖은 양말과 교회에서 가져온 커튼 쪼가리도 말린 채 떨어졌다. 켄토가 그것들 하나하나에 코를 대고 냄새 맡았다.

메어린은 아내의 보라색 가방 속에 든 장지갑을 찾아냈다. 약들을 쏟아냈다. 칼끝으로 그것들을 하나하나 살피던 메어린은 어처구니없다는 표정으로 동민을 보았다. 동민은 팔을 뻗어 고무 밴드로 묶어놓은 디엠티 뭉치들을 잡으려 했고 메어린은 잽싸게 그것을 빼앗았다.

"이거 환각제인 거 알아, 몰라?"

"압니다. 몸이 말을 안 들을 때만 먹고 있소."

"아이한테도 먹였나?"

"미쳤어?"

"반말하지 말라고 했다."

"안 그랬습니다."

동민은 부풀어 오르는 눈을 간신히 뜨고 아이 쪽으로 기어갔다. 아들이 기어 와 안겼다. 식인자는 둘의 그런 행동을 내버려두었다.

아들을 품에 넣고 어처구니없어하는 메어린의 얼굴을 살폈다. 총을 꺼낼 생각도, 황산이 든 병을 쥘 생각도 하지 않았다. 오직 이 식인자에게 적의를 보이지 않는 것이 최선이라고 생각하고 있었다.

식인자는 아이를 보고 있었다. 아이는 메어린의 집요한 시선을 이기지 못하고 동민의 품에 얼굴을 묻었다.

"한결아. 어서 인사해. 아빠 친구란다. 아까 이 아저씨 궁금하다고 했지? 우리를 도와주고 계셔. 어서!"

겁에 질린 아이는 동민의 품을 파기만 했다. 동민은 아들 얼굴을 잡고 메어린에게 보였다.

"우리 한결이 몇 살이지? 여섯 살이지? 여섯 살이면 다 큰 거야. 이렇게 아기처럼 굴면 안 된다. 어서 아저씨께 인사드려. 네 소개도 하고. 어서! 아빠 말 안 들을래? 한결! 김한결!"

아이가 바르작대며 목에 힘을 준다.

켄토가 아이 뒤통수에 대고 킁킁댔다. 동민은 흐흐 켄토, 하며 개의 목을 애살맞게 쓰다듬었다. 한 시간 전까지만 해도 무섭게 칼을 대던 목이었다. 그의 말이 다급해지고 빨라졌다.

"이해하시죠? 이해하실 겁니다. 아니 이해해주십시오. 감염자들이 우글거리는 밖에서 아이를 드러낼 수 없었습니다. 아이를 그냥 두는 식인자는 없습니다. 그래서 그랬습니다. 그래서."

식인자가 칼 잡은 검지를 입술에 댔다.

"그만."

식인자가 아이에게 물었다.

"이름이 뭐냐?"

아이는 동민의 겨드랑이 사이로 얼굴을 박은 채 미동하지 않았다.

"어서 말씀드려. 한결입니다. 김한결입니다, 해야지! 한결아!"

메어린은 초조하게 구는 동민을 흘끔 보더니 아이에게 다시 물었다.

"……이름이 한결이냐?"

"네, 해야지. 어서!"

"다그치지 마시오."

동민은 사정했다.

"우리를 살려주시오. 먹을 건 길에서 얼마든지 구할 수 있잖소. 이 아이는 먹어봤자 맛이 없을 거요. 봐요. 이렇게 피부병이 걸려서 고생하고 있습니다. 온통 연고투성이오. 불쌍한 아입니다. 온몸이 약에 절어 있어서 무얼 먹여도 다 토해버려요."

메어린은 쏟아낸 약들을 살폈다.

"아이 상태를 이것들로 막은 거야?"

"어쩔 수 없었습니다. 서울에서 포격을 받고 화상을 입었습니다. 그리고……."

"아저씨한테 와볼래?"

메어린은 말을 자르고 아이를 보았다. 그가 바닥에 떨어진 헬로베로봇 장난감을 집어 들었다.

그제야 아이가 돌아보았다.

메어린이 두 팔을 벌렸다.

동민은 고민했다. 건네야 할까? 하지만 신뢰를 보이지 않으면 안 된다고 생각했다.

결국 동민은 품에서 아들을 떼어냈다. 깃털처럼 가벼운 아이가 식인자에게로 건네졌다. 아이를 따라 켄토도 함께 움직였다. 메어린은 아이를 넘겨받으면서 동민의 얼굴을 차갑게 보았다.

동민은 그런 식으로 안으면 된다는 표정을 보였다.

"더 부드럽게 잡아주시오. 완전히 땅에 앉으세요."

메어린은 모유 주는 어미처럼 엉덩이를 바닥에 놓고 양반다리로 자세를 바꾸었다. 메어린은 아이에게 장난감을 쥐여주었다. 품에 안긴 아이가 장난감을 안았다. 아이가 식인자를 올려다보았다. 메어린의 커다란 코에서 뿜어 나오는 거친 바람에 아이의 머리카락이 풀풀 날렸다. 아이는 강아지처럼 몸을 만 채 품에서 가쁜 숨을 쉬고 있었다.

"아저씬 메어린이라고 한다. 잰 켄토."

"물어요?"

"켄토, 이리 와."

켄토가 다가왔다.

"만져봐."

"……켄토 안녕."

아이가 말했다.

"벙어린 줄 알았더니 말을 하는구나."

"……왜 우리 아빠한테 욕했어요?"

메어린은 그 말에 몇 초간 말하지 못하다가 화제를 바꾸었다.

"그 로봇 이름이 뭐니?"

"헬로베로봇요. 푸른색은 구하기 힘들어요."

"그래?"

아이는 장난감의 떨어진 팔을 찾았다. 메어린은 바닥에서 장난감의 팔을 주워 아이에게 주었다.

"우리 동네 마트에서도 세 개밖에 안 팔았어요."

"대단한 걸 가지고 있구나."

"아빠가 구해줬어요."

"멋진 아빠네."

"다저스 알아요?"

"야구 말이냐?"

"그 다저스가 짭실한 놈들이래요."

"짭실한?"

“아빠가 그랬어요.”

메어린이 동민을 보았다.

동민은 울음을 참고 있었다.

주체할 수 없는 벅참이 올랐다.

아들이 자신 외 누군가와 대화하고 있었다. 둘만 있었던 이 깊은 어둠에서 다른 대상에게 아이를 건넸다. 오래전 했던 생각이 떠올랐다. 아이를 안고 어두운 동굴을 걷는다면. 서로만을 의지하고 깊은 심연을 걷고 있다면. 그는 그래왔다. 공기도, 형태도 느끼지도 못할 아들의 두려움까지 모두 혼자 흡수해야 했고 격정과 시선도 대신 감내해야 했다. 그것이 너무 어려워 지친 나머지 모든 것을 포기하고 싶은 지금, 그 다른 이가 잠시 그 역할을 대신하고 있었다. 그는 식인자였고 적이었다.

동민은 이마를 바닥에 박았다.

식인자에게 그간 경계했던 행동을 사과했다. 동민은 그동안 호의를 물렸던 자신이 몹시 초라해진다고 말했다. 그것은 진심이었다. 불쌍하고 가녀린 이 아이를 존중하는 존재가 있다니요. 아내가 죽은 이후 이 아이를 인간으로 보아주는 사람이 얼마나 그리웠던지요.

“당신 그간 외로웠군.”

동민은 주먹으로 눈을 닦았다.

아이는 그런 아빠를 한번 쳐다보기만 했고 장난감 로봇의 팔을 끼우기에 여념이 없었다. 식인자는 아이 손에 있던 로봇 장난감을 빼앗아 팔을 끼워 다시 돌려주었다.

벅차오르던 동민은 급기야 기침해댔다. 기침 소리는 급격하게 빨라졌고 그는 발작하듯 목을 뜯으며 침을 게워냈다. 아이를 안고 있던 메어린이 말했다.

"지금 이게 필요하겠군."

메어린이 약을 내밀었다.

동민은 디엠티를 받아 서둘러 한 알을 삼켰다.

아이가 검은 개의 이마를 만지기 시작했다. 켄토는 솜을 쑤셔 넣은 아이 어깨에 코를 박고 집중적으로 킁킁댔다. 아이 몸에서 냄새가 심하게 난다는 메어린의 중얼거림에 동민은 허둥지둥 철제 상자에서 유향 조각을 꺼내 아이 입에 넣었다. 아이는 사탕 먹듯 알갱이를 빨았다.

"먹인 게 뭐요?"

"프랑킨센스라고 하는 유향입니다."

"독한 향인데."

"곪은 상처에도 바르고 피부 궤양에도 바릅니다. 지금은 입 냄새가 날까 봐 먹인 겁니다."

메어린은 커다란 손으로 아이 볼을 쓸었다.

아이는 꼴깍, 침을 몇 번 삼켰을 뿐 가만히 있었다.

디엠티가 작동하는 것인지 동민의 몸이 부쩍 수선스러워졌다. 몸이 붕 떴고 혀는 가라앉았다. 그는 검은 눈동자를 흰 막 위로 보냈다. 잠시 정신이 약에 잠식당하도록 내버려두었다.

구원은 셀프다.

그는 목덜미를 문지르기 시작했다. 혈관에서 강한 힘이 흐르는 것을 느꼈다. 그는 순식간에 눈가의 물을 닦아냈다.

바닥에 쏟아진 약들을 가방에 주워 담았다. 디엠티의 힘은 나약한 감성을 제거했고 그를 다시 일으키고 있었다.

"이제 아이를 이리 주시오."

메어린은 듣지 못한 듯했다.

칼을 보았다. 바닥에 놓여 있었다. 조용히 집었다. 켄토가 한번 짖었고 그것이 신호라도 되는 양, 아이를 보고 있는 메어린의 굵고 단단한 목을 향해 칼을 내리쳤다.

동시에 메어린이 어깨를 열며 팔을 뻗었고 칼날은 미카엘 문신 언저리에 푹 박혔다. 팔뚝은 끊어지지 않았다. 식인자는 힘찬 눈으로 그를 올려다보았다. 동민이 칼을 뽑아내려 했지만, 팔뚝에 박힌 칼은 쉬 뽑히지 않았다. 메어린이 팔을 비끼듯 젓히자 동민은 칼자루를 놓고 말았다.

메어린이 아이를 겨드랑이에 끼운 채 일어섰다.

동민이 달려들었다.

메어린은 돌진하는 동민을 피했고 여전히 칼이 박혀 피를 뿌리는 팔로 동민의 가슴을 움켜잡았다. 그가 동민을 쳐들었다. 동민이 벽에 등을 쓸며 올라갔다. 메어린은 시뿌연 눈으로 그를 노려보았다. 목에서 조여오는 압력에 동민은 시선이 점점 흐려졌다.

동민을 던진 메어린은 아이를 들어 올렸다.

헬로베로봇이 바닥에 떨어졌다.

메어린은 팔에 박힌 칼을 뽑아내더니 그대로를 아이를 참수했다. 반쯤 덜렁거리는 머리를 몸에서 뜯어내고 거기서 뿜어 나오는 피를 빨았다. 켄토도 튀어 올라 아이 배를 물었다. 켄토가 떨어지자 아이 내장이 쏟아졌고 켄토는 번들거리는 그것들을 마구 뭉크러트리며 혀를 날름거렸다. 개는 무언가를 삼키려는 듯 고개를 끄덕이다가 부형물을 게워냈다. 주인과 개의 눈이 모두 시뻘겠다.

동민이 고개를 저으며 울부짖었다.

아아아!

굴러다니는 아이 머리를 안았다. 반쯤 열린 오른쪽 눈동자는 저쪽을 보고 있었다.

끝이야. 이젠 끝이야.

메어린이 살점을 뜯어낸다. 처진 아이의 팔과 다리가 덜렁거렸다. 바닥을 핥고 있는 검은 개의 등에 우두둑, 아이 피가 쏟아졌다. 그는 마치 고야가 그렸던 사투르누스의 모습이었다. 메어린은 우물거리며 다시 칼을 쳐들었다. 피범벅이 된, 이제 형체도 알 수 없는 그 작은 몸을 가지 치듯 사선으로 몇 번 내리쳐 완전히 두 동강이 냈다.

한결아. 한결아.

아. 아.

여보. 어쩌지?

우리 아이가 비명 한번 내지 못하고 죽어버렸어.

눈을 떴다. 동민은 온통 땀에 젖어 있었다. 아들의 가는 허리가 그의 팔 아래에서 규칙적으로 오르락내리락한다. 그는 벌떡 일어나 아들을 안았다.

아이는 잠에 취해 고개를 떨군다. 젖 먹이듯 아이를 옆으로 안았다. 건조하게 푸들거리는 아들 머리카락을 젖히며 아들 볼에 입을 갖다 댔다.

아이가 잠결에 수염을 거부하며 고개를 파묻었다. 그는 이번엔 하고 싶은 대로 했다. 흠뻑 아들 냄새를 맡았고 수염 난 턱으로 보드라운 볼을 마음껏 비비며 안도를 느꼈다. 잠에 취한 아이는 아빠의 그런 행동을 못마땅해했다. 칭얼대기 시작했고 그런 아들을 어르듯 흔들었다.

꿈이구나. 다행이다. 다행이야.

—꿈을 꿨나 보네.

"그래. 무서운 꿈이었어."

—그만 일어나. 밖으로 나가야지.

"내가 몇 시간을 잤지?"

—30분.

"그래."

동민은 떨어진 곳에 담요를 깔고 아이를 온전히 눕혔다. 삽을 흙에 박아 넣고 옆구리를 동여맨 천을 풀었다. 상처에 연고를 바르고 다시 단단히 동여맸다. 기우지 못한 이 상처는 얼마간의 노동으로 다시 형편없이 벌어질 터이지만 이젠 그런 것도 익숙했다.

삽을 들고 흙을 긁어내기 시작했다. 흙더미 너머로 철문이 있었다. 철문이 드러날 때까지 긁어내야 했다. 순식간에 등에서 땀이 피어올랐다. 파낸 흙더미가 맨홀 뚜껑을 덮으며 높다랗게 쌓여갔다.

—저 남자, 두고 갈 거야?

"알 바 아니야."

—오빠. 그러지 마. 저 사람, 저렇게 죽이지 마.

"살려두면 당해."

—당하다니? 저 사람은 오빠를 도왔어.

"언젠가는 한결이를 잡아먹을 거야."

—오빠.

"왜, 또?"

동민은 흙에 삽을 박고 화난 표정으로 아내를 돌아보았다.

아내는 두 손을 가지런히 모으고 있었다.

—저 사람과 함께 나가.

"지금 누굴 걱정하는 거야? 넌 나랑 한결이만 걱정하면 돼."

—저 사람이 죽으면 오빠도 죽어.

"무슨 개 같은 소리야?"

—내 말대로 해. 오빠 혼자 대구까지 못 가. 저 사람 도움이 필요해. 그러니 내려가서 풀어줘.

"내가 혼자 못 간다고?"

—오빠 몸 상태로는 무리야. 저 사람은 총도 잘 다뤄. 오빠와 한결이를 위험에서 막아줄 수 있다고.

"참 내. 너 진짜 진심이냐? 저 사람이 있으면 한결이가 밖으로 못 나와. 몸도 매일 씻겨야 한다고."

—보여. 그 사람한테 한결이를 보이라고.

"보이라고?"

—보여. 그는 이해할 거야.

"저놈이랑 있으면 내가 부하가 된단 말이야. 내 손가락을 잘라버리는 거 봤잖아. 나는 저 정신병자 같은 놈에게 비위를 맞추기 싫어.

—오빠의 의식을 바꿔. 아까 무섭게 그를 제압했잖아. 지금 저 사람은 오빠에게 겁먹고 있을 거야. 내 말을 믿어. 내려가보면 알아. 그리고 이제 거의 다 내려왔어. 며칠만 더 가면 대구야. 그때까지 저 사람을 이용해.

동민은 저쪽에서 잠들어 있는 아들을 바라보았다. 아이는 대자로 누워 새근새근 잠들어 있었다. 그는 입을 실룩거렸다.

"……내 손가락을 먹은 놈이야."

—오빠에게 음식을 먹게 하려 한 짓이었어. 난 그런 것도 마음에 들어. 저 사람 없었으면 오빤 일찌감치…….

그는 아내를 노려보았다.

그런 뒤 아들에게 기어갔다. 잠든 아들을 깨웠다. 아들은 눈을 비비며 하품을 했다.

"한결아. 배낭으로 들어가자."

"뛰어요?"

"아니. 추우니까 배낭에서 들어가서 자."

"거긴 불편한데."

그는 아이를 배낭에 넣었다.

맨홀을 덮은 흙을 치우고 뚜껑을 열었다.

메어린은 가스관에 기대듯 앉아 있었다. 검은 개가 꼬리를 흔들며 동민의 무릎 냄새를 맡았다. 동민은 수갑 키 액정에 수치를 입력하고 수갑을 풀었다. 키 버튼을 눌러 칼로 손목 케이블 타이를 끊고 군화 쪽도 그렇게 했다.

메어린이 손목을 돌리며 일어섰다.

동민이 시계를 건넸다. 메어린이 말없이 받았다.

"반쯤 팠소. 올라가서 흙을 마저 팝시다."

돌아서려는데 식인자는 여전히 서서 내민 손을 거두지 않았다. 돌아본 동민은 고개를 끄덕이고 들고 있던 중식도를 건넸다. 칼을 허리에 채운 식인자는 그제야 불 피웠던 곳에 널브러진 자신의 식기들을 챙기기 시작했다. 식인자는 그사이 꽤 수더분해져 있었다. 반쯤 기운이 빠졌다고나 할까.

"이 고기들, 가지고 갈까?"

식인자가 인육을 가리키며 물었다.

아내 말이 옳았다. 분명 그는 주눅 들어 있었다. 팽팽하게 뽑어

나오던 자신감도 상실한 듯했다. 동민이 한순간 그에게 장악당했듯 그도 장악당한 듯했다. 동민은 기 싸움에서 이겼다는 것을 확신했다.

"두고 갑시다."

둘은 위로 올라갔다.

메어린은 그곳이 처음 보는 장소인 것처럼 눈을 두리번거렸다. 동민은 그에게 서 있으라고 말하고 자신의 배낭으로 가서 조임 끈을 풀었다.

배낭 상부를 접어 내리자 한결이의 얼굴이 드러났다.

아이는 꾸벅꾸벅 졸고 있었다.

메어린은 말없이 아이를 보았다.

탕.

동민은 메어린의 어깨 너머를 향해 총을 한 방 쏘았다.

메어린이 움찔했고 켄토가 뒤로 숨었다. 아이도 놀라 눈을 떴다.

동민은 식인자에게 눈을 부라렸다.

"당신을 믿지 않아. 그래도 나랑 가고 싶나?"

메어린은 아무 말도 하지 않았다.

"대체 나랑 같이 가려는 이유가 뭐야?"

"청정 지대를 찾지 않으려는 사람이 있소?"

"좋아. 함께 가도 좋아. 대신 조건이 있어. 지금부터 사람을 먹지 않아야 해."

그 말에 식인자의 눈이 잠시 흔들렸다.

"……나에게 인육을 먹지 말라고?"

"그래. 그게 조건이야."

"그럼 나도 하나 내걸어도 되나."

"말해봐."

"당신이 먹으면 나도 허락해주시오. 당신이 먹지 않으면 나도 안 먹겠소."

"풋, 그게 무슨 조건인가. 날 비웃는 거야?"

"아니, 당신은 이미 한번 먹었기 때문이지."

"닥쳐. 그런 역겨운 거 먹을 일 없어. 먹을 수도 없고. 좋아. 그렇게 하자고. 당신은 지금부터 절대로 인육을 먹으면 안 되는 거야."

메어린은 가만히 동민을 바라보았다.

탕.

동민이 한 발을 더 쏘았다. 메어린이 또 움찔거렸다. 뒤에서 아이가 기겁하며 귀를 막았지만, 동민은 돌아보지 않고 식인자에게 경고했다.

"나는 쉬워. 하나 당신은 더 쉬워. 언제든 욕구가 일면 우리를 두고 당신 갈 길 가면 돼."

메어린은 고개를 끄덕였다.

"……그러지."

"그리고 이 아이에게 손끝 하나라도 댄다면 그땐 정말로 죽여 버리겠어. 알겠나?"

메어린은 혐오감 뒤틀린 시선으로 아이를 바라보았다.

"뭘 보나. 눈 내리깔아."

메어린은 그렇게 했다.

동민은 식인자가 자신 말을 꼬박꼬박 듣는 것이 신기했다. 그가 무슨 이유로 순응하는지 이해되지 않았지만, 미래를 내다보는 아내의 말이었고 식인자가 생각보다 쉽게 수긍했기에 그는 더는 생각하지 않기로 했다.

어쨌든 둘은 조건을 달았고 합의를 보았다.

이건 동민에게도 나쁘지 않았다. 사실 그는 이자의 가이드가 필요했다. 상처투성이의 몸으로 아이를 메고 길을 살필 자신이 없었다. 아내 말도 그런 뜻이었다.

한결이가 켄토를 보고 웃었다.

아이는 혼자 배낭 밖으로 나왔고 개를 만졌다. 아이는 낯선 식인자를 보고 방긋 한번 웃었을 뿐 개를 만지작거리기에 여념이 없다.

동민은 아내 말이 다시금 옳았다고 생각했다.

한결이는 의외로 강했다. 아이는 세상을 두렵게 보지 않았다. 애초 죽음과 고통을 모르는 순수한 시선은 두려움에 직면해도 느끼지 못하는 법이었다.

동민은 메어린을 보았다.

아이를 본 그가 무슨 말이라도 할 것만 같았다.

메어린은 돌아서서 삽을 잡았다.

그리고 흙을 파기 시작했다.

낙동강

둘은 판초 우의와 비닐을 덮어쓴 채 엎드려 있었다. 각자 등에 비슷한 크기의 배낭을 멘 탓에 나란히 엎드린 둘의 모습은 꼭 쌍봉낙타 같았다.

메어린이 망원경을 넘겨주자 동민은 그것을 받아 눈에 댔다. 그들은 질펀한 내리막길 너머 모래톱을 바라보고 있었다. 자갈과 돌이 가득한 강섶에 군용 트럭 한 대와 장갑차 한 대가 서 있었다.

중대급으로 보이는 군인들이 소총을 삼각 거치해놓고 담배를 피우고 있었다. 좀 떨어진 곳에는 한 무리의 다른 사람들이 있었다. 남자였고 젊었다. 민간인들이었으며 전부 포승줄에 묶여 있었다.

허리에 검은색 가죽 권총집을 찬 군인이 묶인 사람들에게 다가갔다. 그는 그들에게 강 쪽을 가리켰다. 비가 오고 있었지만, 강에는 물이 없었다. 묶인 사람들은 대여섯 걸음을 움직여 강 쪽으로 이동했다. 묶인 사람과 군인 들이 서서히 구분되었다.

권총집 찬 계급 높은 자가 그들에게 뒤쪽으로 더 걸어가라고 손짓했다. 묶인 사람들은 또 몇 걸음 이동했다. 군인들은 사람들을 그렇게 떨어뜨려둔 채 몇 분 동안 두런두런 서성댔다.

묶인 사람들은 다소 상기된 것 같았지만 그렇다고 벌벌 떨고 있지는 않았다. 무표정하게 어딘가를 보거나 하늘을 보았다. 자기들끼리 대화도 나누었다. 심지어 바닥에 무언가를 보고 밝게 웃는 사람도 있었다.

동민은 학살이 곧 시작될 것이라고 짐작했다.

잠실에서도 이와 비슷한 장면을 본 적이 있었다. 동민이 망원경을 돌려주자 메어린은 받기만 했을 뿐 눈에 대지 않았다. 메어린은 차가운 맨눈으로 그쪽을 노려보고만 있었다.

이윽고 군인들이 담배를 버리더니 거치해놓은 소총을 집어 들고 만지기 시작했다. 철커덕거리는 소리가 동민이 있는 곳까지 들렸다. 늘어선 사람들은 여전히 서성대기만 했다.

그들을 그 지점으로 이동시킨 계급 높은 군인이 걸어가 묶인 사람 중 한 명과 얼마간 대화했다. 그 사람은 군인에게 묶인 두 손을 들어 산등성이 어딘가를 가리켰고 군인은 웃으며 고개를 끄덕였다. 꼭 유명한 가게가 어디 있는지를 묻고 대답하는 사람들 같았다.

계급 높은 군인은 반대쪽에서 총을 매만지는 부하들에게 위치로 가라고 소리쳤다. 군인들이 앞에총 자세로 소총을 가슴에 붙이더니 20미터쯤 이동해서 정렬했다. 그들은 차려총 자세에서 구령에 맞춰 소총을 허리에 붙이고 어깨너비로 간격을 벌리며 2열로 정렬했다.

포승줄에 묶인 사람들도 때가 되었다는 듯 바닥을 가늠하며 주섬주섬 일렬로 늘어섰다. 그들은 스스로 그렇게 하는 것처럼 보였다.

계급 높은 군인이 부하와 사람 들 사이 가운데 지점에 섰다. 그는 주변 상황을 주시했다. 뭔가 마음에 들지 않았는지 다시 묶인 사람들 쪽으로 걸어갔다. 그는 학살당할 사람들의 폭을 조금씩 좁혔다. 사람들은 옆 사람 어깨를 맞대고 다닥다닥 붙어 섰다. 그들은 안대도 하지 않았고 기둥에 묶여 있지도 않았다.

사람 중 하나가 계급 높은 군인에게 자신의 묶인 손을 들어 보였다. 계급 높은 군인이 다가가 그에게서 신분증을 받았다.

학살당할 사람들 누구도 죽음에 항의하지 않았고 죽일 자들도 그들을 사납게 대하지 않았다. 그들은 모두 평온했고 마치 민방위 훈련을 받으러 동사무소에 모인 사람들처럼 듬성듬성 움직였다.

메어린이 중얼거렸다.

"전부 감염자는 아닐 거요. 빨갱이 테스트를 받고 간이 재판에 넘겨진 자들이오."

"전부 식인자들이 아니란 말?"

"있겠지. 감염된 자들도. 하지만 반 이상은 그것과 상관없이 좌파 빨갱이라고 매도되어 끌려온 사람들이오."

동민이 메어린을 보았다.

"어찌 잘 알지?"

"저렇게 서 있다가 간신히 살아난 적이 있었소. 서울에서."

계급 높은 군인이 부하들이 있는 쪽으로 걸어갔다. 사람들은 무표정하게 군인들을 바라보고 있었다.

계급 높은 군인이 시계를 한번 보았고 무슨 말을 했다. 앞에총 자세로 서 있던 앞 열의 군인들이 무릎앉아 자세를 취했고 앉은 군인과 서 있는 군인 들 모두 20미터쯤 떨어진 사람들을 향해 총을 겨누었다.

묶인 사람들은 그제야 표정을 지우고 자신을 노리는 총구를 노려보았다.

동민이 물었다.

"당신은 반군에 왜 가담한 거요?"

"쉿!"

메어린을 본 동민은 소스라쳤다.

메어린은 입을 헤 벌린 채 충혈되어 있었다. 이다음 상황을 초조하게 기다리는 간절한 얼굴이었다. 평소 허옇던 얼굴이 붉게 상기되었고 침인지 빗물인지 모를 허연 액체가 벌어진 미소에 고여 있었다.

메어린은 혀로 입술을 한번 핥았다. 몹시 집중하는 듯했다.

"……시작된다. 시작된다."

"이봐, 정신 차려."

"쉿!"

전방을 보니 계급 높은 군인이 팔을 내리기 직전이었다.

동민은 눈을 감아버렸다. 저들 사이 허공으로 무언가가 직선으로 지나가는 잔상을 상상했다. 기다려도 아무런 소리가 들리지 않았고 감은 눈을 떴다. 싱거운 총소리는 그때 났다. 스무여 개의 소총에서 연기가 일었다. 추적한 비가 연기를 금세 사그라들게 했고 소리는 가뭇없이 사라졌다.

총알의 속도는 일정했지만 죽음의 속도는 천차만별이었다. 반대쪽에 서 있던 사람들이 각자 편한 방식으로 바닥에 기울어졌다. 몇 명은 고개를 떨군 채 버티다가 뒤늦게 쓰러졌다. 그들은 마치 물 넣은 풍선처럼 울퉁불퉁한 바위들의 생김대로 허리를 접고 다리를 꼬며 널브러져 있었다. 내리는 비 때문에 젖은 바위들이 더 새까매 보였다. 동민은 시뻘건 발바닥 하나가 검은 비에 씻기며 바라지는 것을 보며 다시 눈을 감았다.

"햐."

메어린이 묘한 신음을 냈다. 보니 그는 눈동자를 좌우로 빠르게 굴리며 치아를 딱딱거린다. 마약 중독자의 그것. 향연 직전의 무희처럼 그는 전율하고 있었다. 동민은 사람이 죽는 것을 보며 허기를 채우려는 식인자의 흥분이 몹시 거슬렸다.

총을 거둔 군인들은 서둘러 좌향좌를 했다. 계급 높은 군인이 권총을 들고 사람들 쪽으로 걸어갔다. 그는 학살당한 자들의 숨을 하나하나 살피며 시체들 사이를 이동했다. 잊지 않고 몇 명의 머리에 총을 쏴 숨을 끊었다. 이제 움직이는 사람들은 아무도 없었다.

어딘가에서 구령이 일자 앞에총 자세를 한 군인들이 트럭으로 걸어갔다. 그들은 하나하나 트럭에 올랐다. 트럭은 뿌연 연기를 내며 사라졌다. 계급 높은 군인이 장갑차에 올랐고 장갑차도 트럭이 가는 방향으로 사라졌다.

"봐요. 저길 봐."

메어린이 콧물을 훌쩍이며 흥분한 듯 말했다.

망원경을 대고 가리키는 쪽을 보니 반대편 숲에서 한 무리 사람들이 달려오고 있었다. 그들은 두 명씩 나무로 된 관을 맞들고 있었다.

"학살당한 사람들의 가족들이오."

한 쌍씩 관을 들고 달려오는 그들 또한 민방위 훈련에 참여하는 멍청하고 의욕 잃은 사람들 같았다. 그들은 죽은 사람들을 이리저리 살피며 식구를 찾았다. 누구도 통곡하거나 주저앉지 않았다. 그들은 서둘러 시신을 관에 넣고 뚜껑을 닫았다.

"가족 시신을 묻으려는 거군."

"그럴 리가."

"아니라고?"

"먹으려는 거요."

"가족을 먹는다고?"

"그게 부랑자들에게 시신을 빼앗기는 것보다 낫지."

그들이 떠나고 주인 없는 일곱 구의 시체가 남아 있었다.

메어린이 상체를 일으켰다.

"우리도 갑시다."

"가자니?"

메어린이 이해할 수 없다는 듯 눈썹을 실룩거렸다.

"가야지. 그럼?"

"저길 간다고? 저 시체들을 가지고 오자는 거야?"

"우리가 아니더라도 곧 사라질 거요."

"말했을 텐데, 너는 인육을 먹지 못한다고."

메어린은 동민을 뚫어지게 바라보았다.

"닷새 동안 먹은 게 있소?"

"가려면 혼자 가. 난 싫으니까."

동민이 징글징글하다는 듯 침을 뱉었다.

"이봐요."

메어린은 정직하게 말했다.

"나를 타락한 사람 취급 하지 마시오. 나는 일주일째 아무것도 먹지 못했어. 당신은 당신만 생각할 건가? 나를 데리고 다니기로 했다면 나에게도 합당한 욕구를 허락해야 해요."

"나도, 내 아이도 먹은 게 없어."

"당신이 무얼 먹든 내 알 바가 아니오. 내가 당신과 달라 차별하고 있다면 이미 인정하고 있다는 거 아닌가? 그렇다면 내 욕구에 동참해야 해요."

"그러니까 혼자 가라고. 아니, 이참에 헤어지면 되겠네. 가. 가서 하고 싶은 대로 하라고. 왜 굳이 날 따라오겠다고 고집부리는 거지?"

메어린은 얼마간 그를 바라보았다.

시선에 자신은 절대로 떨어지지 않겠다는 의지가 드러나 있었다.

"내 아이 때문인가?"

툭, 메어린이 일어나자며 그의 어깨를 쳤고 동민은 일어서는 메어린을 올려다보았다.

메어린은 수풀 뒤로 조용히 빠졌다.

동민은 따라가야 할지 말지를 망설이며 눈을 질끈 감았다.

비가 사흘째 내리고 있었다. 비는 묵직했고 검었고 인공 감미료 맛이 났다. 빗방울은 팔뚝에 떨어지는 순간 퍼지며 미세한 흙을 퍼트렸다. 그럴 때마다 손으로 흙을 닦아냈지만, 부질없는 짓이었다.

그들은 비를 맞으며 걸었다.

켄토가 앞장섰고 메어린이 길을 찾았다. 이번엔 동민이 그 둘을 주시하며 맨 뒤에서 걸었다. 간혹 메어린이 뒤처진 동민을 기다렸다. 동민은 신경 쓰지 말고 계속 가라고 손짓했다.

험한 길을 만날 때마다 배낭 속 아이는 토사물을 게워냈다. 아이가 어지럽다거나 속이 울렁거린다고 말하면 동민은 얼마간 서 있어야 했다.

아이 손을 잡고 걸어본 지가 얼마쯤 되었을까? 환란이 일어나기 전에는 어디로 튈지 모르던 아이였다. 손을 잡지 않으면 도로가나 오토바이 사이로 툭툭 뛰어가버리던 그 밝은 걸음을 다시 볼 수 있을까?

동민은 수시로 배낭에 대고 “걸을 수 있겠니?”라고 물었다. 그 때마다 아이는 “지금 걸어요?” “걸어야 해요?”라고 반문했다. 아이는 아빠의 얼굴을 보며 경계했고 불안해했고 위기를 느끼고 있었다.

그는 다시는 그런 식으로 묻지 않겠다고 다짐했지만 걷다 보면 어느새 그 아름다웠던 시절, 작은 아이가 긴 머리를 휘날리며 이리저리 뛰어다니던 일들이 떠올라 저도 모르게 묻곤 했다. “걸을 수 있겠니?”

그들은 주로 산등성을 타고 걸었다.

메어린은 산길을 요령껏 알아냈다. 한번은 뿌리를 캐는 사람을 만났지만, 서로 모른 척했다. 그들은 수시로 걸음을 멈추고 둔덕에 서서 낙동강 줄기를 확인했다.

강은 밤에는 검었고 낮에는 황옥빛을 띠었다. 강을 따라 펼쳐진 모래톱에는 치워버리고 싶은 묵직한 안개가 내내 들어차 있었다.

산에서 내려갈수록 가시거리는 더욱 짧았다. 태양은 비겁하게 사라졌고 조금만 걸어도 어둠이 밀려왔다. 밤은 낮보다 어두운 정도였다. 그래도 밤이 되면 달이 보이곤 했다. 달은 원반 같았다.

그날 그들은 일찍 자리를 폈다.

야영하는 동안 모닥불을 피우지 않았다.

메어린은 이따금 배낭 밖으로 머리를 내밀고 공기를 흡입하는 아이를 노려보았다. 그 시선에는 어떤 갈망이 고여 있었다. 멀리,

다른 것의 새끼를 보는 맹수의 눈빛이었다. 동민은 그럴 때마다 으르렁거렸다.

그들은 모닥불을 사이에 두고 떨어져서 누웠다.

늘 그렇듯 메어린은 한번 누우면 움직이지 않았다.

동민은 잠들지 않았다. 지난번처럼 그가 옆에 다가오는 일은 없었으나 오늘이 또 그날이 될지 모른다는 생각에 고라니처럼 잔뜩 경계했다. 그에겐 디엠티가 있었다. 디엠티로 흐무러진 정신을 날카롭게 깎으면서 눈을 부릅뜨고 어금니를 씹어댔다.

배낭 속의 쓸모없는 것들을 정리하면서 군용 파우치를 꺼내 내용물을 확인했다.

파우치에는 키트 한 개가 사라져 있었다.

동민은 그 공간에서 인육을 먹었던 자신을 생각했다. 허기에 못 이긴 상태였지만 몹시 갈구하며 소녀의 살을 씹어댔다는 것은 지금 돌이켜봐도 대단히 무서운 일이었다. 아내는 옆구리 상처에 영양을 주기 위해 그가 한 무의식적인 행동이라고 말했지만, 동민은 받아들일 수 없었다. 겁이 났다. 다시 그런 향을 맡게 된다면? 그는 솔직히 자신 없었다. 그가 억제제 키트를 하나 사용한 것도 그 이유였다.

그 후부터 배고프지 않았고 단백질이 당기지도 않았다. 지하 와이너리에서 먹은 것 외 지금껏 그는 식인하지 않았다. 그것만으로 감사했다.

그와 달리 식인자는 몹시 고통스러워하는 것 같았다. 좀 가혹

하다 싶은 마음도 들었지만, 그는 결코 식인자가 인육을 조리하는 것을 용납하지 않았다.

감히. 어디서.

메어린이 깊게 잠든 것을 확인한 그는 아이를 배낭에서 완전히 꺼냈다. 떠 있는 보름달을 보이며 아이 등을 쓸었다. 달 노래를 불러주었지만 아이는 따라 부르지 않았다. 아들은 점점 쇠약해지고 있었다.

아이가 달빛을 쏘일 때 켄토가 다가왔다.

아이는 손을 뻗었고 개의 등을 쓰다듬겠다고 호기를 부렸다. 하나 아이는 이내 어지럽다고 했고 켄토 등에 가슴을 기대고 고개를 떨구었다.

희끄무레한 등 같았던 달은 금방 하늘의 어떤 막에 지워졌다. 아이가 몹시 추워했기에 그는 개와 자신 사이에 아이를 끼우고 누웠다. 그가 뒤에서 아이를 안았고 아이는 개의 귀를 잡았다. 개도 아이도 금세 자는 것 같았다. 그는 포탄이 떨어지는 소리나 낙엽을 뒤지는 들쥐 소리에 이따금 잠을 깨곤 했다.

그는 머리맡에서 나는 텁텁한 냄새에 눈을 떴다. 10분, 혹은 20분 정도 잠이 들었다 깬 것 같았다.

이마 앞으로 진흙이 가득한 구두코가 보였다. 메어린의 신발이었다. 잠든 줄 알았던 메어린이 그 앞에 서 있었다. 동민은 실눈을 뜨고 가만히 움직이지 않았다. 모로 누워 있었기에 그가 무엇을 들고 있는지, 그의 표정이 어떤지 알 수 없었다. 구두는 이리저리 아이와 개와 동민의 머리맡을 서성였다. 메어린은 쪼그리고 앉더니 구저분한 장갑 손으로 아이의 정수리를 한번 쓸었다. 동민은 당장 일어나려 했지만 그러지 못했다. 메어린이 곧 자기 자리로 돌아갔기 때문이었다.

"여보. 나와봐. 여보, 어디 있어?"

—응. 옆에 있어.

"당신 말이 틀렸어."

—그게 무슨 소리야?

"저 자식, 우리와 굳이 함께 가려는 이유를 알아냈어."

—이유라니?

"한결이 때문이야. 한결이를 노리고 있다고. 당신 말은 늘 옳다메? 그런데 틀렸어. 저놈, 나한테 주눅 든 게 아니었어. 한결이 때문에 연기하고 있는 거라고. 언젠가 내 뒤통수를 치고 아이를 낚아채려고 저러는 거라고."

—지켜보자. 오빠.

"분명해."

—그렇다고 해도 지금은 어쩔 수 없어. 저 사람이 아니면 오빤 길도 못 찾을 거야.

새벽에 메어린은 일어나 짧게 불을 피웠다. 동민은 담요를 감싸고 거식증 걸린 사람처럼 불을 노려보았다. 메어린은 잘 잔 듯했다. 메어린이 불을 쑤시며 그렇게 잠을 자지 않아도 되느냐고 물었지만, 동민은 대답하지 않은 채 걸어야 할 거리를 가늠했다.

낙단대교가 보이자 그들은 돌너덜길을 내려와 강변으로 갔다. 수문으로 검은 물을 방류하고 있었다. 버려진 관리소에서 생수를 챙기고 그곳을 벗어났다.

넓고 어슴푸레한 낙동강 푸서릿길을 따라 걷던 그들은 상주 영천 간 고속도로를 만났다. 곧 구미로 접어들 것이고 강을 따라 이어진 고속도로를 걸어가면 대구로 들어갈 수 있었다. 임시 수도가 부산인지 대구인지, 어딘지는 알 수 없었지만, 어쨌든 이제 방어선 안으로 들어온 셈이었다.

동민이 아는 바대로라면 구미가 첫 번째 식인자 저지 방어선이었다. 윗지방과 달리 여기서부터는 식인자들이 함부로 돌아다니지 않는다고 했다. 아닌 게 아니라 군부대가 촘촘하게 거점을 확보하고 있었고 사람들은 보이지 않았다.

그러나 여기까지 오고서야 아래쪽이 자신들에게 더 위험하다는 것을 깨달았다. 그들은 10분, 혹은 30분 간격으로 이동하는 군인들을 만났다. 부대를 만나지 않으려면 해발 700미터쯤 되는 청화산으로 들어가야만 했다.

산을 가르는 고속도로에서 그들은 짐승처럼 주변을 살폈다. 군인들의 전술로로 점령당한 고속도로는 비교적 깨끗했다. 버려진 차들도 보이지 않았다. 그들은 고속도로를 가로질러 반대편 숲으로 들어갔다.

그들은 산의 구조를 확인하기 전까지는 도로로 내려가지 않기로 했다.

두 사람은 열흘째 굶고 있었다.

한결이에게 먹이던 버섯 가루도 떨어졌다. 그들은 초저녁부터 불을 피웠고 동민은 그 불을 바라보다가 곯아떨어져버렸다.

눈을 떴을 때는 아직 자정이 되지 않은 시간이었다. 가늠해보니 세 시간 이상 정신을 잃었다. 화들짝 놀란 그는 배낭을 보았다. 다행히 한결이는 저쪽 담요에 등을 돌리고 누워 있었다. 기어가 아이의 숨을 살피고 담요를 덮어주었다.

그리고 돌아섰을 때.

동민은 새파랗게 질리고 말았다.

바닥에 낡은 개 목걸이가 떨어져 있었다. 그리고 그 옆에 놓인 가죽이 벗겨진 네 다리의 짐승 사체가 보였다. 붉은 근육 피질을 따라 허연 지방이 드러난 덩어리.

켄토였다.

“죽인 거야?”

메어린은 초점 없는 눈으로 프라이팬을 달구기 시작했다.

“이거, 켄토냐고?”

“옛말에 먹을 게 없으면 사람이라도 잡아먹는다, 하지 않소. 뭐 식인자도 그래야지. 먹을 게 없으면 짐승이라도 잡아먹어야지.”

“미, 미친.”

메어린은 사체에 박힌 두꺼운 지방을 잘라내 프라이팬에 올렸다. 무쇠가 익으며 향긋한 기름 냄새가 피어올랐고 허기진 배 속이 요동쳤다. 메어린은 개의 뒷다리 쪽 가장 살이 많고 연한 부분을 끊어냈다.

밤 숲 공기를 따라 단백질 익는 냄새가 퍼져나갔다.

고기를 뜯으며 동민은 한결이가 깨어나 개를 찾으면 무슨 말을 해줘야 할지 고민했다.

이틀 뒤, 그들은 높은 지대로 올라갔다. 중턱으로 들어가자 정상으로 이어지는 좁은 신작로가 있었다. 고개마다 몇 채씩 집들을 만났지만 전부 빈집이었다. 창고나 외양간에는 소나 닭이 말라 죽어 있었다.

저녁이 되어 그들은 연기를 피우는 집을 발견했다.

엎어놓은 거룻배 같은 그 움막집은 아래쪽에 모여 있던 집들과는 한참 떨어진 고지대에 홀로 있었다. 지붕 아래로 난 흙벽을 뚫고 솟아 있는 철제 연통이 보였다. 거기에서 풀같이 진득한 연기가 피어오르고 있었다.

둘은 마당으로 들어가 식수통에 물을 채웠다. 기둥과 댓돌을 보니 꽤 오래된 집 같았다.

벽에 휠체어가 접힌 채 세워져 있었다.

메어린이 마당에 있는 놋쇠와 대야, 장작 같은 것을 걷어차기 시작했다. 인기척을 내려는 것이었다. 그는 개머리판으로 장독을 깼다. 검은 장이 뇌수처럼 콸콸 쏟아졌다. 시끄러운 소리가 나자 벌컥, 창호 문이 열렸다.

헐렁한 와이셔츠 차림의 노인이 바라보고 있었다. 팔순이 족히 되어 보이는 얼굴이었지만 눈만은 형형했다.

메어린은 일부러 총을 앞으로 내보이며 마당을 이리저리 걸었다. 장작처럼 마른 노인은 인중을 늘어뜨리며 화난 듯 둘을 노려보기만 했다.

동민이 마루에 배낭을 놓고 걸터앉았다.

"물 좀 받아 가겠습니다."

노인은 서쪽 모서리의 부엌으로 함부로 들어가는 메어린을 노려보았다.

"그라든지."

"아랫마을이 비어 있더군요."

"마카 다 잡아갔소. 군인들이."

"어르신은 용케 남아 계시네요."

"내 피는 안 그런 모양이지."

동민은 노인의 눈을 보았다. 검게 탄 주름 속에 보이는 흰자는 맑고 깨끗했다. 쉰 목소리였지만 사투리도 정겨웠다. 동민은 속으로 다행이라고 생각했지만 정작 노인은 그렇게 생각하지 않은 듯했다.

"그쪽도 사람, 잡아묵소?"

"전 아닙니다."

"안 그래 보이는데?"

노인은 그렇게 말하며 메어린이 들어간 부엌 쪽을 힐끔거렸다.

동민이 수긍했다.

"맞습니다. 저 사람은 감염되었습니다. 하지만 제 허락 없이는 함부로 사람을 죽이지 않습니다. 마을 회관에는 사람들이 좀 모여 있는 것 같던데, 어르신은 왜 집에 계십니까?"

"내 집에 내가 있는데 뭐가?"

노인의 방 안에서 무언가를 삶는 것 같은, 고소하고 들척한 냄새가 났다.

"식사 중인 모양입니다."

"제사 지내는 중이오."

상체를 들이고 방 안을 보니 제사상이 차려져 있었다. 역한 향 냄새가 나고 있었다.

어두운 방 안, 병풍 앞에 노인만큼 늙은 남자의 사진 액자가 세워져 있다. 노인의 아버지인 듯했다. 검은색 자개 상에는 대추, 밤, 고사리나물, 메밀가루로 부친 배추전, 술, 밥이 전부였다.

동민은 음식을 보자 모처럼 식욕이 돋았다.

노인은 문을 더 열어 보이며 배가 고프면 음식을 먹어도 좋다고 했다. 동민은 고개를 저으며 청주 한 잔만 달라고 했고 노인은 주전자를 가지고 와 문지방 너머로 따라주었다.

부엌에서 메어린이 후추와 꿀을 챙겨 들고 나왔다. 노인의 것이었다. 배낭은 부엌에 내려둔 모양이었다. 노인은 그것을 빼앗기리라는 것을 아는지 놀라지 않았다.

메어린은 노인에게 소금이 어디 있냐고 물었고 노인은 부엌 찬장을 열어보면 찾을 수 있다고 말했다. 메어린이 다시 사라지자 동민은 그의 무례를 사과했다.

노인은 동민에게 안으로 들어오라고 했다. 동민은 엉덩이를 끌며 마루 끝에서 앞으로 조금 더 나아갔을 뿐 그 이상 들어가지 않았다.

들여다보니 좁은 방이었다.

구석에는 작은 노파가 이불을 덮고 누워 있었다. 동민은 접어서 세워놓은 휠체어를 슬쩍 보았다.

“울 여편네요.”

“돌아가신 겁니까?”

“자는 기라.”

노파의 손톱은 연한 보랏빛이 돌았다.

“감염되었군요.”

노인은 고개를 끄덕였다.

“군인들이 다녀갔습니까?”

“내일쯤 다시 올 끼요.”

“자주 옵니까?”

“저 위, 산만디에 통신부대가 있거든.”

노인은 산등성이를 가리켰다.

“군인들이 영감한테 혈액 검사를 했소?”

메어린의 소리였다.

어느새 메어린이 마당에 서 있었다. 노인은 다짜고짜 굵은 목소리를 내는 메어린을 가만히 볼 뿐 대답하지 않았다. 제멋대로 물건을 챙긴 그에게 반감이 있는 듯 보였다.

메어린이 섬돌에 올라왔다.

“아, 넌 저리 내려가 있어.”

동민이 메어린을 물렸다. 동민은 톤을 낮추고 노인을 안심시켰다.

“어르신, 그러니까 군인들이 혈액 검사만 하고 갔다는 말이죠? 감염 여부는 말해주지 않던가요?”

노인은 고개를 끄덕였다.

“난 식인자가 아니오.”

“그래 보이긴 합니다만.”

“다 꿀 때문이지. 토종꿀이야. 저 꿀을 무면 사람고기 같은 건 안 무도 돼.”

“할머니는 걸렸잖아요.”

“저 할마시는 꿀 같은 거 안 묵었지. 있으면 다 내다 팔았지.”

갑자기 메어린이 끼어들었다.

“왜 영감만 남아 있지? 군바리들이 이 고갯길을 지나는 사람이 있으면 알려달라고 하던가?”

노인은 그런 메어린과 동민을 번갈아 보며 말했다.

“여는 모개이[모기]가 없어. 모개이가 없는 곳이라야 삼 농사가 돼. 모개이가 삼 잎을 파먹으면 안 되거든. 내보고 여 왜 있냐고? 우리 집이니까 있지. 나는 평생 삼 농사만 짓고 살았다. 농사짓는 놈이 어디 간단 말이고? 죽을 때까지 여서 삼 짓고 사는 기지."

"여, 어른께 그런 투로 말하지 말라고."

동민이 메어린에게 주의를 시켰다.

"옛날에는 베 한 필 짜면 50만 원을 받았지."

"지금은 소용없는 일이죠."

"당치 않는 소리. 지금 사람은 안 죽나? 관에 넣을 베는 여전히 잘 팔린다고. 그래, 당신은 어디서 왔노?"

"서울에서 왔습니다. 고향이 대굽니다."

"고향이 대구라고? 서울 말투 잘 쓰네. 근데 그 몸으로 오기 쉽지 않았을 낀데."

"……그랬습니다."

그때 마당에 있던 메어린이 허공에 대고 이상한 괴성을 질러댔다. 동민은 마당을 서성이며 초조해하는 그를 보며 저놈이 또 시작했군, 이라고 중얼거렸다. 그 소리는 노인도 들은 것 같았다. 노인은 둘 사이의 관계를 물었고 동민은 그저 친구라고 둘러댔다.

"저 사람, 꽤 오래 굶었네."

"그렇습니다."

"사람고기 못 먹으면 저리 되지."

"잘 아시는군요."

"위험해 보이는데, 당신도."

"아니요. 저는 괜찮습니다."

그렇게 말했지만 동민은 한편으로 불안해하고 있었다. 민가에 들어와서부터 메어린은 심한 폭력성을 띠고 있었다. 아마도 눈에 먹을 대상이 보여서 그럴 것이다.

동민은 그에게 파우치에 든 식인억제제 키트를 줄까 생각한 적이 있었다. 그렇다면 그는 식인을 갈구하지 않을 것이고 아이와 자신도 어느 정도 안전할 수 있었다. 하지만 그러지 않기로 했다.

본능적이고 종잡을 수 없고 분열 증상이 심한 그에게 강력한 신경 작용성 물질이 들어가면 더 무서운 상황이 일어날지 모르는 일이다. 게다가 그는 키트를 아끼고 싶었다. 어쩌면 제풀에 지쳐 메어린이 떨어져 나가길 바란 것일지도 모른다.

사실 그의 무력은 오는 동안 많은 도움이 되었다. 그는 길을 찾거나 부대 인근에서 동정을 살필 때는 그 누구보다 활기찬 전술가였다.

키트를 사용하지 않고 아직 장악력이 남아 있을 때 그를 앞세워서 서둘러 도착하는 것이 동민의 계획이었다. 목적지가 바로 앞이었다. 부대의 출몰이 심해지긴 했어도 이젠 그리 먼 길이 아니었다.

노인은 동민에게 빨갱이인지 물었다. 동민은 그런 것과 상관없는 사람이라고 대답했다. 노인은 고개를 끄덕였다.

"대구 쪽으로 가면 안전지대가 있다고 하던데요."

"몰라. 뭐가 있는지는."

"아래쪽은 식인하는 사람이 윗지방보다 적다던데요. 그래서 그런지 사람들이 거의 안 보이는군요."

"그렇게 생각하나? 여긴 군부대 천지야. 당신 같은 사람들을 잡으려고 눈을 부라리고 있어. 대구도 식인자들을 잡느라 난리도 아니야. 아마도 지금쯤 텅텅 비었을 끼라. 군인들도 알아. 자신들이 식인자들을 죽이는 게 아니라고 공공연하게 말해. 빨갱이가 될 것을 염려해서 죽이는 거지. 대부분은 감염되지 않은 사람들이야. 이 동네는 100년 전에, 한국 전쟁 났을 때도 이랬다 안 카나. 인민군들이 낙동강에서 더는 아래로 못 내려왔는데도 100년 동안 빨갱이, 빨갱이, 이 죽일 놈의 빨갱이, 온통 빨갱이 타령만 해쌓지. 난 그게 기가 차고 웃겨. 아, 생각해봐라. 빨갱이 타령을 한다면 전라도, 충정도, 제주도 사람들이 해도 했어야지. 안 그래? 피해는 그쪽이 다 봤는데. 경상도 사람들이, 빨갱이 피해를 한 번도 안 본 사람들이 왜 생난리를 지기노, 말이야."

"공포는 겪지 않은 사람들이 더 잘 느끼는 법이니까요."

노인이 동민을 가만히 쳐다보았다.

"어떨 땐 꽤 유식하게 말하는구먼, 자네."

동민은 방 안에 누운 노파를 가리켰다.

"편찮으십니까?"

"암 걸렸다."

"……그렇군요."

할머니는 정신없이 잠들어 있었다.

옆에 보니 쟁반에 고동색으로 말린 잎이 보였다. 대마초였다. 노파는 그것으로 생명을 연장하고 있었다.

"통증 때문에 자꾸 깨. 그러면 저걸로 다시 재우는 기라."

"어떻게든 마을로 가서 항암 약을 구해야 하지 않습니까?"

"내려가서 뭐 하노. 병원에 의사들도 없는데. 받아 온 약도 이제 다 떨어졌어."

그때였다.

서 있던 메어린이 꽥, 따지듯 소리를 냈다.

"아무래도 이상해! 군인들이 저 노파를 그대로 두었다는 건 믿을 수 없는데. 식인자는 보는 즉시 죽이는 것이 그들의 일이야. 저렇게 남아 있는 게 이상하다고."

노인은 메어린을 바라보았다.

주름진 눈에는 혼란스러움이 섞여 있었다.

노인이 가까스로 말했다.

"……저게 산 걸로 보이나? 저 할마시, 이제 죽는 일밖에 없다. 군인들이 왜 내버려두었냐고? 그래, 내가 마을 사람들 명단을 줬다. 우짤래? 군인들에게 빨갱이다 싶은 사람들 명단을 주고 마누라 목숨을 연장한 거야. 그게 뭐 잘못되었나?"

"거 봐. 뭔가 있었다니까!"

동민이 낮게 물었다.

"그렇게 합의를 본 겁니까?"

"군인들이랑 내 사이의 일이야. 이렇게 계속 앉아 있을 끼요? 갈 거면 어서 가고, 하루 있겠다면 줄 건 이불밖에 없소."

"생각 중입니다. 밤에 떠날지도 모르겠습니다."

"알아서 하소. 갖고 갈 게 있으면 다 가져가소."

"더운물이 나옵니까?"

"데우면 되지. 부엌을 쓰시오."

"장작은요?"

"뒤에 있소. 우선 제사를 마저 지내게 해주오. 그런 후에 내가 준비해주지."

동민은 고개를 저었다. 아이도 꺼내야 했다.

"제사, 계속 모십시오. 제가 알아서 하겠습니다, 어르신."

노인은 고개를 끄덕이고 줄을 잡아당겨 문을 닫았다.

문이 닫혔다.

동민은 배낭을 들고 부엌으로 들어갔다. 안에서 나무문을 잠갔다. 부엌은 더러운 냄새가 가득 들어찼다. 그는 모서리로 이어진 천장을 바라보았다.

전화선과 먼지가 내려앉은 인터넷 중계기, 그리고 전기가 들어오는 선이었다. 아궁이를 때는 구식이었지만 보일러도 들어와 있었다. 작동은 되지 않았다. 천장에서 늘어진 전구를 켰다. 불이 들어왔다. 동민은 전구의 필라멘트를 응시하며 한참 동안 무언가를 생각하다가 부엌을 나갔다.

메어린은 마당에 그대로 있었다.

동민이 다가가 속삭였다.

"여기서 하루 지내는 건 어떻겠나?"

메어린은 닫힌 문을 가리켰다.

"저 노인, 괜찮을까?"

"감염되지 않았다잖아."

메어린은 노인이 들어앉은 방을 노려보았다.

"나쁜 사람이 아니니 불필요한 일은 만들지 마."

"나쁜 사람인지 아닌지는 누구도 알 수 없소. 마을 사람들을 팔았다고 하잖소."

동민이 눈을 부라렸다.

"노인을. 절대로 죽여선 안 돼!"

짧은 시간, 둘은 서로를 노려보았다.

"내놔."

동민이 말했다.

"뭘?"

동민은 메어린의 혁대에 걸고 있는 칼을 빼앗았다. 메어린은 동민이 그렇게 하는 것을 막지 않았다.

동민은 메어린에게 오랜만에 존대하며 설득했다.

"당신, 꽤 굶었기에 식인 욕구가 올라오는 거, 이해합니다. 하지만 그러지 마시오. 저들은 당신에게 먹힐 만한 죄를 짓지 않았어요. 욕구를 채우겠다고 함부로 사람을 죽여선 안 됩니다. 당신한테 말 안 한 부분이긴 한데, 나한테 식인억제 키트가 있습니다. 이따가 그걸 드리지요. 그걸 맞으면 배고프지도, 인육을 먹고 싶지도 않게 됩니다. 어떻습니까?"

그의 말을 들은 메어린은 거부도 수긍도 하지 않은 채 들고 있는 소총의 탄창을 바꿔 끼웠다.

그는 다소 침착해진 것 같았다.

“일단 집 주변을 한번 살펴봐야겠소. 돌아가 아이를 씻기시오.”

동민은 고개를 끄덕였다.

식인자는 자신의 상황을 이해하려는 동민의 호의를 알아들은 것 같았다.

집 뒤에 천으로 덮어놓은 장작더미가 있었다. 몇 개를 안고 부엌으로 들어왔다. 무쇠솥에는 맑은 물이 들어 있었다. 아궁이에 불을 피웠다. 한결이를 가방에서 꺼내 아궁이의 편평한 바닥에 앉혔다.

“여기, 우리 할머니 집 아닌데.”

“그래, 아니야. 잠시 빌렸어.”

“켄토는요?”

“몇 번이나 말해. 병원 갔다고.”

“나, 목욕하는 거예요?”

“할 거야. 물이 끓는 동안 뭘 좀 먹자.”

동민은 아들 입에 육포를 넣어주었다. 꿀 병의 뚜껑을 열고 꿀을 찍어 아이 입술에 발라주었다. 아이 어깨에 벌어진 상처에도 꿀을 발랐다.

육포를 우물거리는 아이를 잠시 두고 그는 가방에서 동근 비닐 뭉치를 꺼냈다. 꽁꽁 묶은 비닐 안에는 흰 가루가 들어 있었다. 아랫마을을 뒤져 챙겨 온 가루 세제와 표백제였다. 아들을 씻길 약품 대용으로 쓰려는 것이었다.

솥에 가루를 뿌리고 죽젓광이로 저었다.

물이 끓는 동안 그는 아들의 상태를 살폈다. 여기저기가 곪고 있었다. 탈지면을 넣어놓았던 어깨 아래는 구멍이 뻥 뚫렸다. 다행히 그곳은 조금씩 아물고 있었다. 그는 행주에 미지근한 물을 찍어 아이 몸을 닦아주었다. 아이는 그의 손길을 느끼며 로봇 장난감을 만지작거렸다.

동민은 모처럼 푸근함을 느꼈다.

아이와 함께 시골 할아버지 집에 온 기분이 들었다. 저 방 안에서 풍기는 나물과 밥과 막걸리 냄새가 잊히지 않았다. 몹시 설렜다. 그는 디엠티를 한 알 꺼내 삼켰다. 각성해야 했다. 각성하면 곧 씹을 나물 맛이 더 깊으리라.

아내가 나타났다.

—오빠. 방 안이 좀 이상해.

“왜?”

—저 할아버지. 이상해.

아내는 부엌에서 방으로 이어진 작은 쪽문을 가리켰다. 문은 떨어진 문풍지로 겨우 막아놓았다. 방 안에서는 노인이 축문을 읊조리는 소리가 들렸다.

동민은 손으로 문풍지를 뚫고 방을 들여다보았다.

노인은 처지듯 앉아 상체를 끄덕끄덕하면서 바닥에 놓아둔 종이를 읽고 있었다.

"뭐가? 제사 지내는 것뿐이야."

—계속 지켜봐.

노인은 한참 만에 읽던 종이를 접어 와이셔츠 주머니에 넣고 무릎걸음으로 제사상에 다가가더니 손바람으로 초를 껐다. 술 주전자 뚜껑을 열고 흰 가루를 타더니 술을 잔에 따라 들고 누워 있는 노파에게 다가갔다.

노인은 노파의 입에 술을 흘려 넣었다. 그런 다음 입을 막았고 얼마 뒤 그 손으로 노파의 볼을 천천히 쓰다듬었다.

그다음 행동을 본 동민은 자신의 눈을 믿을 수 없었다.

노인은 품에서 스마트폰을 꺼냈다. 늙은 손으로 화면 액정을 몇 번 넘기더니 한 화면을 물끄러미 바라보았다. 그는 어딘가로 문자를 보내고 전화기를 주머니에 넣었다. 일어나 벽 구석으로 가더니 병풍 뒤로 허리를 숙였다. 들어갔다 나오는 노인의 손에는 날이 바짝 선 낫이 들려 있었다.

'젠장맞을.'

동민은 화들짝 놀라 부엌에서 방 안으로 이어지는 쪽문을 철사로 돌려 잠갔다.

허리에 찬 중식도가 없어진 것을 깨달았다. 부엌문으로 달려가 문틈으로 밖을 내다보았다.

마당에 메어린이 보이지 않았다.

그는 한결이를 가방에 다시 넣었다.

"잠시만 기다려. 아빠 다시 오마."

아이가 고집을 부려 조임 끈은 묶지 않았다. 절대로 거기서 나오지 말라고 다짐받고 가방을 열어둔 채 구석에 숨겼다. 부엌문을 열고 나와 마당으로 나갔다.

아무도 없었다.

마당을 가로질러 움막집 뒤로 갔다. 메어린은 거기에도 없었다.

마루로 올라가 방문을 열었다.

읍.

검은 방 안에는 고약한 비린내가 진동했다. 메어린이 중식도로 노인의 등을 찍어대고 있었다. 병풍과 제사상은 엎질러졌고 방에는 피가 난무했다. 동민의 맥박이 빨라지고 심장이 요동쳤다. 노인의 흰 와이셔츠는 피로 질척댔다.

"그만! 그만!"

동민이 메어린을 뜯어말렸다.

메어린은 쉭쉭거리며 노인의 머리를 마저 비틀었다. 동민은 메어린 손목을 잡고 칼을 빼앗았다.

메어린은 축 처진 노인의 몸을 내동댕이쳤다.

"이게 무슨 짓이야!"

동민이 그의 뺨을 갈겼다.

그러자 메어린이 야수 같은 눈을 부라리며 동민을 보았다.

"영감이 우리를 신고하려고 했소! 스마트폰으로 전화번호를 찾고 있었다고."

"아니야! 스마트폰이 작동되는 지역은 없어!"

"흥!"

메어린이 노인의 스마트폰을 보이더니 액정을 눌렀다. 통화 버튼이 활성화되며 신호음이 들린다. 다시 통화 버튼을 끄고 그가 고개를 쳐들었다.

"봤지? 여긴 대구와 가까워. 아랫지방은 통신이 가능해!"

"아니라고!"

동민은 소리치며 메어린의 손에서 스마트폰을 빼앗았다. 핏기가 엉클어진 액정에는 커다란 글씨로 유서가 쓰여 있었다.

"유서였어. 유서를 어딘가로 보낸 거라고. 개새끼야!"

동민은 스마트폰을 던지고 달려가 노인을 안았다. 노인의 몸통이 한번 부풀어 오르더니 목에서 마지막 피가 뿜어져 나왔다. 이후 잠잠해졌다.

쏟아진 나물과 부추전과 막걸리가 번지는 피를 먹으면서 고약한 냄새를 냈다. 동민은 누워 있는 노파의 맥을 짚었다. 노파도 이미 숨이 끊어진 상태였다.

으아아악.

동민이 서 있는 메어린에게 달려들었다.

그의 목을 조르며 벽으로 밀어붙였다.

"개새끼. 내가 부탁했잖아. 죽이지 말라고 했잖아! 키트를 주겠다고 했잖아!"

메어린은 동민의 손을 비틀며 컥컥댔다.

“우릴 죽이려 했어. 고발하려 했다고.”

동민은 메어린의 멱살을 잡은 채 그를 밀었다. 그럴 때마다 메어린의 등이 벽에 여러 번 부딪혔다.

“할아버지는 할머니와 동반 자살할 생각이었어. 우리에게 먹을 것을 내주려고. 알아? 그걸 말리려고 부엌으로 들어간 건데. 시팔 놈아, 왜 이런 짓을 해버린 거야?”

메어린이 낫을 가리켰다.

“그러면 저 낫은 뭐야?”

“약을 사용하면 오염되잖아. 그래서 낫으로 깨끗하게 가시려 한 거야! 네놈한테 자신의 몸을 주려고! 개새끼야! 삶이 더는 의미가 없어서 너 같은 짐승 놈한테 몸이라도 주려고!”

메어린은 잠잠했다.

“그렇다면 바라는 대로 해준 건데 뭘 그러나?”

동민이 울먹였다.

“넌 이게 좋냐? 이렇게 사는 게 좋냐? 응? 이렇게 사는 게 좋아?”

메어린이 동민의 머리칼을 잡았다.

“너야말로 정신 차려, 새끼야.”

동민의 시계가 감긴 메어린의 굵은 팔뚝에서 맥이 불뚝 튀어나왔다. 그는 달라져 있었다.

그는 다시 대들고 있었다.

“넌 안 먹고 살 수 있어? 저 나물 따위가 니 입에 들어갈 것 같아? 똑똑히 봐. 저 붉은 피를 너도 그래야 할걸."

동민은 피칠갑이 된 방을 보았다. 둥글고 번들거리는 사람의 살이 이리저리 널브러져 있었다. 미세하게 흔들리는 동민의 안구 혈관이 점점 부풀고 있었다. 타는 듯한 갈증과 함께 그의 몸이 떨리기 시작했다.

동민은 식인 본능이 일었다.

왜 이러지.

내가 왜 이러지.

그 와이너리에서 강제로 인육을 먹어서였을까?

아니면 잠복기가 지나 그의 몸에도 감염 바이러스 인자가 활동하기 시작한 것일까?

식인자는 파들거리며 동민에게 허연 얼굴을 들이밀었다. 그는 흡혈귀처럼 이를 드러내고 동민의 귀에 대고 낮게 으르렁거렸다.

"왜 그래? 피를 보니 눈이 자르르 떨리나? 너도 먹어야 할 거야. 너도 감염되었으니까. 이 세상에 감염되지 않은 자는 없어. 너나 나나 열흘째 먹은 게 없어. 오늘 우리는 오랜만에 포식하는 거야. 너도 한입 물다 보면 정신없이 씹어대겠지. 그때처럼 말이야."

그 말은 마치 시뿌연 안개를 뿌리는 것같이 차가웠다.

그때 아이 우는 소리가 났다.

동민이 그의 손을 뿌리치고 부엌으로 달려갔다.

아이는 끓는 솥에 한쪽 손을 담그고 있었다. 아이의 가슴이 엉거주춤하게 솥에 걸려 있다. 아이는 솥에 빠진 로봇 장난감을 주우려고 팔을 내밀다가 물에 덴 것 같았다. 동민이 아이를 끌어안았다. 아이 팔은 짓물러져 있었다. 그는 마당으로 나가 수돗가에서 차가운 물을 아이의 몸에 들이부었다.

방에서 메어린이 서서 보고 있었다.

작은 방 안에 우뚝 서 있는 그는 곰처럼 커다랗고 저승사자처럼 검고 살인마처럼 흉측했다.

동민은 아이를 안고 수돗가에 우뚝 섰다.

"조건을 기억해. 내가 먹지 않으면 너도 안 먹겠다고 했어."

부엌으로 가서 파우치를 꺼냈다.

그리고 식인억제제 실린더 하나를 꺼내 자신의 허벅지에 찔렀다.

이제 파우치에는 실린더가 일곱 개만 남아 있었다.

금오산

모닥불에서 불찌가 튀며 탁탁 소리를 냈다.

두 사람은 마주 앉아 있었다.

동민의 뒤에는 배낭이 세워져 있었다. 그가 배낭에 기댄 것인지 배낭 속 아이를 자신의 등으로 편하게 받쳐주려는 것인지 알 수 없는 애매한 자세였다.

가방 속 아이를 꺼내지 않은 것은 식인자의 태도가 돌변했기 때문만은 아니었다. 어깨 위로 진눈깨비가 흩날리고 있었다. 아들을 꺼내 담요를 두르게 하기에는 날씨가 너무 추웠다.

건너편에서 메어린이 작대기로 불을 쑤셨다. 그가 아끼는 프라이팬은 커다란 손잡이만 비쭉 나온 채 배낭에 들어가 있었다. 며칠째 프라이팬은 그런 상태였다. 노인의 초막에서 그들은 자정까지만 머물렀고 떠났다. 메어린은 노인의 시신에 손 하나 대지 못했다.

그들은 야밤을 틈타 움직였고 하루 반 동안 걸었지만 겨우 산 하나를 넘었을 뿐이었다. 사방에 군인들이 촘촘하게 산을 에워싸고 있었기에 걷는 시간보다 웅크린 시간이 더 길었다.

두 사람은 불만 바라보았다.

메어린은 거뭇한 눈 밑 광대를 실룩이며 납작한 돌을 불에다가 던졌다. 돌을 데우려는 행동이었지만 재에 푹푹 파묻히는 돌의 무게에서 물씬 짜증이 묻어나 있었다.

동민은 거슬렸다. 그가 왜 그러는지 잘 알고 있었기 때문이다.

"힘들면 떠나."

메어린은 침묵한 채 불만 바라보았다. 입술을 일자로 반듯하게 다물고 단정하게 목을 세우고 있었지만 혈색은 그가 몹시 지쳐 있음을 말해주었다. 얼굴과 목 여기저기에서 울혈이 드러났다. 탱탱한 잔근육들 위에서 번쩍이던 미카엘 문신도 점점 보랏빛으로 퍼지며 형편없이 일그러져 있었다.

분명 그의 생체 리듬은 인육을 먹지 못해 높은 불안 상태에 있었다. 작대기를 잡은 주먹도 작게 떨리고 있었다.

동민은 배낭 겉주머니에서 메밀가루 넣어둔 비닐봉지를 꺼냈다. 하나 비닐은 찢어진 채였고 가루는 거의 사라지고 없었다.

"젠장맞을."

허탈하게 비닐을 털어내는 동민에게 메어린이 빈정거렸다.

"이러다간 내일이면 둘 중 하나는 쓰러지겠군."

동민은 옆에 놓아둔 소총을 끌어당겼다. 약실에 총알이 박힌 상태였다. 동민은 6리터 식수통을 들고 한 모금 마셨다. 그리고 디엠티를 입에 넣었다.

메어린이 말했다.

"내가 많이 참았다고 생각하지 않소?"

너무 노골적인 질문이기에 동민은 무슨 대답을 해야 할지 감을 잡지 못했다.

"참을 수 있을 거로 생각했소, 나도."

"나는 강요한 적 없어."

"이렇게 된 마당에 더는 힘들겠소. 난 지금 솔직하게 고백하는 거요."

"그래서?"

"……."

"뭘 고백한다는 거야?"

식인자는 여전히 평온했다. 피부는 그렇게 말하지 않았지만.

하나 그는 중식도를 잡아 쳐들거나 소총 부리를 겨누며 눈을 부라릴 생각은 없어 보였다.

"무슨 말이 하고 싶은 건데?"

동민이 소리쳤다.

메어린은 다 떨어진 장갑 낀 손으로 동민의 배낭을 가리켰다.

"저 아이."

동민은 그를 노려보기만 했다.

"시팔, 뭐라는 거야?"

"저 아이, 저렇게 두지 말자는 거지."

동민이 벌떡 일어났다. 철컥, 총을 겨누었다.

메어린은 불만 보고 있었다.

"……이렇게 가다간 당신은 죽을 거야. 전혀 먹지 못한 상태에서 그런 뇌 형질 반응 키트에 의지하면 큰일 나오. 게다가 저 아이도 오래 못 살 거요. 그렇다면 두 명이라도 사는 게 낫지 않겠나 싶어서."

동민은 침을 굳게 삼켰다.

그가 이제야 본성을 드러낸 것을 오히려 감사하게 생각했다.

"어처구니없네. 지금 내 새끼를 니 먹이로 달라고 정중하게 부탁하는 거? 허 참."

메어린은 동민의 군화 언저리를 노려보고 있었다. 그는 상대의 움직임을 포착하는 것 같았다. 동민은 다리에 힘을 주고 몸을 더욱 단단하게 만들었다. 철컥, 총을 잡고 총구를 그의 이마 한가운데 겨누었다.

둘 사이에 팽팽한 긴장감이 흘렀다.

결국, 메어린은 들고 있던 작대기를 무릎으로 분질러 불에 던져 넣었다. 그리고 동민에게 장갑 낀 손바닥을 내보였다.

"알겠소. 그만합시다."

동민은 겨눈 총구를 내리지 않았다.

"네놈이 그 검은 개를 잡았을 때부터 헤어져야 한다고 생각했어. 이제는 안 되겠어. 저 산만 넘으면 칠곡이니 너는 네 갈 길로 가."

메어린이 그를 올려다보았다.

“뭐 해? 가라고. 우린 여기서 헤어지는 거야.”

동민이 총구를 저쪽으로 까딱까딱하며 어서 사라지라고 했다. 메어린은 팔을 내렸다. 그러고도 한참을 바라보았다. 동민은 그의 눈을 피하지 않고 계속 노리고 있었다.

철컥, 노리쇠를 걸었다.

“유치하게 셋을 셀까?”

그제야 메어린이 일어섰다.

“그 더러운 담요도 가지고 가.”

메어린은 깔고 앉았던 담요를 집어 들고 숲으로 사라졌다. 10분 정도 겨눈 채 그곳을 바라보았고 이윽고 총을 내렸다.

불가에는 메어린의 배낭, 그가 벗어놓은 양말, 물이 거의 없는 식수통, 불 위에 올려놓은 검은 깡통이 있었다. 동민은 그것들을 물끄러미 보았다. 깡통 안의 물은 끓다 못해 바닥에서 동동동, 공처럼 튀고 있었다.

배낭을 열었다.

아들이 불쑥 머리를 내밀었다.

“그 아저씨 갔어요?”

동민은 아들 얼굴을 쓸며 메어린이 사라진 방향을 노려보았다.

아이가 팔을 뻗었고 동민은 아이를 안았다. 세상에서 가장 편안한 자세가 되었음에도 그의 목에서 거친 숨이 계속 뿜어 나왔다. 망막의 초점이 점점이 모이면서 메어린이 사라진 자작나무 숲 사이의 어둠이 칠흑처럼 흐무러졌다.

아이가 다시 물었다.

"그 아저씨, 켄토 보러 병원에 간 거예요?"

동민은 그제야 시선을 버리고 아들 정수리를 바라보았다.

"그래. 맞다. 아무래도 병원에서 계속 켄토를 간호해야 할 것 같대."

"그럼 안 오는 거예요?"

"켄토 옆에 있어야 하니까."

그는 늘 그랬듯 거기에 입을 맞추었다.

"한결아. 아빠랑 목욕하러 갈까?"

"또 씻어요? 추운데?"

"씻는 게 아니고 물놀이하러 가자."

한결이는 놀란 눈으로 동민을 올려다보았다.

500미터쯤 떨어진 폭포 앞에서 동민은 주변을 살폈다. 삐딱하게 자라 있는 박쥐나무 아래 담요와 운동화 끈, 6리터 플라스틱 우유병 두 통을 내려놓았다. 두 개의 플라스틱 우유 통 중 하나에는 물이, 다른 하나에는 알코올이 들어 있었다. 물은 거의 남지 않았다. 반면에 알코올은 가득 차 있었다.

그는 아내의 작은 가방도 평평한 바위 위에 올려놓았다.

갈색 모래들이 침전된 둠벙은 얼추 열 평 정도 되어 보였다. 마치 작은 온천 같았다. 수면에 낙엽들이 떠다니고 있었지만, 고지대여서 그런지 물은 맑았다. 군데군데에서 솟는 방울이 빙글빙글

돌고 있었다.

동민은 옷을 벗었다. 아들 옷도 벗겼다. 자신의 옆구리를 막고 있는 천도 떼어내 버렸다. 피가 흘렀지만 괘념치 않았다. 아들의 어깨에 뚫린 상처는 거의 아물고 있었다.

추울까 싶어 아들의 조그만 등을 손으로 쓸었다. 아들의 갈빗대가 빨래판처럼 도들거렸다. 그는 아이를 안았다. 비척비척 돌을 밟으며 둠벙으로 들어갔다. 그의 가슴에서 아이의 심장이 팔딱거렸다.

들어간다. 으어차.

그는 몸을 물에 담갔다.

초겨울 계곡물은 차갑지 않았다. 아마도 그의 몸에 열이 많아서 그랬을 것이다. 귀 언저리에서 아들이 꼴깍꼴깍 물을 마셔댔다. 그가 어깨를 살짝 위로 올렸다. 아들은 그의 어깨에 턱을 댄 채 저쪽 어딘가를 바라보았다.

"어때? 좋지?"

아이가 그의 어깨를 빨았다.

"간지럽다 야."

"이히."

아이가 장난처럼 그를 간질였다. 그가 아이를 가슴에서 떼어냈다. 아이가 떨어지지 않으려고 감은 다리에 힘을 주었다. 아이를 떠내려 보내듯 천천히 밀었다. 손을 놓자 아이가 물에 둥둥 떴다. 고인 물이어서 그런지 아이는 가라앉지도 떠내려가지도 않았다.

"수영해봐."

"이히."

아이가 조금씩 발을 움직였다.

그가 수면 아래로 얼굴을 담갔다가 다시 드러냈다.

푸하.

코끼리처럼 물줄기를 공중으로 뿜어냈다.

아이가 웃었다.

푸우.

입안에 남은 물을 이번엔 아이 얼굴에다가 뿌렸다.

으아아.

그가 또 잠수했다.

오랫동안 물속에서 눈을 뜨고 있었다. 흐릿한 물속, 아이는 유속을 견디며 다리를 흐느적거리고 있었다. 수면 아래로 아이의 손이 다가와 그의 머리를 잡았다. 그가 수면 위로 얼굴을 들었다. 아이가 환하게 웃고 있었다. 이마에 흐르는 물을 쓸며 머리카락을 뒤로 넘겼다.

"저쪽까지 가볼까?"

"나 업고 가요."

"자, 아빠 등을 꼭 잡아라."

그는 빨판상어를 붙인 큰 상어처럼 아이를 등에 올리고 무릎걸음으로 이동했다. 아이가 저도 모르게 입을 벌려 수상한 소리를 내며 신기해했다. 동민은 둠벙을 이리저리를 헤엄쳤다. 폭포에 가까워지자 아이가 겁을 냈다. 그는 폭포로 가지 않고 다시 얕은 곳으로 왔다.

"단양 갔을 때요."

"그래."

아이가 또 단양 이야기를 했다. 아이가 자라면서 그들 부부는 한 번도 해외에 나가본 적이 없었다. 부여와 단양, 경주. 그것이 아이가 간 여행의 전부였다. 아이에게 단양과 부여, 경주는 가장 넓은 세계였다. 지금은 그때보다 더 오랜 여행을 하고 있었지만.

"단양 갔을 때 왜?"

"그때 수영했잖아요."

"했었지. 풀장에서 했었잖아."

"수영장에서 수경 잃어버렸을 때요."

"응."

"어떤 아이가 내 수경 가지고 가는 거 봤다요."

"그걸 왜 이제 말해."

"그때는 내 수경이 아닌 줄 알았어요."

"아니라니. 니 수경을 다른 아이가 들고 있다면 그때 바로 아빠한테 말했어야지."

"내 수경은 맞는데 내 수경 아닌 줄 알았어요."

"니 수경이 아닐 수도 있겠다, 싶었던 거냐?"

"응."

"잘 확인했어야지. 니 건, 니가 챙겨야 해. 앞으로도 그래야 한다."

"하지만 그 아이가 자기 거라고 하면요."

"그 아이한테 '좀 보자. 내 거 같은데'라고 말하면 되지."

"안 보여주면요."

"니 걸 훔쳐 가는데 안 보여주긴. 이렇게 했어야지. 니가 그 아이에게, 내 거니까 한번 보자, 확인해보고 내 거 아니면 돌려줄게, 이렇게."

"화내야 해요?"

"화는 내지 말고."

아이는 고개를 끄덕였다.

"그 수경 무척 소중한 거였지?"

"네. 그게 없으면 물놀이 못 해요."

"앞으로도 그래야 해. 소중한 건 지켜야 해. 절대로 놓아선 안 돼. 아빠가 없어도 그래야 해. 네 것은 악착같이 챙겨야 한다고."

"아빠가 죽어요?"

"죽긴 왜 죽어?"

"아빠가 죽으면 아빠 시계는?"

"아빤 안 죽어."

"그래도 죽으면요?"

"안 죽는다니까."

"만약에. 만약에, 마안약에 죽으면요?"

"그럼 시계 너 줄게."

"아빠 시계는 그 아저씨가 차고 있는데?"

"나중에 만날 거야. 만나면 달라고 하면 돼. 그리고 엄마 목걸이도 한결이한테 줘야지. 엄마 물건, 아빠 물건 전부 너한테 주기로 했으니까. 하지만 그런 일 없다. 그런 이상한 것에 신경 쓰지 말거라."

"엄마 목걸이는 잃어버렸는데."

"그것도 찾을 거야."

아이를 강섶에 내려놓자 아이는 잡기 놀이를 하자고 했다. 그가 읍, 하고 무서운 얼굴로 쫓아갔고 아이가 쪼르르 돌을 밟으며 달아났다. 울퉁불퉁한 자갈이 하도 많아 아이가 팔을 이리저리 휘적거렸고 그러다가 발을 헛디뎌 넘어질 뻔했다.

그는 보기만 했다.

아슬아슬하지만 아이도 그렇게 걷고 뛰어야 했다. 거친 땅도 달려봐야 했다. 계속 일으켜줄 수 없었다.

오랜만에 환해진 아이는 꽃 같았다.

얼마 후 동민은 소나무 뒤에 숨어 있는 아이를 안고 물건들이 있는 곳으로 돌아왔다.

그가 모닥불을 피우는 동안 아이는 담요를 덮고 돌들을 들어올렸다.

그는 식수통에 든 세정용 알코올을 자신의 몸에 끼얹었다. 그리고 아들의 정수리에도 알코올을 부었다. 식수통에는 알코올이 반쯤 남게 되었다.

그는 아이에게 탱탱볼을 꺼내 보였다.

“이거 이제 안 필요해?”

아이는 보더니 탱탱볼을 움키듯 잡았다. 헬로베로봇 팔이 부러졌으니 이제 탱탱볼이 예전의 위치로 돌아온 것이다. 그는 공을 만지작거리는 아이의 모습을 한참 보다가 생수 통에 있는 물을 아이에게 먹였다.

그는 주변의 돌들을 치우기 시작했다.

살짝 높은 곳에 알코올이 든 식수통을 놓아둔 다음 모닥불 사이까지 비닐을 깔아 길을 만들었다. 공업용 알코올이 든 6리터 우유통 손잡이에 운동화 줄을 묶었다. 줄을 던져 허공에 늘어져 있는 박쥐나무의 단단한 가지 너머로 떨어뜨렸다. 그리고 끝을 자신의 팔목에 묶었다. 팔에 힘을 주자 알코올 통이 공중에 붕 떠 있었다.

누울 자리를 확인했다.

가방에서 디엠티를 꺼냈다. 남은 개수는 20정 남짓.

열 알을 아들에게 먹이고 나머지는 자신이 먹는다. 그리고 밧줄을 잡고 누워 있으면 되겠지.

그들이 아득히 정신을 잃으면 팔이 들릴 테고 우유 통은 기울어진다. 알코올이 비닐을 타고 경사진 길을 흘러내리다가 결국은 모닥불에 닿을 것이다.

그렇다면,

의식을 잃은 둘의 몸에 순식간에 불이 붙을 것이었다.

아이를 불러 안았다.

누웠다.

아이는 마음에 드는 돌 하나와 탱탱볼을 양손에 꼭 쥐고 있었다.

아이 입에 열 알.

내가 나머지.

열 알? 이 아이한테 너무 많을까? 삼키지 못하면?

아들은 그의 가슴에 뺨을 대고 가만히 있었다. 마치 그의 몸 안에서 나는 고통의 소리를 듣고 있는 것 같았다. 아이 몸에서 은은한 알코올 냄새가 났다. 그는 누운 채 담요로 아이 몸을 대충 감싸고 오랫동안 생각했다.

메어린이 떠나면 이럴 생각이었다.

더는 내려갈 수 없었다. 상처 때문이기도 했고 지쳤기도 했다. 고립된 이 산에서 운명을 마쳐야겠다고 생각했다.

처음에는 그냥 약을 먹고 조용히 누워 있으려 했다. 하지만 누군가가 아이 몸을 발견해서 해체하는 상상을 하자 정신이 번쩍 들었다. 그것만은 허락할 수 없었다. 한결이 몸이 그런 식으로 지저분해질 바에야 함께 재가 되는 것이 나았다.

자신은 반쯤 타다 말겠지만 아이는 작아서 금방 재가 될 것이다. 그래도 상관없었다. 아이를 먼저 태우고 뒤따라 죽을까도 생각했지만, 도저히 아이 의식이 저쪽으로 넘어가는 모습을 볼 용기가 없었다.

이래서 다들 함께 죽으려는 거군.

그는 동반 자살자들의 심리가 이해되었다.

서로의 죽음을 볼 용기가 없는 것이다.

함께 죽는 것. 함께 눈을 감고 싶은 것의 욕망은 1초도 어긋나지 말고 함께 의식을 잃는 것이었다. 동민은 지금 딱 그 방식을 원하고 있었다.

아이가 잘 탈 수 있도록 담요를 밀어냈다.

그는 알약을 아이 입으로 가져갔다.

아이의 입은 닫혀 있었다. 손바닥으로 비비듯 하며 알약들을 밀어 넣어야 했다.

아이가 고개를 저쪽으로 돌린다.

"아빠, 배고파요."

움직임이 너무도 생기 있고 힘차 그는 깜짝 놀랐다.

한결이의 인생에 이렇게 관여해도 될까?

그 점에 관해서는 처음부터 고찰했던 문제였다. 결론은 그러면 안 된다는 것. 하나 지금은 그래야만 한다.

하지만. 하지만.

결국, 그는 벌떡 일어났다.

디엠티를 모조리 강에 버렸다.

아이를 안고 물에 들어가 폭포를 맞았다.

내리는 물에 몸에 묻은 알코올을 모두 씻어냈다. 그는 폭포를 맞으며 소리를 질렀다. 아이는 폭포를 맞으러 가는 것도 아빠가 짐승처럼 고함을 지르는 것도, 전부 장난인 줄 알고 저도 힘껏 소리를 냈다. 그게 슬퍼져 아이를 꽉 껴안았다. 아이가 콜록콜록 기침해댔다. 아이를 안고 담요가 있는 곳으로 걸어왔다. 그는 아들을 안았다. 죽는 게 두려웠다. 살기는 더 두려웠다. 서글픔이 밀려왔고 아비와 아들의 귀가가 결코 순탄하거나 안전할 수 없음을 실감하며 두려움에 떨었다.

다음에. 다음에 힘들면 하자.

조금만 더 같이 있자.

더 절박할 때 하자. 그땐 가차 없이 죽자.

그래 봐야 며칠일 것이다. 내일일지도 모른다. 하여간 다시 올 것이다.

그땐 정말 가차 없다.

야영했던 자리에는 메어린이 잠들어 있었다.

모닥불이 뜨겁게 피워져 있다. 그는 식인자의 등을 한참 동안 노려보았다. 모로 누운 넓은 등은 심하게 오르락내리락했다. 그는 총 두 자루를 나무 밑동에 가지런히 세워놓고 중식도 칼집도 돌 위에 반듯하게 올려놓았다.

동민은 자리에 앉았다. 배낭에 담요를 말아 넣고 푹신하게 만든 다음 아이를 그 안에 넣었다.

"좀 자자."

"밖에서 잘래요."

"아니. 오늘은 안에서 자야 해."

"무릎이 아프단 말이에요."

"하루 이틀도 아닌데 왜 그래. 어서 들어가. 여기 물통도 받고."

탱탱볼과 헬로베로봇을 안겨주고 조임 끈을 묶었다.

그는 배낭을 숨기듯 뒤에 두고 앉았다. 총을 끌어와 어깨에 세우고 모닥불을 키웠다. 모닥불 건너 메어린의 등이 불김에 이리저리 꼬이듯 어그러졌다.

지연아, 어디 있어? 나와?

아내는 모습을 드러내지 않았다.

식인자가 다시 돌아왔어. 함께 우리 아이를 지켜야지. 빨리 나와.

디엠티를 먹어야 했는데 그것을 모조리 계곡에서 버렸다. 주변은 어두운 적요만 맴돌 뿐이었다. 들쥐가 낙엽에 숨는 소리도 벌레가 우는 소리도 들리지 않았다. 그는 총을 어깨에 세우고 눈에 힘을 주었다.

디엠티가 없어도 끄떡없다.

잠을 자지 않는 것은 참으로 익숙했다.

그는 불을 노려보며 푸석푸석한 머리를 긁었다.

모발 이식을 하고 싶었다.

30대 후반이 되니 옆머리가 점점 뒤로 밀려났다. 아무도 없는 욕실 거울 앞에서 앞머리를 빗으로 솔직하게 내려보면 가운데 머리만 섬처럼 남아 있었다. 그는 욕실에서 나오며 몹시 화난 표정으로 아내에게 모아둔 퇴직금으로 모발 이식을 하겠다고 천명했다.

아내는 등을 돌린 채 싱크대에 서 있었다.

척 보기에도 기분이 상해 있었지만 달그락거리는 그릇 소리에는 신경질이 묻어 있지 않았다.

퇴직금이 남았다고 생각해?

언제나 그렇듯 그 목소리는 차분하고 낭랑하다.

사실 그도 말뿐이었다.

언젠가 강남에 있는 병원에 상담 예약을 한 적이 있었지만 가지는 않았다. 과거 같았으면 여름 한철 보너스로도 충분했을 금액이지만 지금 그들에게는 터무니없을 규모였다.

남들 한 달 월급은 그에게 있어 장편을 세 권이나 계약해야 얻을 수 있는 거액이 되었다. 작가에게 장편 계약은 1년에 한 번 있을까 말까 한 드문 일이었다.

아내가 설거지하던 손을 멈추고 뒤돌았다.

고무장갑의 거품이 싱크대 벽을 타고 줄줄 흘러내렸지만, 아내는 그만 골똘히 보고 있다.

—이번 달 생활비가 20만 원밖에 안 남았어.

그는 머리를 말리던 수건을 손에 감고 멀뚱히 서 있다.

—시나리오 계약한다던 건 어떻게 되었어?

—아직 연락이 없네. 스튜디오 실장은 제안서를 올렸다는데 사장이 아직 결재를 안 하고 있대.

—계약서를 쓰면 돈이 바로 들어와?

—선금을 받을 순 있지.

—그 선금이 바로 들어오냐고.

—열흘 안에는 줄걸. 거긴 바로 줘.

열흘. 아내는 김빠지듯 웃는다.

—이번 달 의료보험비도 못 냈어. 벌써 6개월 치야. 거기선 분할해서 납부할 수 있게 해주겠다는데 그 돈도 만만치 않아. 우린 지금 돈이 필요해, 여보.

—계약서도 안 쓴 상태에서 선금을 달라고 할 순 없어.

아내는 다시 몸을 돌린다.

씻던 그릇을 수세미로 비빈다.

이번에는 몹시 감정이 들어가 있다.

그는 옷을 입는다.

국회도서관이든 구청도서관이든 어디든 가야 한다. 쓰고 있는 장편 시놉시스를 어서 마무리 지어 평소 알고 있던 편집자, 그가 알고 있는 편집자는 딱 두 명일 뿐이지만, 그들에게 보내야만 한다.

현관에서 신을 신으면서 그는 이 집을 팔면 어떨까, 조심스레 말한다. 아내는 하긴, 신혼 때부터 너무 큰 집을 샀어, 라고 한다. 아내는 눈을 내리깐다.

이건 남편을 비난하고 싶지 않다는 의미다.

아내는 그저 이 집을 팔면 우린 더는 올라갈 수 없어, 라고 혼자 생각할 뿐이다.

정말 아내가 그를 비난하지 않을까?

그녀는 언제나 화내지 않았고 호들갑을 떨지 않았다. 아내는 남편이 원망스러워도 내색한 적이 한 번도 없었다. 밖으로 말하지 않는다는 것은 속으로는 늘 원망하고 있다는 뜻이다.

그도 아내에게 미안했지만 내색하지 않는다. 그들에게 한없는 침묵만 돌고 둘은 그들의 문제를 각자 삭힌다. 그런 방식으로 서로에게 상처를 주고 있다.

결국, 그들은 집을 판다.

작은 오피스텔로 이사를 하고 아내는 평일이면 커피를 갈고, 주말이면 돼지구이집에서 테이블을 닦는다. 그는 대리운전을 뛰고 결국은 배관공이 된다. 정확히는 배관공 시다. 아니 작가니까 그런 말을 써선 안 되지. 배관공 잡부.

여전히 그는 모발 이식을 하지 못한다.

아이는 꽉 찬 여섯 살이 되었지만, 유치원 대신 계속 어린이집에 머무른다. 그의 일은 늘 불특정하다. 인복이 없어서인지 그를 쓰려는 곳은 없다. 예술인들을 매년 지원한다는 그 기관에서는 장르 소설을 쓰는, 단 한 권의 장편을 낸 그에게 기금을 주지 않는다. 기관은 단지 취미로 수필을 쓰는 부잣집 부녀자들, 건너 알거나 가까이 아는 지인들, 아니면 매번 잡지나 텔레비전에 나오는 유명 작가들만 선택한다. 그들은 늘 무언가에 선정되었고 유럽에서 공짜로 한철을 지내다 온다. 그럴 때마다 그는 꼭 근사한 차기작을 내놓아야겠다고 다짐한다.

내가 글을 못 써서 그렇지.

공모전이나 기금 발표가 나던 날이면 그와 아내는 더욱 말이 없어진다.

내가 글을 안 써서 그렇지.

사실 맞는 말일지라도 그는 세상이 원망스럽다.

매달 중순이 되면 그들 통장에는 늘 20, 30만 원 정도만 남아 있었고 그는 돈을 빌리러 다닌다.

배관공 생활은 더욱 기억하기 싫다. 고대 앞 싱크대 가게 주인의 트럭을 타고 이리저리 이동한다. 아파트에도 가고 주택에도 간다. 옥상에서 케이블을 놓쳐 경유를 담아놓은 커다란 기름통에 들어가다가 혼절하기도 한다. 하지만 그는 능숙하게 해냈다. 그도 인정한다. 작가보다 이 직업이 그에게는 더 잘 어울린다는 것을.

새벽, 좁은 집 안에 샛노랗게 퍼지던 아침노을을 등지고 식탁에 앉은 아내의 등이 작게 흐느적거리는 모습을 그는 본다. 그는 침대에서 자는 척했지만 실눈을 뜨고 다 보고 있다. 곧 아내 우는 소리가 들리고 어느새 잠에서 깬 아들이 서서 아내의 옷을 잡아당기고 있다.

그는 아침이 되자 여행용 가방을 펼친다. 서재에 있던 몇천 권을 책을 모조리 담는다. 외국에서 산 아끼던 크리스토프 블랭의 일러스트 화보집도, 시리얼 넘버가 붙은 『칼의 노래』 한정판도, 뉴욕으로 출장 가는 외국인 본부장에게 간신히 돈을 쥐여주고 사오게 한 칼 포퍼의 영문판 논문집도 모두 가방에 채운다. 아끼던 소설책도 모조리 넣는다.

아내가 모았던 클래식 CD들도 쑤셔 넣는다. 절판된 지 오래된 조콘다 데 비토의 모스크바 실황 CD, 부르노 발터와 빈 필의 말러 9번 1938년 녹음판, 크라이슬러의 1945년 녹음판 베토벤 바이올린 협주곡, 수크의 이스라엘 교향곡 1952년 녹음판 등 그와 그녀가 목숨처럼 아끼던 음반들이 전부 가방 속으로 쏟아진다.

아내의 첫 생일 선물로 그가 부산에서 구해 온, 아내가 가장 사랑하던 음반인 아르투르 슈나벨의 1932년 녹음판 베토벤 피아노 소나타 전집은 차마 집어 들 수 없었지만, 결국 그것도 넣는다. 아내가 승무원 시절 들고 다니던 여행용 가방은 꽤 크다. 가방 두 개에 그것들을 가득 넣고 집을 나선다.

차를 몰고 가고 싶었지만, 주차비가 너무 아깝다. 주차비 5,000원이면 소중한 책 서너 권이 날아간다. 그는 무거운 책들이 꽉 찬 여행용 가방 두 개를 끌고 길을 걷는다. 가방 바퀴가 인도의 울퉁불퉁한 보도블록에 상하지 않기를 간절히 바란다.

그 책들을 중고 서점에서 돈으로 바꾼다.

손에 쥔 돈은 45만 원 남짓. 그리고 몇백 원.

그들의 소중한 물건은 고작 그 정도의 돈으로 환전되고 그 돈은 다음 날 고스란히 어린이집 원비로 나갈 예정이다.

그는 금방 발을 돌린다. 오늘 몇 번 더 이런 식으로 책을 가지고 와야 한다.

집으로 돌아온 그는 다시 가방을 펼친다. 담을 책이 더 있다. 집에는 아직 책이 많다. 결혼 전부터 모아둔 책은 이럴 땐 마치 적금

통장 같다.

아내는 가방을 열고 있는 그를 물끄러미 바라보고 있다. 그가 아내에게 커피 한잔 먹자고 말한다. 아내는 고개를 끄덕인다. 둘이 식탁에 앉았고 물이 끓는다. 그는 책과 바꾼 돈을 아내에게 내민다. 아내는 받는다. 척 보기에도 기분이 좋아 보인다.

그는 아내에게 자신의 심장을 떼어낸 것 같다고 말하고 싶다. 힘든 결정이었지만 잘했어, 라는 칭찬을 듣고 싶다. 그렇게 말해주면 그도 아내에게 힘들지만 조금만 참자, 라고 말할 참이다.

그러나 아내는 돈을 세기만 한다. 팔아버린 소중한 추억 중 그녀의 추억도 반이었지만 이미 추억들은 그녀에게 의미가 없는 듯하다.

그는 차가워진 마음으로 다시 서재로 들어온다.

책을 더 팔아야 한다. 책을 전부 버려야 한다. 그가 가진 이 소모적인 이성과 헛된 꿈과 먼 희망을 모두 파기해야 한다. 그는 책장에 담긴 책들을 가득 꺼내 가슴에 안았다.

책을 담기 위해 가방을 보았을 때 그는 아뜩한 표정으로 소스라치게 놀란다.

아들이 가방에 들어가 있다.

아들은 가방이 조각배인 줄 안다. 아들은 열심히 노를 젓는다. 그는 책을 하나하나 고르지 않고 뭉치로 몇 권씩 꺼낸다. 책을 안고 아들을 바라본다.

네모난 여행용 가방에 쏙 들어간 아들은 아빠가 책을 한 아름 들고 왜 그런 표정을 짓고 있는지 모르는 듯 쳐다본다. 배를 탄 아들은 먼 항해를 시작한다. 돛을 달고 열심히 어디론가 노를 젓는다.

그는 비켜달라고 말하지 못하고 물끄러미 아들을 본다. 그는 생각한다.

그래. 저 아이를 위해 가방을 채워야 한다. 이런 책들 따위가 뭐가 중요한가. 저 아이가 가방에 들어가게 해서는 안 된다. 저 아이를 끌어내고 대신 가방에 허황한 책들을 모조리 넣자.

그는 여행용 가방에 옴팍하게 들어앉아 신나게 노를 젓는 여섯 살짜리 꼬마를 보면서, 점점 빠져 넓어지는 이마를 쓸어 넘기면서 이렇게 다짐한다.

반드시 일어서야 한다.

그래서 저 아이를 행복하게 해주어야 한다.

아이가 아빠에게 타라며 자리를 내보인다. 그는 웃으며 고개를 젓는다. 아이는 자기의 소중한 장난감과 그림책과 연습장 등을 가방에 싣고 다시 노를 젓는다. 그도 책들을 내려놓고 아이 물건을 가방에 더 실어준다.

아이가 그를 보며 웃고 그도 아이를 보며 웃는다.

반드시 너를 행복하게 해줄게.

그 전에 이 책들을 좀 팔고.

그는 재빨리 아이의 머리를 잡고 아이를 가방에 밀어 넣는다. 열린 가방의 지퍼를 사각으로 돌려 닫는다. 아이가 안에서 툭툭 움직인다. 아이가 꺼내달라고 울부짖는다. 그는 천으로 된 여행용 가방의 윗부분을 눌러 아이를 짓이긴다.

너 때문이야.

이 빌어먹을 조그만 자식아.

식탁에서는 아내가 돈을 세고 있을 뿐 그의 이 잔인한 행동을 보지 않는다.

그는 아이를 사랑한다고 말했지만, 이 모든 일이 아이 때문에 벌어진 것 같다.

아이만 없었어도 우리 부부는 행복할 수 있었다.

아이만 없었어도 행복하게 글을 쓸 수 있었다.

반드시 나의 행복을 되돌려야 해.

그 전에 이 거추장스러운 꼬마 놈의 숨통을 틀어막고.

동민이 벌겋게 핏발 선 눈을 떴다.

어깨가 몹시도 결렸다. 까무룩 잠이 든 모양이었다. 모닥불을 피운 자리에는 나무들이 석탄처럼 식어 있었다.

몸을 일으키려 했으나 그럴 수 없었다. 어랏, 가슴과 어깨에 무거운 돌이 올려져 있었다. 팔을 더듬었다. 그는 줄에 꽁꽁 묶인 채 혼자 널브러져 있었다. 누군가가 그를 묶어두고 돌판으로 눌러놓았다.

가까스로 돌판을 밀어내고 상반신을 일으켰다.

주위를 돌아보았다.

벌거벗은 새벽은 차가운 공기를 가라앉힌 채 냉혹한 안개를 뿜어내고 있었다.

메어린이 보이지 않았다.

그리고 배낭이.

맙소사. 배낭이 없다!

동민이 바쁘게 두리번거렸다.

내 소중한 배낭이. 내 소중한 배낭이.

그가 몸부림치며 바닥을 굴렀다. 구속하고 있는 줄이 엉키며 몸을 조였고 그는 미친 듯 팔을 흔들어 팔을 뽑아냈다.

일어섰다.

다시 봐도 없다. 배낭이.

배낭에 잠들어 있던 아이도 없다.

보이는 것은 소총 한 자루.

떨어진 곳에 메어린이 깔고 있던 담요도 사라졌다. 모닥불 건너 메어린이 누웠던 곳은 마치 파묘하고 관을 드러낸 자리처럼 네모나게 움푹 파였다.

개새끼.

동민이 머리를 뜯으며 주변을 돌았다.

메어린이 아이를 납치해서 사라진 것이다.

지연아.

지연아, 나와봐. 지연아!

아내가 모습을 드러냈다.

"한결이 어디 갔어?"

—그 남자가 데리고 갔어.

"너 미쳤어?"

—오빠.

"왜 알려주지 않았냐고?"

—…….

"너 뭐냐? 중요한 일이 있을 때마다 우릴 지켜주겠다고 했잖아! 시팔!"

—나한테 욕하지 마.

"어디 갔어?"

—오빠는 한결이를 죽이려고 했잖아. 그 사람, 어쩌면 그 모습을 본 것일지도 몰라. 한결이를 오빠한테서 떼어놓으려고 한 거야.

"잡아먹으려는 거야."

—아닐지도 몰라.

"그 새끼 어디로 갔냐고!"

—저쪽.

아내는 새벽안개 속을 가리켰다.

"어디? 정확하게 말해!"

—저쪽 산으로 올라갔어. 통신대 쪽으로.

동민은 끄아아, 비명을 지르며 자리에 꿇어앉았다. 시선이 거뭇해지며 어지럼증이 몰려왔다.

—오빠, 괜찮아?

그는 칼로 자신의 목을 쨌다. 시커먼 핏줄기가 목에서 뱀처럼 솟구쳤다. 그는 손으로 피를 막으며 입으로 천을 찢었다. 천으로 목을 감쌌다. 혈압이 내려가자 시선이 바로 잡혔다.

그는 조여오는 통증을 삼키며 파우치를 더듬었다. 디엠티가 없다면 다른 것이 있어야 했다.

뇌에 작용하는 강한 약물, 식인을 억제할 만큼 환각 작용이 있는, 반군이 늘뽕이라 부르는 물질. 그는 입으로 실린더 키트의 마개를 뜯고 침을 꺼내 자신의 허벅지에 찔렀다.

"갔다 올게."

—이제 그런 거 맞지 마. 나는 매일 하느님께 기도해.

"닥쳐. 하느님은 무슨. 믿지도 않으면서."

동민은 소총을 잡고 달렸다.

그의 얼굴과 이마는 온통 땀에 젖어 있었다.

시팔 놈이.

시팔 놈이. 내 아이를.

시팔 놈이. 내 아이를 훔쳐 가?

검은 숲을 달렸다. 관솔을 맞고 돌부리에 비틀거리면서도 용케 속도를 늦추지 않았다. 자작나무 등걸을 잡고 타잔처럼 균형을 유지하면서 그는 바위를 탔다. 얼마쯤 갔을까. 빽빽하던 숲이 사라지고 바위들이 나타났다. 송신탑이 있는 정상의 언덕이 보였다.

갈림길이었다. 동민은 멈췄다. 정상으로 오르는 언덕길 옆에 숲으로 들어가는 샛길이 보였다. 컴컴했고 짙은 괴불나무가 뒤덮인 곳이었다. 안개가 푸르스름하게 퍼진 섬뜩한 구멍 같았다.

그는 언덕길을 따라 송신탑으로 가지 않고 샛길 쪽, 스며든 외딴 어둠으로 달렸다.

얼마쯤 가다 웃자란 덩굴을 짓이기며 꿇어앉아 살폈다. 밟으면 이끼 물이 베어오는 푹신푹신한 길에서 뚜렷한 군화 발자국을 발견했다.

나아갔다.

등성이 보이는 탁 트인 시야가 들어온다.

고도가 높다. 그곳은 절벽으로 이어지는 길이었다.

흐리마리했지만 먼 곳, 검은 하늘을 배경으로 무언가가 움직이고 있었다.

메어린이 바위 위에서 웅크리고 있었다.

등에는 동민의 커다란 배낭을 메고 있다. 그는 등걸에 묶은 줄을 잡고 낭떠러지가 시작된 바위에서 내려가는 암벽 길을 가늠하는 중이었다.

탕.

파편이 튀었고 메어린이 이쪽으로 돌아보았다.

동민은 총을 겨누고 가늠쇠를 눈으로 더듬었다. 저쪽에서 메어린이 완전히 뒤돌았다.

둘 사이의 거리는 10미터쯤.

동민은 걸어가면서 여섯 발을 쏘았다. 소총이 벌컥벌컥 밀릴 때마다 어금니를 보이며 괴성을 질렀다. 하나 총알은 메어린을 맞추지 못했고 몇 발은 절벽 너머 허공으로 날아가고 또 몇 발은 발아래 바위들을 바스러뜨렸다.

철컥.

동민이 걸어가며 탄창을 갈았다.

메어린이 배낭을 벗어 자신 앞에 세웠다.

동민은 메어린의 이마를 겨눴다.

저쪽에서 메어린이 두 팔을 들었다. 그가 세워놓은 키 높은 배낭 뒤에 천천히 쪼그리고 앉더니 얼굴을 낮추었다. 아이가 꼼지락거리는 것인지 배낭 표면이 울퉁불퉁해졌다. 그는 배낭 뒤에 숨어 허연 이를 드러냈다.

쏠 테면 쏘아보라는 식인자의 미소.

동민은 총구의 각도를 내렸다. 그저 겨눈 채 조금씩 다가갔다.

둘 사이 거리 5미터쯤.

"배낭을 저쪽에 갖다 놔."

동민이 겨눈 채 말했다.

메어린은 그가 시키는 대로 했다.

배낭은 홀로 떨어진 곳에 놓였고 둘 사이는 텅 빈 공간으로 좁혀졌다. 동민은 그를 겨누며 걸어갔다. 배낭까지 걸어온 동민은 배낭 손잡이를 잡았다. 식인자를 겨눈 총을 떨리지 않도록 겨드랑이에 낀 채였다. 동민은 대여섯 걸음 뒤로 빠지며 배낭을 펑펑

한 땅으로 끌어온 후 바로 섰다.

두 사람의 거리는 사선으로 3미터쯤.

메어린이 손을 허리에 가져가는 순산 연발을 놓고 방아쇠를 당겼다.

철컥.

탄알이 어딘가에 걸려 방아쇠가 콘크리트처럼 단단해져 있었다. 총알이 나아가지 않는다.

철컥.

철컥.

상황을 파악한 메어린이 미소 지었다.

그는 느긋하게 중식도가 꽂힌 칼집을 풀고 있었다. 저 칼집 속 칼을 뽑은 순간 형세는 반전될 터였다.

으아아악.

동민은 달려들어 개머리판으로 식인자의 턱을 갈겼다. 강한 충격이었지만 식인자는 한번 허리를 휘청거릴 뿐 쓰러지지 않았다. 동민이 총구를 식인자의 복부에 푹 박아 넣었다.

메어린은 해보자는 듯 두 팔을 벌리더니 탁, 박수를 한 번 치고 두 손으로 총열 덮개를 다잡았다. 그는 총구를 구부릴 듯 팔뚝에 힘을 주었다. 보라색 미카엘이 부풀어 올랐다. 메어린의 흰자위는 튀어나올 듯 도드라졌고 실지렁이 같은 핏기가 맺혀 있었다. 두 사람의 힘이 총으로 몰리고 있었다. 동민이 찌른 총, 메어린이 잡은 총이 수평으로 바르르 떨며 둘을 하나로 연결했다.

동민은 총을 잡아 빼려 했지만, 그의 완력을 이길 수 없었다. 방아쇠를 당겼으나 먹히지 않았다.

철컥, 철컥. 탈칵, 탈칵.

"후후. 총알이 약실에 걸린 거야."

메어린이 빈정거렸다.

동민은 장전 손잡이를 움직여보았지만, 그것도 먹히지 않았다.

메어린은 총을 잡고 빙그르, 돌아 서로의 위치를 바꾸었다.

동민이 슬쩍 보았다. 등 뒤로 기묘하게 솟은 암벽의 낭떠러지가 아득하다.

"나를 이길 수 있다고 생각하냐?"

식인자가 보란 듯 총열 덮개를 잡은 두 손 중 한 손을 뗐다. 그는 손바닥을 내보였다. 한 손만으로도 충분히 동민의 힘을 받아내고 있다는 뜻이었다.

식인자는 허연 이를 드러냈다.

"이 손이 어디로 갈까나."

그는 자유로워진 다른 손을 나비처럼 이리저리 꼬며 허리로 가져갔다. 손이 중식도를 잡았다.

기세가 조금씩 뒤로 몰리고 있었다. 맞잡은 총은 꼼짝도 하지 않았다. 그렇다고 총을 놓을 수 없었다. 놓으면 빼앗겨버린다.

뒤는 허공.

칼 잡은 손이 동민의 턱으로 스멀스멀 춤추듯 다가왔다. 두툼한 칼날이 아슬아슬하게 동민의 목을 스치며 지나갔다.

"나 때문에 여기까지 잘 왔잖아. 안 그래?"

메어린이 눈을 허옇게 까뒤집은 채 입술을 오물거렸다.

"나는 한 번도 너에게 대항하지 않았어. 그런데 너는 왜 나를 이런 식으로 대하지?"

"……나도 너한테 할 만큼 했어……."

"날 믿지 못했지."

"……넌 나를 이해할 수 없어."

"아니지. 너를 이해할 사람은 나뿐일걸."

"……넌……결국, 이러고 있잖아. 내 아이를 먹으려고."

"이러기 전에 날 믿었는가를 묻는 거야."

"……식인자에…… 살육자인 너를…… 믿으라고?"

"너는 깨끗한가?"

"……나는 내 아이를…… 지킬 뿐이야……."

투둑, 투둑.

비가 내리기 시작했다.

검은 비였다.

둘의 옷은 금세 묵직해졌다. 총에서 물이 뚝뚝 흘러내렸다. 둘은 몇 분 동안 꼼짝 않고 그렇게 서 있었다.

식인자도 동민의 목을 쉬 따지 않았다.

어쩌면 일부러 그러는 것일지도 몰랐다.

"저 아인 내가 알아서 하지. 그러니 지금이라도 단념하고 돌아간다면 당신을 죽이지 않겠다."

"……네가 많이 굶었다는 것은 알아. 하지만 이래선 안 돼."

"넌 니 아이를 죽이려 했어."

"힘들어서 그랬어."

동민이 버티며 끌깍거렸다.

그는 몸을 바르르 떨며 총을 당기려 했다.

"힘들었겠지. 그러니까 그만두라는 거야. 넌 아이를 데리고 갈 자격이 없어. 저 아인 이제 내가……."

메어린이 곁눈질하며 중식도로 배낭 쪽을 가리켰을 때.

동민은 그 순간을 놓치지 않았다. 잡고 있던 총을 놓았다.

힘과 힘은 같아서 고정되는 법. 팽팽했던 균형에서 동민의 힘이 빠지자, 메어린은 화들짝 어깨가 열리며 균형을 잃었다. 메어린이 움키고 있던 총구를 비틀었고 그 바람에 소총은 저 멀리 절벽 뒤로 버려졌다.

동민은 돌진했다. 그와 붙었다.

두 손으로 미카엘 문신이 새겨진 메어린의 팔목을 잡아 올렸다. 그가 쥔 중식도가 높이 쳐들렸다. 주머니에서 수갑 키를 꺼냈다. 반대쪽 버튼을 누르자 칼날이 나왔다. 메어린은 이 칼이 수감자가 반항할 때 사용하라고 만든 것이라고 했다.

동민은 어깨를 접고 그의 품에 안기듯 붙어 은장도 크기만 한 그 튀어나온 날을 식인자의 왼쪽 광대에 박아 넣었다.

쟁강.

중식도가 바위에 떨어졌다.

으, 으악.

비명을 지르며 메어린이 얼굴을 감쌌다.

동민은 위치를 바꿨다. 낭떠러지에서 벗어나 식인자가 절벽을 등지도록 앞에 섰다. 메어린의 얼굴은 피가 가득했다. 마치 누군가가 기름을 부은 것만 같았다. 그가 털썩 무릎을 꿇었고 동민은 한 걸음 떨어졌다. 장갑 낀 손가락 사이로 비쭉 튀어나온 은장도 같은 수갑 키가 얼굴에 깊숙이 박혀 있었다. 갈라진 식인자의 허벅지 사이로 빗물보다 진한 누런 액체가 배어 나왔다.

식인자는 손으로 얼굴의 반을 가린 채 헐떡거리며 외쳤다.

"누구 때문에 여기까지 왔는데!"

식인자가 바르작대며 일어서려고 했다.

동민이 그의 이마를 눌러 앉혔다. 홀딱 젖은 식인자는 급속하게 쇠약해지고 있었다. 동민은 차갑고 푸른 기운을 뿜으며 그를 쏘아보고 있었다.

되록거리는 동민의 눈에서 뻗어 나간 살기가 피로 번들거리는 식인자의 이마에 튕겼을 무렵, 동민이 한마디를 내뱉었다.

"너는 이제 필요 없어. 저 아래로 내려가."

군홧발로 메어린의 얼굴을 밀었다.

동민은 절벽 아래 잡목들 속으로 처박히는 식인자의 시신을 바라보았다.

멀리 구름이 뒤틀리며 이동하고 있었다.

동민은 버르적버르적 바위에서 기어 배낭으로 갔다. 한결이 머리를 푸석이며 얼굴을 드러냈다. 아들 얼굴은 비에 젖어 축축했다. 배낭에 붙은 넓은 레인 커버를 펴서 아들 위로 씌워주었다.

"켄토 보러 병원에 같이 가겠어요. 아빠도 뒤따라온다고."

"그래도 아빠 없이 따라가면 안 되지."

둘은 서녘으로 송신탑이 보이는 절벽 바위의 틈에 웅크린 채 넓은 천을 펼치고 있었다. 처마처럼 넓은 천에 빗물이 고이다 한쪽으로 주르륵 떨어졌다.

그는 배낭에서 아들을 완전히 꺼내 품에 안았다. 작은 아이의 정수리는 발딱발딱 뛰고 있었다. 진정시키려 그곳에 입술을 갖다 댔다. 그들은 비가 그칠 때까지 얼마간 그곳에 웅크리고 있었다.

구름이 물러갔다.

턱 밑에 있는 아이 머리칼이 바람에 나스르르 흩날렸다. 모처럼 머리에서 맑은 냄새가 났다. 아이가 비를 많이 맞았기 때문일 것이다. 연고 냄새와 유향 냄새가 사라진 그 몸이 품에서 파르르 한 번 떨었다. 아이가 고개를 들고 그를 보았다.

"산에서 언제 내려가요?"

"이제 가야지."

"가요. 이제."

"준비됐냐? 자신 있냐?"

"음. 아빠한테 업혀서."

"엥? 업혀? 그럼 아빠한테 자신 있냐고 물어봐야지. 물어봐줘."

"할머니 집, 언제 도착해요?"

"다 왔다. 전화해볼까?"

"전화할 수 있어요?"

"그럼. 할 수 있지."

"전화기 돼요?"

"되지. 여기선 작동된단다."

"그럼 그걸로 게임도 할 수 있어요?"

그는 스마트폰을 꺼냈다. 움막 노인의 것이었다. 전원을 켜고 배터리를 확인했다. 충분했다. 가벼운 음률이 흐르며 안드로이드 운영체제가 로딩되고 있었다. 그 화면을 보여주자 아들이 신기해했다.

"게임, 뭐 깔려 있어요?"

그는 잠깐만. 전화부터 걸어보자, 라고 말하며 번호를 찍었다. 남쪽 지역이라 수신 마크가 가득 잡혔다. 신호음을 들으며 아들을 보았다.

"할머니 받으시면 우리 다 왔어요. 금방 가요, 라고 네가 직접 말해. 알았지?"

아이가 고개를 끄덕였다.

그는 스피커 음으로 변환했다.

송신음이 들렸지만, 저쪽에서는 받지 않았다. 아이는 액정을 보며 신호가 넘어가길 기다렸다. 동민은 계속 통화 버튼을 눌렀다. 받지 않았다.

결국, 통화 버튼을 껐다.

"할머니가 안전한 곳으로 대피하셨나 보다."

"마트에 가셨나?"

"마트에 가셨을 수도 있고."

"그럼 우리, 못 가요?"

"못 가긴. 이제 그쪽으로 가면 되지. 할머니 계신 곳으로 우리가 가면 된다. 마트든 할머니 집이든 우리가 가면 된다."

그가 스마트폰을 주머니에 넣었을 때 팔팔팔, 요란한 소리가 났다.

주변의 나무들이 우수수 일제히 한쪽으로 춤을 췄다. 그들이 머리 위로 쳐놓은 천이 모진 바람에 멀리 날아갔다. 아이를 숨기며 하늘을 보니 KHP 헬기가 보였다.

헬기는 웅크리고 있는 두 부자를 주시하며 빙빙 돌고 있었다.

동민은 눈알을 데굴데굴 굴리며 입을 벌렸다.

아뿔싸, 싶었다.

스마트폰 전원을 켠 순간 정부군 레이더에 잡힌 모양이었다.

"우리 헬리콥터 타는 거예요?"

"어서 들어가거라."

동민은 아이를 배낭에 넣고 젊어졌다.

팔팔팔팔.

헬기가 점점 낮게 다가오고 있었다.

랜딩 기어 상단에 브라우닝 기관총을 건 군인 하나가 아래를 보며 손짓하고 있었다. 그것은 동민에게 보내는 신호가 아니었다.

커다란 바위를 뛰며 달아나던 동민은 곧 어디선가 나타난 한 무리의 정부군 수색조에게 포위되었다. 대위의 개척 중대였다.

무장한 군인 하나가 나무 사이에서 천천히 걸어오고 있었다. 그의 계급은 이제 대위가 아닌 소령이었다.

동민의 목에 주사기를 꽂아 기절시킨 그는 손에 든 탐색기의 완료 버튼을 눌렀다. 대위, 아니 이제 소령으로 진급한 그는 헬기를 향해 휘휘 손을 내저었다. 헬기는 빙빙 돌았다. 헬기는 동민의 스마트폰 전파 신호를 포착하고 나타난 것이었지만 소령은 일찌감치 아이 코에 박힌 GPS의 신호가 지정하는 위치를 따라온 것이었다. 소령이 무전으로 헬기를 물렸다. 헬기는 곧 사라졌다.

12.7밀리 중기관총이 거치된 경비용 장륜 장갑차 내부에서 동민은 묶인 채 눈을 떴다.

그는 바닥에 기울어져 있었다. 덜덜대는 바닥에 볼이 흔들렸다. 몸을 세울 힘이 없어 한동안 눈만 뜬 채 그렇게 있었다.

장갑차 내부는 소령과 소위, 동민만 타고 있었다. 소위는 해치 밖으로 상체를 내밀고 있었다.

울퉁불퉁한 산길을 내려가는 장갑차의 디젤 소음은 무언가를 뿌리는 것처럼 고약했다. 동민은 몸을 비비며 구석을 보았다. 구석에 던져진 배낭이 이리저리 흔들리고 있었다. 그가 일어나 앉았다. 등받이 의자에 앉아 있는 소령이 보고 있었다. 그의 소령 계급장

아래 걸린 랜턴이 장갑차의 흔들림에 맞춰 진자 운동을 한다.

"진급하셨군요."

"못 할 뻔했지."

"……."

"우리 개척 중대는 이리저리 떠돌아다녀. 너 같은 놈을 식별하고 병질의 분포도를 확인하지. 그런데 너 때문에 두 달 동안 우리 부대 이동로가 엉망이 되었어. 너 잡는다고 말이야."

장갑차가 한번 급정거를 했고 구석의 배낭이 옆으로 기울어졌다.

"어떤 미친놈이 키트는 훔쳤거든. 뭐 이런 놈이 있나 싶더라고."

소령이 장갑 낀 손을 저쪽으로 뻗었다.

동민은 영문을 몰라 침을 삼켰다.

"저 가방에 들어 있나?"

동민은 해마처럼 몸을 접었다 펴며 배낭 쪽으로 기어갔다. 등으로 배낭을 가렸다. 소령이 한번 웃었다. 해치를 닫고 안으로 들어온 소위가 권총으로 동민의 귀를 때렸다. 그는 수갑을 꺼내 동민의 묶인 두 손을 장갑차 벽 손잡이에 걸었다.

배낭에 있단다. 소령의 말에 소위가 배낭을 빼앗아 조임 끈을 푼다. 오래전에 떨어져 나간 원래의 조임 끈 대신 보조 끈으로 단단하게 묶인 배낭은 좀처럼 입구가 열리지 않았다. 그래도 동글게 말린 입구의 틈으로 아이 머리가 슬금슬금 보인다.

한결아, 움직이지 말고 그대로 있어. 아빠가 알아서 할게.

동민은 소위가 무엇을 찾는지 알고 있었다.

그는 다급하게 소리쳤다.

"밖에! 겉주머니에 있습니다."

소령도 말했다.

"안에 말고 그 옆에 붙어 있는 가방. 그거야."

소위는 배낭 옆에 부착해놓은 아내의 작은 가방을 뜯어냈다. 가방 안에는 제약 공장에서 밧줄로 목 졸라 죽인 소위의 전투용 파우치가 들어 있었다. 신임 소위가 그것을 대위에게 건넸다. 소령은 벨크로를 뜯고 파우치를 열었다. 아홉 개의 좁은 주머니 중 여섯 개의 주머니에만 실린더 키트가 꽂혀 있었다.

"세 개를 이미 사용했군."

소령이 중얼거렸다.

소령은 작은 미러 렌즈를 꺼내 남아 있는 키트 여섯 개의 마개 봉인 상태를 확인했다. 그는 그것을 소위에게 건넸다.

"잘 챙겨. 넘버 확인하고 다시 보급창에 넣어놔. 세 개가 비었으니 채워놓고."

소위는 소령이 건네는 키트를 받았다.

자신의 주머니에 있던 키트 세 개를 파우치에 끼워 넣어 아홉 개를 만든 다음 철제 박스에 넣고 잠갔다. 그리고 박스 위의 액정을 눌러 시간을 조작했다. 박스는 이제 군납된 이후 한 번도 열지 않은 상태가 되었다. 그는 철제 박스를 장비 선반 함에 넣고 잠갔다. 소령으로부터 물자를 빼돌리는 법을 익힌 신임 소위의 손놀림에는 이제 누구 못지않은 노련함이 배 있었다.

"두 달 동안 세 개만 사용했군. 대단한 인내심인걸."

소령은 방탄조끼 안에서 튜브용 팩을 꺼냈다.

팩 표면에 사람 아이콘과 혈청 아이콘이 새겨져 있었다.

그는 플라스틱 마개를 돌려 열고 내용물을 꿀꺽였다. 소령의 입가에 붉은 액체가 고였다.

피였다.

소령은 동민의 모습을 내려다보며 꿀꺽꿀꺽 삼켰다. 허연 치아 사이로 붉은 피 선이 드러났다.

우에엑.

동민이 가슴팍으로 누런 액체를 게워내자 소위가 군화를 슬쩍 들었다.

"시팔, 여기서 토하면 안 돼."

소령이 팩을 양주 마시듯 한 모금 마신 다음 동민의 코앞에 내밀었다.

"자. 마셔봐."

비릿한 피 냄새가 났다.

동민은 헛구역질하며 고개를 돌렸다.

"너 아직도 혼자 연기하고 있는 거냐?"

동민이 어깨로 입을 닦았다.

"먹지 못합니다."

"감염되지 않은 것처럼 행동하잖아. 유치하게."

“……저는 감염자가 아닙니다.”

“식인 바이러스에 감염되지 않은 사람이 있나? 군인들도 전부 감염되었는데. 나도 저놈도.”

동민이 화들짝 놀라 소령을 바라보았다.

“이 팩, 뭔지 알아? 군용 간식이지. 간부들에게는 가끔 지급된다고. 피곤할 땐 인간의 피가 땡기니까. 우리도 피를 먹어.”

동민은 소령이 들고 있는 군용 팩을 보며 어리둥절했다.

“네가 훔쳐 간 파우치는 해독제가 아니야. 세상에 바이러스를 씻어내는 해독제는 없지. 그걸 먹으면 식인 욕구가 사라지지. 그래야 임무가 가능하니까. 알겠어? 너도 써봐서 잘 알잖아. 세상에 바이러스에 걸리지 않은 사람은 없어. 부대가 정상적으로 움직이는 것은 저 키트 때문이야. 우리는 정기적으로 주사를 맞지. 그래서 군이 식인하지 않아도 되는 거야. 나도 식인자라고. 너도 그렇고.”

소령은 다 빨아 먹어 주름진 팩을 던졌다.

“그럼 민간인을 왜 죽이는 겁니까? 바이러스에 걸린 자와 그렇지 않은 자를 가리려고 하는 것 아니었습니까?”

소령은 검지로 전투모를 톡톡 쳤다.

“전에 말해줬잖아. 양을 키우는 거라고. 바이러스가 중요하지 않아. 여기. 대가리. 식인자들 대가리에 무엇이 들었느냐가 중요하지.”

“저는 바이러스에 걸리지 않았습니다. 사람 잘못 보셨습니다.”

소령과 소위가 서로를 보았다. 그리고 한참을 웃었다.

"바이러스에 걸리지 않은 사람은 없다고 했는데. 한반도에."

"……저는 아닙니다."

"이 새끼 정신이 돈 거 같은데요?"

소위가 눈을 부라렸다. 소령은 나서지 말라는 듯 팔을 올렸다.

소령이 동민에게 물었다.

"서울에서 출발한 지 며칠 되었지?"

"……."

소령이 고개를 돌려 뒤에 있는 소위에게 묻는다.

"이봐. 우리가 이 배낭 든 새끼를 추격한 지 며칠 되었지? 키트 가지고 달아난 놈 말이야."

"40일쯤 되었습니다."

소령은 동민을 본다.

"40일 되었다는군. 너는 두 달 정도 떠돈 셈이겠지. 그동안 뭐 먹고 다녔나? 한 번도 인육을 먹지 않았나?"

"저, 저는……."

"말해봐. 인육을 먹지 않았어?"

먹었다.

메어린이 요리해준 고기를 먹으며 걸었다. 소녀의 살을 먹었다. 그것은 어쩔 수 없는 행동이었다. 주변에는 먹을 만한 게 없었다. 그는 감염되어서 먹었던 것이 아니라 살기 위해 먹은 것이었다. 메어린은 단백질은 다 같은 것이라고 말했다. 인류는 오래전부터 인육을 먹었다고 말했다. 동민은 수긍했다. 하지만 그 이후는 그런 적이 없었다.

“거, 거짓말이오. 내 동료에게서 인육을 좀 얻었지만, 나는. 난…….”

“그게 걸린 거야. 바이러스에 걸린 거라고.”

“한 번이었습니다.”

“그건 니가 실린더 세 개를 사용했기 때문이지. 눈을 보니 하나는 최근에 사용한 모양이군.”

소령이 이죽거렸다.

“네 눈은 내가 처음 널 보았을 때보다 더 보랏빛이야. 그때도 시약 검사 같은 건 하지 않아도 되었어. 하긴 이 땅에서 시약 검사가 필요 없지. 시약 검사는 혹 있을지도 모를, 항체를 가진 자를 찾아내기 위해 했을 뿐이야. 우리가 지금껏 2,000명 가까이 죽였는데 한 명도 없더군. 이 땅에는 바이러스에 감염되지 않은 사람은 없어.”

그때 소위가 뒤에서 물었다.

“잠깐만, 동료가 있었다고?”

소령이 소위를 제지하며 묻는다.

“네 동료는 어디 갔는데?”

“……절벽에서 떨어졌습니다.”

“헬기 사격에 당한 거야?”

“아닙니다.”

“어쨌든.”

소령은 검체선이 뚜렷한 종이를 꺼냈다.

“이거, 지금 네 목에서 빼낸 피를 검사한 거야. 네가 대체 어떤 놈인지 조금은 궁금하더라고. 설마설마했지. 역시였어. 너는 4R 레벨이군. 이건 지독한 거야. 암으로 치면 말기 암이라고.”

“……나는 감염되지 않았어!”

소령은 다짜고짜 동민의 얼굴을 주먹으로 가격했다. 그가 내뻗은 주먹으로 동민의 멱살을 당기면서 말했다.

“정신 차려. 그런 정신은 네 삶에 도움이 되지 않아.”

“……나는 감염되지 않았어!”

다시 주먹을 맞았다.

동민은 장갑차 내부 총기 거치대의 튀어나온 부분에 머리를 부딪히고 축 처졌다. 까마득한 어둠 속 아련한 의식으로 가라앉고 있었다.

아스라이 떠오르는 영상들.

정말 그게 감염되었던 것일까.

구리에서 고양이를 해체하고 먹다가 게워낸 장면이 지나갔다. 그는 살아야만 했다. 동물의 고기가 몸에 맞지 않는다는 것을 깨닫고부터 그는 제약 공장에서 부작용을 없앨 약을 찾았다. 하나 찾은 것은 모두 정신을 잊게 하는 마약뿐이었다. 그는 그 약에 의지해서라도 버텨야 했다.

정신과 신체의 불합치.

그는 메어린이 주는 인육을 먹을 때 무척 허기져 있었다는 것을 기억했다. 하지만 인육의 달큼하고 부드러운 그 맛은 비감염자가 단지 허기졌다는 이유만으로 느낄 수 있는 것이 아니었다.

그는 처음부터 식인자였다.

그가 식인을 멈춘 것은 와이너리를 나와서부터였다. 메어린이 제시한 조건을 받아들였을 때부터.

그곳에서 메어린은 동민이 인육을 먹으면 자신도 먹겠다는 조건을 걸었다. 절대로 메어린에게 인육을 먹게 둘 수 없었다. 하나 동민도 그 맛을 잊지 못했기에 자신이 없었다. 무엇보다 그는 상처가 깊었고 아이를 업고 길을 걸어야 했다. 영양분과 정신력 둘 중 하나가 필요했다. 파우치의 키트가 자신에게 맞을지 모른다고 생각했을 때 그는 정신력을 선택하기로 했다.

그것은 적중했다. 키트를 사용하면서부터 식인 욕구가 사라졌다. 키트 때문에 메어린을 이길 수 있었다.

장갑차가 흔들거림에 따라 늘어진 동민의 머리도 흔들렸다. 동민은 가물거리며 의식을 잃어갔다.

소령은 뒤에서 새로운 팩 하나를 꺼냈다.

마개를 따고 동민에게 먹였다.

비릿하고 달콤한 액체가 흘러 들어오자 동민은 마구 빨아댔다. 액체를 넘길 때마다 관자놀이 언저리에 피가 쏠리며 집중력이 발생했다. 그 옛날 제약 공장에서 찾아낸 환타처럼 그것은 그에게 아득한 희열을 가져다주었다. 동민은 머릿속 모든 혈관을 조이며 팩의 내용물을 남김없이 빨아댔다.

그런 모습을 소령은 말없이 바라보았다.

그때 소위가 허공에 대고 킁킁댔다.

"그런데 어디서 이상한 냄새 안 납니까?"

소령은 담배를 꺼냈다.

그가 담배를 물었다는 건 주로 피 냄새같이, 역한 냄새를 맡지 않으려는 것이었지만 격한 감정을 숨기기 위해서이기도 했다. 소령은 몹시 안쓰럽다는 표정을 짓고 있었다.

정신을 차린 동민이 쿨럭, 소령의 다리에 피를 토해냈다. 깨끗하게 다린 군복이 흥건하게 젖었지만 소령은 가만히 있었다.

"토하지 말라니깐!"

소위가 동민의 사타구니를 발로 찼다.

소령이 그만하라고 소리쳤다.

소위는 씩씩대며 동민의 배낭을 보았다.

"저 가방에서 나는 것 같은데? 이 새끼, 뭐 이리 큰 가방을 질질 끌고 다녀?"

소위가 일어서서 그쪽으로 갔다.

열지 마!

동민이 고함질렀다.

그것만은 건드리지 마. 열면 안 돼. 열지 마! 제발!

한쪽 눈이 퉁퉁 부은 동민은 땀과 피와 진물로 얼룩진 얼굴을 쳐들며 미친 듯 소리쳤다. 그는 치아 사이로 피가 선명한 이를 드러내며 짐승처럼 울부짖었다.

건드리지 마. 건드리지 말라고. 새끼들아.

그는 한 마리 살귀가 되어 있었다.

소위가 놀란 눈으로 동민을 돌아보며 잠시 멈칫했지만 곧 "뭐래, 시팔" 하며 조임 끈을 마저 풀었다. 소위가 가방 입구를 펼치려 했다.

파리 몇 마리가 날았다.

"박 소위, 그만해."

소령이 소위를 말렸다.

소위가 소령을 멀뚱히 보았다.

"그 안에 있는 게 뭔지 알아. 그러니 가방 풀지 마."

"이 안에 탈취한 무기라도 있으면…… 읍. 냄새."

소령은 담배에 불을 붙였다. 그리고 연기를 길게 빨았다. 소령은 바닥을 바라보며 말했다.

"그 가방 안에 아이가 들어 있어."

"아이요?"

"그래. 이 사람 아들이야. 미라일지라도 아들은 아들이지. 그러니 풀지 마."

소위는 이미 안을 들여다보고 있었다.

안에서 파리 떼들이 와르르 피어올랐다.

소위는 가방에 든 죽은 아이의 샛노란 미라를 보고 털썩, 주저앉았다.

장갑차가 다시 흔들렸고 가방이 기울어졌다. 미라가 된 아이 시체가 바닥으로 굴러 나왔다.

소령이 내부 벽을 탕탕 치자 장갑차가 멈추었다.

소령은 손수 동민의 수갑을 풀어주었다.

"내려. 키트를 찾았으니 넌 풀어주겠어."

동민이 기어가 가방과 아이를 품어 안았다.

"그리고 이거."

소령은 동민에게 장갑 낀 주먹을 내밀었다.

그의 주먹에 감긴 것은 아내의 물고기 펜턴트 목걸이였다.

장갑차가 그를 버리고 떠났다. 사주 경계하며 장갑차 주변을 걷던 정부군 무리도 숲으로 사라졌다.

동민은 배낭을 콘크리트 도로 바닥에 세워놓고 서 있었다.

여전히 산 중턱이었고 고갯마루였다.

동민은 무심코 주머니를 뒤져 디엠티를 찾았다. 없었다. 그는 디엠티를 계곡에서 버렸다는 사실을 잊고 있었다. 그는 아내 가방을 바닥에 쏟아냈다. 가방에 남아 있는 약은 전부 피부가 썩는 것을 방지하는 듀플러스 연고와 마데카솔, 바셀린 등이었다.

그는 멍하게 서 있었다.

그는 툭 불거진 광대를 실룩거리며 자신의 이마를 툭툭 치기 시작했다.

그때처럼, 대교에서 포탄을 맞았을 때처럼 마루 부위에 맴도는 둔탁한 압력이 쉬 가시지 않았다. 그는 혀를 오물거리며 입안에 휘감기는 기분 나쁜 거스러미를 뱉었다. 어디선가 불어오는 선뜩하고 뜨뜻한 잿빛 공기가 그의 이마를 훅 스치고 갔다. 손으로 때려도 뚫리지 않던 멍한 기분이 바람으로 인해 싹 가셨다.

정신이 맑아진 동민은 가방 조임 끈을 완전히 풀었다.

아이 얼굴이 공처럼 드러났다.

아이의 눈은 동굴처럼 푹 파였고 눈알이 없었다.

가슴은 며칠 동안 약을 바르지 못한 탓에 암자색을 띠었다. 살집도 팽팽해지고 있었다. 바람이 불자 너부죽하게 내려앉았던 탈색된 머리카락이 민들레처럼 흩날렸다. 아이 정수리에는 머리카락이 거의 없었다. 아이를 바라보는 그의 두 눈에는 태연함과 초췌함이 드리워 있었다.

동민은 아이 목에 물고기 목걸이를 걸어주었다.

전날 밤 아이 입에 넣어둔 고양이 육포를 빼내 버리고 유향 한 알갱이를 넣었다. 산 자에게 그것은 종기를 없애고 피부 향연을 막고 곪은 상처를 아물게 하지만 죽은 자에게는 강력한 방부 작용을 하는 것이었다.

아이 입안에는 동민이 그간 넣어둔 수십 개의 유향 조각이 반쯤 녹은 채 엉겨 붙어 있었다. 그 알갱이들은 입속 점막마다 고인 진물과 섞이며 박테리아를 억제하는 동시에 강력한 냄새를 게워 냈다.

한기를 느낀 동민은 자신의 양어깨를 움켜잡았다.

아이 옆에 웅크렸다.

배낭 밖으로 내민 아이 머리가 스르륵 옆으로 기울자 그는 얼른 머리를 바로 세웠다. 살포시 손을 놓자 아이는 또 반대편으로 기울어지려 했다. 다시 아이의 두개골을 잡고 세웠다.

"한결아, 몸에 힘을 줘. 똑바로 서야지."

결국, 아이는 고개를 푹 떨구었다.

"자, 이것도 들어야지. 잠깐, 아빠가 팔을……."

동민은 헬로베로봇의 떨어진 로봇 팔을 억지로 끼운 다음 아이 품에 안겨주었다.

"봐라. 아빠가 팔을 끼웠어. 한동안 단단하게 붙어 있을 거야. 이게 잘 떨어진다고 했지? 떨어질 때마다 말해. 아빠가 지금처럼 끼워줄게."

푹 떨군 아이의 턱은 그가 가슴에 놓아둔 로봇 장난감을 향해 있었다.

아이의 목이 두개골의 무게를 감당하지 못하는 듯 점점 가늘어지고 있었다. 동민은 아이 목을 살포시 잡아 얼굴을 들게 했다.

손을 놓자 아이가 또다시 고개를 푹 떨군다.

그가 중지와 엄지로 딱, 소리를 내며 아들을 깨운다.

"한결아. 여기서 자면 안 돼. 일어나야지. 아빠랑 할머니 댁에 가야지. 일어나."

아내가 서 있었다.

그녀는 두 손을 가슴에 모으고 기도하듯 서 있었다.

—그만해.

"한결아, 자면 안 돼. 일어나!"

—오빠도 알았잖아.

"한결아. 일어나. 이제 가야 해."

—오빠도 알고 그런 거잖아. 내가 죽을 때 한결이도 죽었어. 오빠는 아이를 차마 두고 떠나지 못했잖아. 오빠. 한결이가 죽었다는 건 오빠도 알았잖아.

동민은 눈을 씀뻑였다.

그는 꺼뭇한 턱을 비쭉 내밀고 아들 머리가 자꾸 떨궈지는 것이 안타까운 듯 손으로 아이 머리를 이리저리 움직이며 중심을 세우려 했다. 하나 많이 삭아버린 아이의 척추는 무겁게 짓누르는 두개골의 무게를 쉬 받치지 못하고 있었다.

뭘 해도 처지는 습기 먹은 아들의 몸.

그의 눈이 꺼벙해지고 있었다.

그는 움직이던 손을 내렸다.

—오빠가 한 일들 기억해. 아주 고마운 일이야. 나는 감사했어. 나와 약속을 지키기 위해 그랬단 걸 아니까. 오빠가 우리 아이를 청정 지대로 가서 잘 묻고 싶었단 것도 알아. 그래서 정말 고마워. 오빠. 나는 한결이한테도 고마워. 어쩌면 이 아이가 오빠를 살린 것인지도 몰라. 오빠 생존 의식이 한결이를 통해 투쟁한 거잖아. 어쨌든 고마워. 사랑해. 내가 전부 알아. 내가 오빠 마음 다 알아. 오빠는 나와 약속을 지켜주었어. 그러니 오빠, 우리 이 아이를 놓

아주자. 응?

동민은 아이를 배낭에서 꺼냈다.

아이를 안았다.

두리번거리며 진흙이 없는 땅을 살폈다. 아이를 허리에 끼우고 다른 팔로 배낭을 질질 끌며 저쪽, 돌이 많은 비탈 아래로 기어갔다.

그는 돌 알갱이가 쌓인 기울어진 곳에 누웠다. 해가 드는 곳이라 습하지 않았다. 그는 품에 올린 아들의 등을 어르듯 토닥거렸다. 아이 정수리에 코를 박고 냄새를 마음껏 들이켰다.

여전히, 아내가 서 있었다.

—언제까지 데리고 다닐 거야? 한결이 몸, 이제 많이 망가졌어. 오빠가 가지고 있는 약으로도 해결할 수 없어. 가방이 흠뻑 젖을 만큼 내용물이 새 나오고 있잖아. 이 쉰내는 식인자들이 금방 알아.

동민은 핏발 선 눈으로 하늘을 노려보았다.

—오빠.

"……."

—이제 묻어주자. 그 아이를 묻어주고 오빠 혼자 내려가. 오빠 상태가 많이 안 좋아. 응?

"아, 맞다. 약 바를 시간이지."

동민은 가지고 있는 약 중 제일 많이 남아 있는 바셀린을 듬뿍 떠서 아들 몸에 바르기 시작했다.

초파리들이 기승을 부렸고 동민은 허공에 대고 야외용 살충제를 뿌렸다. 식수통에 얼마 남지 않은 물을 손바닥에 받아 아들의 머리에 발라 빗겼다. 푸석해진 머리카락이 이내 힘을 잃고 차분한 가르마가 타졌다.

그는 아들을 바라보며 탄성을 질렀다.

"우와. 우리 아들 정말 잘생겼다. 어린이집 증명사진 찍을 때 모습 같다."

—오빠 내 말 듣고 있어?

동민은 얼마 남아 있지 않은 아들의 눈썹을 쓸었다.

"야, 김한결. 너 어린이집 말고 유치원에 다니고 싶다고 했지? 할머니 댁에 가면 우리 한결이, 유치원에 갈 수 있을 거야. 할머니가 보내주신다고 했거든. 서울에서는 못 갔지만…… 대구에서는 갈 수 있어. 거긴 서울보다 유치원이 더 많을 거야…… 가고 싶어 했잖아, 유치원. 그치? 그리고 대구에 가면 야구팀도 바꿔야 해. 트윈스 말고 라이온즈를 응원해야 한다. 너 라이온즈 모자 잃어버렸다고 했지? 그것도 새로 사자. 홈플러스에 가서."

아들이 웃고 있는 것 같았다.

벌어진 입에서 넣어둔 알갱이가 툭 떨어졌다.

동민은 자신의 수염 아래로 흐르는 침을 어깨로 한번 닦았다. 유향 알갱이를 다시 입에 넣어주었다. 그리고 아들 볼을 연신 쓸었다. 바셀린이 두껍게 발린 쪼그라든 아들의 살은 서서히 부풀어 오르기 시작했다. 생기가 돌고 끈적끈적해지고 있었다.

동민은 아랫입술을 빨아들였지만 침이 계속 흘러내렸다. 주먹으로 입가에 흐르는 침을 닦으면서 팔뚝을 쓱 올려 눈에서 흐르는 물도 닦았다.

"아 씨. 자꾸 침이 흐르네."

―약의 부작용 때문이야. 오빠.

디엠티를 복용하지 못해서일 수도 있지만, 그는 아니라고 생각했다.

적어도 지금은, 지금은 아니라고.

동민은 울음을 가리기 위해 자꾸 침을 삼켰다. 콧물을 삼키며 킁킁댔다.

―오빠.

"한결아."

―내 말 듣고 있냐고?

"아빠가 우리 한결이, 무슨 일이 있어도 청정 지대로 데리고 갈 거야. 아빠 믿지?"

―청정 지대는 없어. 남쪽도 전부 감염되었어. 오빠도 감염자야. 어머니 댁에 가봤자 아무도 없어!

그가 화들짝 놀랐다.

눈을 동그랗게 뜨고 품 안 아들의 양 볼을 두 손으로 모으며 아들을 허공 어딘가를 보게 했다.

"앗. 김한결. 엄마 목소리가 들린다구? 이야, 대단하네. 그래 맞아. 엄마, 우리 옆에 있어. 김한결 군이 엄마 목걸이를 목에 걸고 있습니다요. 목걸이에서 마술이 일어났습니다요. 그래서 엄마가 나타난 겁니다요…… 뭐라고? 할머니 댁에 함께 가느냐고? 물론이지. 엄마도 함께 갈 거야…… 그치 여보? 한결이는 아직 엄마 모습 안 보이지? 알아. 근데 아빠 눈에는 보이거든. 아빠가 엄마 잘 따라오고 있나 보고 있을게. 지금까지는 우리 잘 따라오고 있어……."

어디선가 헬기 소리가 들렸다.

그는 순간 멍해졌고 단단해졌다. 풀어졌던 표정이 사라졌고 동공이 다시 뚜렷해지고 있었다. 동쪽 하늘을 바라보았다. 헬기는 정상의 송신탑 주변을 떠돌고 있는 듯했다.

그는 아들을 안고 일어났다.

아들의 머리가, 마른 살가죽이 불안하게 뒤덮인 아이의 두개골이 무게를 이기지 못하고 뒤로 젖혀졌다. 마치 턱을 올리고 뒤에 있는 누군가를 보는 것 같았다. 그의 눈에는 아들이 엄마가 어디 있는지 찾는 것으로 보였다. 아들에게 엄마가 잠시 숨었다고 말해주었다. 그는 아들 얼굴을 바로 세웠고 그 몸을 자신의 가슴팍에 바짝 당겼다.

아들을 배낭에 넣었다.

안에 들어 있던 더러운 비닐과 지도, 빈 탄창, 천 쪼가리들을 저쪽으로 던지고 다른 쓸모없는 것도 몇 개 빼냈다. 아이가 좋아하던 육포와 터널에서 챙겨 온 와인 병도 버렸다. 배낭은 아들 몸 하나가 들어가기 넉넉해졌다.

"닫는다."

조임 끈을 묶고 배낭을 어깨에 짊어졌다.

“한결아, 아빠가 이제 뛸 거야. 토가 나오면 가방 안에서 해도 된다. 알았지? 할머니 집에 도착하면 꺼내줄게. 여기서 할머니 집까진 금방이야.”

비는 그쳤고 공기는 차가웠다.

그는 산 아래로 달리기 시작했다.

대구

대구는 버려진 상태였다.

거무레하게 피어오르는 연기들을 보니 도심으로 들어갈 엄두가 나지 않았다. 그는 두 동짜리 아파트 안으로 들어갔다. 엘리베이터는 작동되지 않았다. 계단을 올라 2층의 어느 집 앞에서 멈췄다. 현관문이 열려 있었다.

총을 뽑고 천천히 들어갔다.

집 안은 깨끗했다.

식탁에는 가루 커피가 든 유리병과 뜯지 않은 땅콩 봉지가 바구니에 남겨져 있었다. 안방 침대에는 방금까지도 사람이 누워 있었던 것처럼 이불이 둘둘 엉켜 있었다. 집주인은 급하게 떠난 것 같았다.

욕실의 물이 잘 나왔다.

배낭에서 아들을 꺼냈다.

아들 몸은 가부좌를 튼 불상처럼 딱딱하게 굳어 있었다. 아이를 변기 뚜껑 위에 앉혔다. 그는 얼마간 아들을 안타깝게 바라보았다.

욕조에 물이 차는 동안 선반을 뒤졌다. 염색약, 치약, 욕실용 세제 통이 있었다. 세제 통을 흔들어보았다. 세제액이 얼마 들어 있지 않았다.

치약을 모조리 꺼내 와 물에 짰다.

욕조의 허여스름한 물을 바라보던 그는 무언가를 결심하고 마개를 뽑아 받은 물을 모조리 흘려보냈다. 욕조를 씻어내고 다시 물을 받았다.

옷을 벗었다.

"아빠랑 같이 들어갈까?"

보일러가 가동되지 않았고 가스도 나오지 않았기에 더운물을 만들 수 없었지만 이 순간, 깨끗한 수돗물만으로도 충분했다.

동민은 아이를 안고 욕조로 들어갔다.

그의 체온이 아이에게 전해지면서 수면에 온기가 고였다. 터진 옆구리는 이제 조개 같은 거뭇한 딱지가 앉아 있었다. 몸이 조금씩 좋아지는 것 같아 다행이라고 생각했다.

쪼륵, 아이 어깨에 물을 흘렸다.

"아빠랑 함께 목욕한 적이 없었다, 그치?"

아이는 아니라고 하는 것 같았다.

"아, 폭포."

그는 이마를 툭툭 쳤다.

그땐 죽으려 했던 것이었고, 그렇게 속으로 말했다.

아이는 할머니를 찾으러 가야 한다고 말하는 것 같았다.

고개를 끄덕였다.

"할머니 집은 내일 갈 거야. 깨끗한 모습으로 가야 할머니가 걱정 안 하시지. 손톱도 깎고, 양치도 하고 말이야."

아이는 고개를 끄덕이는 것 같았다.

물을 움켜 아이 머리 위로 쪼륵, 흘렸다.

젖은 아이 머리카락은 모질게 옆으로 뻗쳐 있었다. 생전 아름답게 흘러내리던 숱도 대부분 사라졌다. 그는 가위만 있으면 당장이라도 예전 그 풍성한 머리로 만들 자신이 있었다.

아이가 놀 수 있게 제 엄마의 물고기 목걸이를 수면에 띄워주었다. 아이는 두 손으로 목걸이를 가두며 노는 것 같았다.

입술을 깨물면서 울지 않으려고 애썼다.

아들 머리를 당겨 안으며 정수리에 입을 맞추었다.

살아 있었다면 얼마나 좋았을까.

응? 한결아. 아빠랑 대구까지 왔는데.

니가 살아 있었다면 얼마나 좋았을까.

이성을 잡아먹으며 걸었던 길이었다.

변격變格적인 상상이 지배한 날들이었고 그 시간은 사투였으며 지난했다.

이 작은 몸이 곪지 않게 노력했던 일, 정부군에 대한 뻐문 오기로 황산 병을 던지던 일, 반군에게 아이를 감추며 건물을 탈출한

일, 터널에 갇혀 흙을 파내던 일 그리고 잠시나마 동료였던 식인자 메어린과의 혈투까지.

그는 자신의 젖은 머리를 손바닥으로 쓸어 냄새를 맡아보았다. 라벤더 향이 흠뻑 묻어 나왔다. 하루만 더 견디자고 결심하며 걷던 날들이 내일이 되면 끝을 볼 참이었다. 그렇게 된다고 생각하니 쓸모없게 여겨졌던 지난 여정이 그리워졌다.

오직 환상으로 만들어낸 아들 덕이었다. 아들과 함께 있다고 상상하며 걸었기에 견딜 수 있었다.

지금은 아들의 죽음이 도리어 허구인 것만 같다.

뇌리 착란은 너무도 강렬해서 아이는 이제 뚜렷한 존재가 되어버렸으니까.

"아빠가 말이야. 엄마한테 그렇게 말했거든. 너를 검은 비가 내리지 않는 곳으로 데리고 가겠다고. 빛이 드는 곳을 보여주겠다고. 그래서 그랬어. 그래서……."

세상이 이토록 지저분한 것은 각자 지켜야 할 것이 있기에 그런 것이리라. 만약 누군가가 세상이 아름답다고 말한다면 그는 소중한 것을 지키고 있다는 뜻이리라.

선과 악은 애초부터 존재하지 않았다.

인간에게는 그저 각자 소중한 무엇만 존재할 뿐. 아이가 그에겐 그런 존재였다. 아무리 세상에 대고 대답을 물어도 세상은 알아들을 수 없는 말로 대답했다. 아무리 원망해도 합리를 보여주지 않았다. 앞으로도 그럴 것이다.

반드시 좋은 곳으로 데리고 가마.

언젠가는 구름이 걷히고 화살 쇄설류가 사라지고 바이러스가 사라질 때가 오면, 잔인한 사람들도 다시 제 모습을 찾고 음악이 들리고 차가 다니고 개들이 다시 온순해지고 사람들이 거리로 나올 그날이 오면, 이 아이를 본가의 뒷산 따뜻한 곳에 눕히리라 다짐했다.

그는 아들을 안고 물에서 나왔다.

세척한 아들 몸은 금세 눅눅해졌다. 그 몸에 바셀린을 발랐다. 어깨에 뚫린 구멍에 수건을 막아두고 아들을 소파에 앉혔다.

안방 옷장을 뒤져 남자의 것으로 보이는 내복과 바지를 꺼내 입었다.

옷걸이 아래에 반듯하게 놓아둔 소쿠리에서 구급상자도 찾아냈다. 옆구리 상처를 소독하고 붕대도 새것으로 갈았다. 곪아서 부푼 발등에 소독약을 듬뿍 뿌렸다.

피로 꾸덕꾸덕해진 자신의 옷과 아들 옷을 빨아서 널었다.

텔레비전을 켰다. 나오지 않았다. 두꺼비집을 확인했다. 전원은 들어오지 않았다. 달빛이 모처럼 맑으니 불 없이도 선명한 밤이었다. 냉장고에서 캔 맥주를 찾아냈다. 거품이 많았고 미지근했지만 먹을 만했다.

그들은 거실에 앉아서 어둠을 맞이했다.

건너편 동은 모조리 불이 꺼져 있었다.

베란다에서 본 초겨울 도심은 적막이 가득했다.

그는 거실에 앉은 채 소파에 앉혀둔 아들을 바라보고 있었다. 은근히 취한 몸을 연신 끄덕였고 싱글벙글 웃어댔다.

베란다를 통해 쏟아지는 새벽 달빛이 소파에 앉은 아이의 얼굴과 가슴을, 그리고 그 아이를 바라보는 그의 뒤통수와 등을, 또 그가 옆에 놓아둔 찌그러진 맥주 캔을 선명하게 감쌌다.

어둠 속에서 보이는 아들은 정말 살아 있는 것 같았다.

그는 줄곧 하뭇한 표정을 짓고 있었다.

본가는 대구와 인접한 경산 벌에 있었다. 대구 동쪽 끝을 지나면 금호강의 하류 줄기가 경산의 동쪽과 북쪽을 하양과 진량으로 나누었는데, 그의 본가는 진량면에 있는 대규모 아파트 단지였다. 경부고속도로 경산 요금소와 1킬로미터도 떨어지지 않은 곳이었다.

북대구에서 경산까지. 아무런 일도 벌어지지 않았다면 차로는 삼사십 분, 걸어서는 서너 시간이면 도착할 거리였지만 그는 멈추고 숨고 살피며 걸었기에 반나절이 지나도 여전히 북대구를 벗어나지 못했다.

금호강 변과 대구 도심이 훤히 보이는 지대 높은 고속도로를 걸으며 그는 도시 상황을 파악하려 노력했다. 대구에 주둔했던 미군 기지는 텅 비어 있었다. 인근 도로와 거리도 텅 비어 있었다. 군데군데 용오름 같은 굵고 검은 연기가 솟고 있었다. 그는 그 연기가 반군의 짓임을 알았다. 간혹 은은하게 들려오는 반군의 확성기 소리가 그것을 증명해주었다. 군대는 대구에서 완전히 철수한 것 같았다.

정부는 더 남쪽 혹은 더 동쪽 해변으로 이동한 것 같았다. 굴러다니는 전단에는 남한 대통령이 일본 오키나와섬으로 탈출했다고 적혀 있었다.

경부고속도로를 따라 북대구 요금소까지 걸어온 동민은 가로막에 기대앉아 M9 권총을 분해하고 기름칠했다. 그에게는 총알이 가득 찬 탄창 한 개가 목숨처럼 남아 있었다. 그는 소제한 권총을 허리춤에 단단히 찔러 넣고 고속도로를 걸었다.

직선으로 뻗은 고속도로가 너무 적막하다 싶으면 고속도로를 벗어나 밭을 걸었다. 고속도로를 오래 걷는 것은 위험했다.

대구공항을 지나고부터 그는 물이 마른 금호강 곁줄기를 따라 걸었고 이윽고 반야월에 접어들었다. 반야월은 대구의 동쪽 지역으로, 팔공산을 병풍처럼 둘러 세우고 서쪽으로 경산 평야가 시작되는 지역이었다.

탁 트인 벌판은 강한 동풍이 불고 있었다. 팔공산 자락에서 불어오는 찬 공기가 도심 내륙에 쌓인 탁한 안개를 밀어냈다. 멀리 구름이 몰려오고 있었다. 먹구름이었다. 시야는 가까웠다. 공간은 고요했고 온통 흙빛이 감돌았다. 집이 점점 가까워지고 있었다.

그는 반야월에서 경산 쪽으로 들어가기 위해 안심로를 걷다가 소스라치게 놀라 멈췄다. 8차선 안심로는 물엿처럼 일그러져 있었다. 늘어선 자동차들도 전부 반파되었고 그을려 있었다. 건물들은 빙하처럼 솟거나 가라앉았고 뻥뻥 뚫린 저마다의 구멍에는 검은 어둠이 우뚝했다.

지진?

지진이 난 게 분명했다.

맙소사.

군대가 철수한 것도, 시민들이 사라진 것도 그 이유였다. 남쪽에서는 지진으로 피해를 보고 있었다. 모두 백두산 폭발 때문이었다.

구름 때문에 보이지는 않았지만 해가 기울고 있었다.

그는 수시로 아들에게 바깥 상황을 설명했다. 아들은 대답이 없었지만 그는 계속 말했다.

"한결아, 움직이면 안 돼. 밖에는 개들이 많아."

아닌 게 아니라 도시는 개들의 천지였다. 도로 가에 늘어선 건물의 열린 문으로 개들이 제집처럼 드나들고 있었다. 주인 없는 개들은 뼈다귀 더미에서 으르렁댔다. 길마다 그것들이 흩뜨린 인간의 뼈가 존재했다. 땅거미가 완전히 내려앉자 그것들은 형형한 눈불을 피우며 물어뜯을 사람을 찾고 있었다. 그는 탁 트인 경산벌로 들어갈 엄두가 나지 않았다.

버려진 주유소에서 기름을 조금 챙긴 그는 지하철 1호선 율하역 앞에서 잠시 망설였다. 지하 선로를 따라 걷다가 종착역인 안심역에서 지상으로 나오면 하양으로 이어진 금호강 줄기를 만나게 될 터였다. 그 지점까지만 가면 본가가 있는 경산요금소로 쉽게 진입할 수 있었다.

그는 지하 선로를 따라 걷기로 했다. 입구는 지진의 피해를 받지 않은 듯 온전한 형태를 유지한 채 검은 어둠을 품고 열려 있었다. 화재 차단막이 내려오는 벽에서 단로기를 찾아냈지만 전원을 살피지 않았다. 지금은 불이 없는 것이 더 유리했다.

지하 1층으로 내려갔다.

칠흑 같은 어둠이 넓은 공간을 꽉 메우고 있었다. 귀를 기울이며 공기 흐름을 살폈다. 멀리서 쿵쿵 파이프 떨리는 소리가 들렸지만, 사람이 작동하는 소리 같지는 않았다.

딸깍.

손전등을 켜고 M9 권총을 꺼내 탄창멈치를 눌러 탄창을 뺐다가 다시 끼워 넣었다. 총알이 약실에 장전되는 단정한 소리가 났다. 손전등 잡은 손을 권총 잡은 손목에 올리고 총구 방향대로 앞을 비추며 천천히 걸어갔다.

바닥은 물과 흙으로 질척거렸다. 어둠 저편에서 간혹 반짝이는 붉은 점이 있었는데 그것은 벽에 붙은 단자함에서 나는 것이었다.

그는 소방함에서 새 방독면과 도끼를 찾아내 배낭에 걸었다.

"답답하더라도 소리 내면 안 돼. 아빠 1층에 내려왔고 지금부터 더 아래로 내려갈 거야."

에스컬레이터 계단을 걸어 지하 2층으로 내려갔다.

지하 2층에는 시체 썩는 냄새가 진동했다. 몇 걸음 가다가 물컹한 게 밟혀 바닥을 비추었다. 뼈가 불거져 나온 사람의 팔뚝. 개찰구 옆 역무실 내부에 수십 구의 시체가 제멋대로 쌓여 있었다. 주변에도 온통 시체의 부분들이 널브러져 있다. 입구를 매트리스로 막아놓았지만, 영리한 개들이 그 사이를 열고 이리저리 시체를 끌고 다닌 모양이었다. 개가 아니라 사람의 짓일지도 모른다.

그때 반대쪽 공간에서 빛줄기가 보였다. 이리저리 쏘는 빛줄기는 여러 개였다. 그는 매트리스를 젖히고 안내실 안에 몸을 숨겼다. 시취가 코를 찔렀지만, 입을 틀어막고 참았다.

랜턴이 박힌 철모를 쓴 사람들이었다. 방역복을 입었고 허리에 무전기를 차고 있다. 그들은 시신들을 수레나 들것으로 옮기는 중이었다. 팔에는 반군의 완장을 차고 있었다. 시신들은 단단해 보였고 탄광에서 막 캐 온 것처럼 시커멨다. 개중에는 아이의 시신도 있었다. 그들은 화장실 입구에서 시신을 안으로 던졌다. 여러 개의 커다란 포대를 뜯었고 화장실 입구에 내용물을 마구 뿌려댔다.

저장고일 테지.

동민은 저들이 작업에 집중하고 있을 때 이곳을 벗어나야 한다고 생각했다. 기어서 그곳을 떠났다. 지하 3층으로 내려갔다. 어디선가 희미하게 비치는 녹색 불빛은 비상구 전등이었다. 승차장이었다. M9 권총도 허리춤에 도로 끼워 넣었다. 대구 지하철은 서울 지하철과 달리 안전문이 없었다. 그는 배낭을 바닥에 두고 플랫폼 끝에 걸터앉았다. 상층에 있는 반군들이 내려오기 전에 터널을 지나야 했다.

동민은 선로로 내려갔다. 길게 휘어진 선로 저쪽은 평평한 어둠에 감춰져 마치 심연의 입구 같았다.

"이제 우리는 지하철 선로를 따라 걷을 거야."

동민은 배낭을 둘러메고 상행선 방향으로 걸었다.

그의 군홧발이 움직일 때마다 선로에 깔린 자갈 소리가 벽을 타고 울렸다.

반야월역과 다음 역인 신기역 중간쯤 되는 지점. 선로.

동민은 터널 내부를 지탱하는 콘크리트 줄기초 기단에 몸을 바짝 붙이고 거친 숨을 내뱉고 있었다. 전방, 휘어진 선로가 사라진 멀찍한 지점에서 수상한 불빛이 어른거리고 있었다. 얼마 안 가 터널 벽으로 긴 그림자들이 늘어지는 게 보였다. 그는 엎드렸다. 소리를 듣기 위해 선로에 귀를 댔다. 사람 소리였다.

젠장맞을. 저쪽에 사람이 있다니.

시끄럽고 산만하고 농담조의 소리에 섞여 철기 소리가 들렸다. 동민은 아뿔싸, 싶었다. 저들은 마적 때처럼 돌아다니며 기분대로 사람을 잡아들이는 반군 나부랭이들이 분명했다.

선로를 기어서 조금 더 앞으로 갔다. 어른거리는 그림자가 더 커졌고 휘어진 터널의 저쪽에서 번지는 불빛이 강해졌다. 그는 망원경을 대고 초점을 맞추었다.

반군 여러 명이 배낭을 멘 한 남자를 둘러싸고 총을 겨누고 있었다. 여섯 명의 반군. 몰리고 있는 다른 한 명. 그들은 횃불을 땅에 박아놓고 있었다. 반군들은 부랑자를, 아니라면 그들의 조직원일지도 모를 어떤 사람을 위협하고 있었다.

반군에게 둘러싸인 사내는 커다란 배낭을 짊어졌고 조금씩 벽으로 몰리고 있었다.

그를 본 순간 동민은 입을 틀어막았다.

메어린?

등이 굽은 커다란 키, 900데니어 나일론 재질의 카키색 군화, 자신의 것과 같이 키 높은 카키색 배낭.

분명 절벽에서 사라진 메어린이었다.

저자가 어찌.

그 절벽에서 살아남았던 것일까?

수척했고 엉성했다. 광대의 상처는 깨끗하게 아물어 있었다. 복장은 그대로였지만 다소 깨끗해 보였다. 그 잘 다루던 총은 메고 있지 않았다. 그는 등을 벽에 댄 채 살육자들에게 몰리고 있었다.

메어린을 둘러싼 반군들이 시시덕댔다.

"여기서 만날 줄을 몰랐군."

벽을 타고 울리는 여자의 목소리.

동민은 여자를 향해 망원경 초점을 맞추었다.

아나카?

반군 중 가장 키가 작은 그림자, 유일하게 소총을 들고 있지 않은 그 사람은 아나카였다. 그녀는 둥근 골반이 훤히 드러나는 가죽바지를 입고 있었다. 오른쪽 손은 두툼했다. 거무튀튀한 붕대를 감았고 그 팔은 다른 팔보다 월등히 짧았다. 한 손을 잃어버린 듯했다.

그녀는 온전한 왼손을 뻗어 메어린의 목을 조르듯 잡았다. 메어린이 그녀에게 한번 웃는 것 같았고 아나카는 그의 턱을 쳐올려 빰을 한 대 갈겼다.

동민은 거기까지 본 후 망원경을 내렸다.

"한결아, 여기를 빠져나가야겠다."

그는 슬금슬금 포복한 채 뒤로 물러났다.

터널 벽이 완만하게 꺾이는 지점까지 돌아왔고 그들이 시야에서 사라지자 어둠 속에서 몸을 일으켰다.

메어린은 입술을 한번 핥았다.

쉭쉭거리며 뿌리는 누런 횃불이 아나카의 얼굴을 마구 돌아다녔다. 그녀의 얼굴은 분노와 반가움과 복수의 기쁨이 섞여 있었다. 메어린은 덜덜 떨지 않았다. 예전 기백이 다소 사라진 듯했지만 여전히 묵직하고 당당했다.

아나카가 짧아진 자신의 팔을 메어린의 코앞에 불쑥 들어 올렸다. 그녀는 메어린에게 눈을 떼지 않은 채 뒤에 서 있는 부하들에게 말했다.

"이 손모가지를 싹둑 잘라버린 게 누군지 아니? 여기 이분이셔. 아주 강한 분이지."

아나카는 말하면서도 메어린을 계속 보고 있었다. 그녀는 새빨간 입술을 한번 핥고는 부하들에게 말했다.

"탄금대교 교회에서 군바리들이 들이닥쳤거든? 우리 둘이 천장에 숨었는데 이분 피가 뚝뚝 떨어지는 바람에 들킬 뻔했어. 내가 냅다 너만 죽어라, 하며 이분 목에 줄을 걸어 잡아당겼지. 그런데 말이야. 어떤 일이 벌어진 줄 알아? 후훗, 어떤 일이 벌어졌냐믄, 글쎄 이분이 말이야. 목에 줄을 감고 떨어졌는데도 끄떡없더라고. 목뼈도 부러지지 않아. 그리고 밑에서 쏘아대는 군바리 총알을 다 피해버려. 쌍권총, 아니 쌍소총으로 군바리 여덟 명을 혼자서 다 죽이더라니까. 대가리에 줄을 걸고 대롱거리면서. 다다다다."

"설마요."

뒤에서 부하 하나가 이죽거렸다.

아나카가 뒤돌아보았다.

웃던 놈 얼굴이 굳어졌다.

"내가 거짓말하는 것 같아? 너, 이놈 총 쏘는 솜씨가 얼마나 빠른지 알아? 얼마나 빠르냐면."

그녀는 그렇게 말하고는 이죽거렸던 놈의 이마에 대고 권총을 쏘았다. 이죽거렸던 놈이 푹 주저앉았다. 아나카는 대수롭지 않게 말했다.

"이것보다 열 배는 빨라."

아나카는 메어린을 돌아보았다.

"시팔, 줄에 걸려 축 늘어진 줄 알았는데 줄을 잡고 천장까지 기어오르더라구."

메어린은 꿀꺽, 침을 삼켰다.

아나카가 그를 빤히 보며 눈인사를 했다.

"안녕, 람보 아저씨."

횃불 그림자가 그녀의 얼굴을 마구 핥아댔다.

메어린이 담담하게 말했다.

"당신 손은 내가 그런 거 아닌데."

그 말에 아나카가 눈을 희번덕거리며 반응했다. "아" 그녀는 뒤에 있는 부하들에게 다시 설명했다.

"맞아. 정확하게 말하면 내 오른손은 이분이 그러신 게 아니야. 이분한테 얻어맞고 기절해 있는 동안 웬 군바리가 쏘는 총알에 손목이 싹둑 날아갔지. 아주 좆같았어. 계속 죽은 척하느라고 졸라 피오줌이 나오더라구."

주변은 조용했다.

아나카가 뿌리는 눈빛이 되레 횃불을 잡아먹듯 형형했다. 그녀는 메어린에게 얼굴을 들이밀었다. 오뚝하고 좁은 그녀의 코 그림자가 마구 춤추고 있었다.

"목은 괜찮아? 부러지지 않았어? 시팔, 그렇게 떨어지고도 총질을 어찌나 잘해대시던지. 난 무슨 람보라도 되신 줄 알았다니까."

아나카는 온전한 왼손으로 그의 가슴을 더듬었다.

손이 키보드를 두드리듯 점점 아래로 내려갔다.

"그새 고생 많이 했나 보네. 이 배 홀쭉해진 것 좀 봐. 어디 볼까, 거시기 살도 좀 빠졌나?"

아나카 손은 메어린의 배로 내려가더니 덥석 혁대를 잡았다. 그러고는 장난치듯 이리저리 당기고 밀었다. 여자는 자꾸 웃어댔고 메어린은 경직되어 있었다. 여자가 메어린의 하복부에 주먹을 깊게 쑤셔 넣었다. 메어린이 고통을 참으며 한쪽 무릎을 꿇려다가 이내 아나카가 올리는 무릎에 턱을 맞고 벽에 등을 찧었다. 메어린이 터진 입술을 씹으며 가까스로 버티고 몸을 세웠다.

"꿇어."

메어린이 무릎을 꿇었다.

아카나가 그의 뺨에 밑창을 댔다.

메어린 얼굴이 벽에 지그시 짓눌리기 시작했다.

"내 손 하나만 박살 냈으면 뭐, 내가 재수 없었다고 칠 텐데 넌 도저히 그럴 수 없네. 네놈 때문에 우리 거점 다섯 곳이 박살 났어. 150명 가까이가 죽었지. 네놈이 150명을 죽인 거야."

"……사람은 너희가 더 많이 죽였지."

"에구. 입은 여전히 살아 있네. 오랜만에 다시 물어볼게. 우리가 선해, 군바리가 선해? 대답해봐. 응? 또 몰라, 말만 잘하면 우리가 살려줄지."

아나카는 그렇게 말하며 동료들을 보았다.

그녀 얼굴이 만족감에 젖어 있는 것을 본 동료들은 그제야 슬슬 웃기 시작했다.

아나카가 메어린 얼굴을 발로 찼다.

메어린이 옆으로 굴렀다.

아나카가 손뼉을 한번 치며 밝은 목소리로 어깨를 흔들었다.

"좋아! 오늘 야식은 이놈으로 한다. 제법 튼튼한 놈이거든. 피가 아주 싱싱할 거야. 난 예전부터 이놈의 살을 씹고 싶었어. 생각만 해도 흥분돼. 위에 애들은 뭐 해?"

"지금 내려오고 있을 겁니다."

"담배들 피워."

사내들은 낄낄대며 소총을 겨드랑이에 차고 주섬주섬 담배를 입에 물었다. 한 놈이 땅에 박힌 횃불에 대고 담배에 불을 붙였고 그 담뱃불은 이리저리 나누어졌다. 오직 아나카만 담배를 피우지 않은 채 메어린을 노려보고 있었다.

메어린이 피를 닦으며 일어났다.

"……그런데 민간인들은…… 어디로 갔지?"

"아구, 아구. 그게 또 궁금하셨어?"

아나카는 성한 손으로 손가락 세 개를 펴서 하나씩 꼽았다.

"내가 삼등분해볼게. 잘 들어봐. 3분의 1은 떠났어. 3분의 1은 아직 숨어 있고. 떠난 놈들은 아마 정부군 게토에 갇혀 사상 검증을 받고 있을 거고. 나머지 3분의 1은 우리에게 죽었지."

메어린은 터진 입안의 피를 꿀꺽이며 가슴을 부풀렸다.

그는 아카나에게 중얼거렸다.

"……당신들이 선한지 악한지, 말해줄까?"

아나카가 불김에 침을 탁, 뱉었다.

"됐어. 이제 그런 것에 관심 없어. 넌 어떤 대답을 하든 죽는 거야. 난 네 몸을 느끼고 싶을 뿐이야. 니 살 속에 고인 그 짭짜름한 유전자는 어떤 맛일까, 너무 궁금해서 미칠 지경이야."

그녀가 와락, 메어린의 성기를 움켜쥐었다.

"당신, 꽤 자란 것 같아. 하지만 여전히 틀을 깨진 못하고 있어. 안타깝군. 좋은 동지가 될 수 있었는데. 하긴 그렇게 되었어도 넌 분열했을 거야. 부하에게 회초리를 쓰지 못하면 결국 부하가 자신에게 회초리를 쓰지."

아나카가 동료들을 돌아보았다.

"위엔 왜 안 와?"

"오고 있답니다."

"다시 무전 쳐. 솥에 물도 끓여놓으라고 해. 고기 좋은 게 있다고."

"네."

"오늘 밤 전부 몸보신을 할 거야. 강한 놈을 먹으면 더 강해지는 법이지. 저놈의 심장은 내 거다."

"거시기는 안 드시구요?"

"물론 그것도 내 거지."

그녀가 어깨를 들썩했고 동료들이 다시 웃었다.

아나카가 다시 메어린을 본 순간,

권총이 아나카 이마에 닿았다.

메어린의 손이 너무도 빨랐기에 아나카 이마에 구멍이 생기는 순간에도 반군들은 여전히 담배를 쥐고 있었다. 총구가 부채꼴 형태로 넓게 이동하며 다섯 번 불을 뿜었다. 반군들은 약속이나 한 듯 다리를 꼬며 풀썩풀썩 주저앉았다.

횃불이 어른거리는 어둠 속에서 유일하게 빛을 내던 알루미늄색 선로가 시뻘게졌다. 자갈밭에도 몽근 피가 서서히 스며들었다.

메어린은 누워 있는 아나카를 향해 몇 발을 더 쏘았다. 아나카 몸이 들썩거렸고 다시 잠잠해졌다. 메어린은 곧장 지하 1층에서 찾아낸 소방용 도끼를 꺼냈다. 아나카의 성한 팔을 잘라내 비닐로 둘둘 감쌌다. 그것을 배낭 우산 주머니에 집어넣고 아나카의 얼굴을 잠시 바라보았다.

아나카는 저쪽 어둠을 보고 있었다.

"아나카, 옳고 그름은 말이야. 지킬 게 있는 사람에게는 묻는 게 아니야. 왜 그런 줄 알아? 인간의 선은 각자 다 다르니까. 선을 묻는 네 질문에 내가 대답하지 않은 이유가 그거야."

그는 아나카 입에 퍼지는 피를 검지로 찍어 자신의 입에 넣었다.

손바닥으로 아나카의 눈을 감겨주고 일어선 메어린은 짊어진 배낭을 한번 들썩였다. 그는 오른쪽 손목에 차고 있는 순토 시계를 바라보았다.

오후 10시 반.

그렇다면 지금은 9시 반이었다.

멀리서 희미하게 반군들이 불어대는 호루라기 소리가 들렸다.

메어린은 M9 권총을 허리춤에 쑤셔 넣으며 배낭 안에 든 아이에게 말했다.

"한결아, 총소리를 냈으니 위층에 있던 반군들이 달려올 거야. 이제부터 아빠가 뛸 텐데, 어지러워도 잘 참아야 한다. 우린 잘해낼 수 있을 거야."

에필로그

거제대교

거제대교에서 보이는 먼 풍경은 온통 짙었다. 비가 세상을 검게 채우고 있었다. 어부의 집들은 최면에 빠진 듯 안개에, 비에, 구름에 삼켜져갔다.

사내는 멈춰 서 서쪽을 보았다.

너머의 빛이 빠르게 물러나고 있었다. 사내는 보이지 않는 해를 가늠했다.

가방 속 아이가 꿈지럭댔다.

"아빠, 할머니 집은 멀었어요?"

사내는 배낭의 양쪽 조임 끈을 단단히 비끄러매고 다시 걷기 시작했다.

추천의 글

박력 넘치는 소설이다. 백두산 폭발과 식인 바이러스의 창궐, 두 사건을 교묘하게 엮어 한반도 전체를 흔든다. 잡혀 먹히지 않기 위해, 피난을 떠나는 이들의 이야기는 한국 전쟁과 겹친다. 이데올로기가 얹히고, 권력 집단의 부패가 얹히고, 참혹한 민간인 학살이 얹힌다. 근미래를 다루면서도 현대사를 소환하는 뜨거운 상징들이 곳곳에서 용천수처럼 솟구친다.

『인 더 백』은 길 위의 기록이며 탈출담이다. 어디로부터? 인간다움을 포기한, 오직 목숨을 이어가려는 욕망만 남은 세계로부터 벗어나려는 것이다. 아버지는 아들을 살려 청정 지역까지 내려가고자 한다. 이 목표를 위해 아버지는 온갖 고난을 감내한다.

그들이 청정 지역 가까이 도착했을 때, 차무진 소설가는 절절한 부성애父性愛로 이야기를 마무리하지 않고 또 한 번의 반전을 감행한다. 재난 이야기에서 흔히 등장하는 가족주의의 신화를 부수려는 시도다. 내 아들만 무사하면, 한반도를 덮친 비극이 끝나는가. 내 아들이 불행해진다면, 이 비극에서 희망을 찾긴 어려울까.

상반되지만 결국 동전의 양면처럼 하나로 묶인 질문의 답은 『인 더 백』을 읽은 독자들이 스스로 찾아야 한다. 마지막 반전은 이야기 전체를 뒤바꿀 정도로 강력하고, 또한 거기서부터 만들어지는 생각과 느낌의 스펙트럼은 아주 넓다. 혹자는 싱글몰트처럼 짜릿한 쾌감에 흥분할 테고, 혹자는 우울의 늪에 빠져 깊은 한숨을 토할 것이다.

우리는 저마다의 배낭을 지고 인생을 살아낸다. 그 배낭은 버리고 싶은 짐일 때도 있고 꼭 지켜야 할 보물일 때도 있다. 짐이든 보물이든 삶의 무게를 느끼며 걷는 존재가 곧 인간일 것이다. 긴 소설을 읽는 동안 자꾸 허리를 젖히고 싶어졌다. 배낭이 무겁더라도 땅만 쳐다보지 않고 하늘을 우러르고 싶은 존재가 또한 인간이 아닐까. 달과 별이 빛나도 좋겠지만 먹구름만 가득하더라도, 기억하고 꿈꾸며 또 한 걸음을 내디딜 수밖에 없으리니!

——— 김탁환(소설가)